W0379469

Julia Heinecke

Kalte Herzen

Eine Magd im Schwarzwald

Julia Heinecke

Kalte Herzen

Eine Magd im Schwarzwald

Badischer Landwirtschafts-Verlag GmbH
Freiburg im Breisgau

2., überarbeitete Auflage 2018
© 2018 Badischer Landwirtschafts-Verlag GmbH
Merzhauser Straße 111, 79100 Freiburg im Breisgau
www.badische-bauern-zeitung.de
Alle Rechte vorbehalten.

Titelbild: Privatbesitz

Gestaltung: Irina Falkenstein

Lektorat: Mathias Ahuis, Monika Schmitt

Herstellung: Freiburger Druck GmbH & Co. KG
Lörracher Straße 3, 79115 Freiburg

ISBN 978-3-9818089-3-3

Julia Heinecke hat Kulturwissenschaften sowie Sprachen studiert und lebt und arbeitet als freiberufliche Übersetzerin, Lektorin und Texterin in Freiburg. »Kalte Herzen – Eine Magd im Schwarzwald« ist ihr zweiter Roman. Im Verlag bereits erschienen ist das Buch »Kalte Weide – Ein Hirtenbub im Schwarzwald«.

www.die-schreibstatt.de

VORWORT

Es gibt Sätze, die klingen so simpel und so abgedroschen, dass man den Grad an Weisheit, der in ihnen steckt, schon gar nicht mehr bemerkt: Die jungen Leute wissen gar nicht, wie gut sie es heute haben. Das ist so ein Satz. Ein vermeintlicher Allgemeinplatz, der Jugendliche empört, weil sie ihn schon gar nicht mehr hören können und als ungerechtes Pauschalurteil empfinden. Sehr zu Recht, weil die Aussage ganz offensichtlich Dummheit oder Ignoranz unterstellt und eine Lebensweisheit behauptet, zu der erst das reifere Lebensalter befähigt. Aber womöglich mildert es das Urteil über diesen Satz, wenn ihn die jungen Menschen nicht als Vorwurf gegen sich, sondern als Eingeständnis der Älteren verstehen, dass sich die Dinge viel zu schnell ändern, um in Ruhe voll und ganz begriffen werden zu können.

Es ist vielleicht das Gerechteste, die Jugendlichen um Nachsicht zu bitten und für das Verständnis zu werben, dass die ältere Generation einen tiefgreifenden Zeitenwandel erlebt hat, der den Einzelnen manchmal schlichtweg überfordert. Damit ist bei Weitem nicht nur der technische Fortschritt gemeint. In unserer modernen Welt sind gesellschaftliche Werte, die über Jahrhunderte als unumstößlich galten, innerhalb weniger Jahre verloren gegangen oder zumindest ins Wanken geraten. Moralvorstellungen sind weniger denn je die verbindlichen Verhaltensregeln des Gemeinwesens und mehr denn je eine Sache des persönlichen Standpunkts. In den Gesellschaften der freien Welt ist durch Wohlstand und Mobilität ein noch vor Jahrzehnten undenkbarer Handlungsspielraum entstanden, in dem die persönliche Selbstentfaltung und das private Glück als oberste Rechte erscheinen.

Mitunter genügt es, den Lebensgeschichten von Vertreterinnen und Vertretern früherer Generationen zuzuhören, um zu erkennen, dass unsere heutigen Freiheiten nicht wie etwas Selbstverständliches ganz einfach nur da sind. Die Lebensumstände, die die nötigen Entwicklungen einmal angestoßen haben, waren bisweilen schmerzhaft. Vor allem soziale Randgruppen, hinter denen keine gewichtigen Fürsprecher oder mächtigen Interessenverbände standen, hatten oft genug sehr lange unter Missständen zu leiden, ohne auf Besserung ihrer Lage hoffen zu dürfen.

Nehmen wir die Schwarzwälder Hütekinder, denen Julia Heinecke in ihrem ersten Roman „Kalte Weide“ ein erzählerisches Denkmal setzte. Ihnen, die aus keinem begüterten Elternhaus stammten und kaum Zugang zu Bildung fanden, war das Leben kein Geschenk zur frohen Ausgestaltung oder Selbstfindung, sondern ein Los, das zu erdulden, und ein Schicksal, dem nicht zu entkommen war.

Und jetzt ledige Mütter: Heute in erster Linie eine Frage des beruflichen Weiterkommens und der organisatorischen Lebensbewältigung, ergaben sich für die betroffenen Frauen noch vor wenigen Jahren dramatische Lebenssituationen, in denen zur existenziellen Not noch die gesellschaftliche Ächtung kam. Nicht etwa nur für bedauernswerte Einzelfälle, sondern für eine Vielzahl von Frauen, die in außerehelichen Beziehungen schwanger wurden und weder auf einen loyalen Kindsvater noch auf einen intakten Sozialverband zählen konnten. Die Statistiken weisen erschreckend hohe Zahlen auf – die Amtssprache redet von *Illegitimitätsraten* –, die vor allem eins sagen: dass das normal war. Nicht nur in den Nachkriegsjahren oder im ärmeren Volk, das sich eine Heirat nicht leisten konnte, sondern in allen Schichten zu verschiedenen Zeiten bei regional nur selten abweichenden Unterschieden. Kommentare weisen dabei meist darauf hin, dass die Dunkelziffern viel höher liegen. Und wie immer, wenn die vermutete Zahl der nicht bekannt gewordenen Fälle viel höher war, sagt das über die ledigen Mütter, was es über Opfer immer heißt: dass sie geschwiegen haben.

Wenn nicht aus Angst, dann vor Scham geschwiegen, denn die Kinder, die sie geboren haben, waren nicht – wie in den als rechtmäßig angesehenen Verbindungen – die höchste Erfüllung des Familienglücks. Ihre Kinder waren Wundmale der Schande: *Bastarde, Bankerte, Hurenkinder*. Ihre Kinder waren Zeugnisse von Sünde und Liederlichkeit. Ihren Kindern wurde die Unfähigkeit zu einem anständigen Leben schon in die Wiege gelegt. Vielleicht nicht in der Anonymität der Großstädte, aber in den kleinstädtischen Milieus und draußen auf dem Land, wo jeder noch jeden kennt und der soziale Status von der Anerkennung der Dorfgemeinschaft abhängt. Unverheiratete und alleinstehende Mütter hatten in dieser Welt keinen leichten Stand. Sie galten dem unverhohlen grausamen Volksmund als verführt und gefallen, als sexuell zügellos und allein schon durch ihre Unsittlichkeit unfähig, ihrem Kind eine anständige Erziehung zukommen zu lassen. Mit den Kindsvätern ging man dagegen, wenn sie überhaupt bekannt wurden, weit nachsichtiger um. Sie gingen, je höher der soziale Rang, desto eher als Hallodri oder Schwerenöter durch und wurden allenfalls als Trottel belächelt, wenn ihnen ein Kuckuckskind untergejubelt worden war. Aber sie standen nicht mit am öffentlichen Pranger und bekamen meist nicht einmal mit, wenn ihr Kind unter bemitleidenswerten Umständen zur Welt kam und aus Not zur Adoption freigegeben, wenn nicht aus Verzweiflung sogar getötet wurde.

Gerichtsakten, in denen Frauen – überwiegend zum dörflichen Gesinde oder städtischen Dienstbotenpersonal gehörend – als Kindsmörderinnen verurteilt wurden, finden sich ähnlich häufig wie solche über Brandstifter oder Wilderer, an denen ebenfalls gerne ein Exempel statuiert wurde. Wo immer die Fälle öffentlich bekannt wurden, trugen sie mit Sicherheit ihren Teil zum schlechten Leumund der ledigen Mütter bei.

Und hätten doch viel eher eine Anklage der Verhältnisse sein müssen. Verhältnisse, die sich in den Lebensgeschichten lediger Mütter in immer wiederholenden Mustern zeigen: keine erlaubten Liebesbeziehungen, keine wirtschaftliche Absicherung, keinerlei sexuelle Aufklärung, kaum bekannte Methoden zur Empfängnisverhütung, versteckte Schmerzen bei heimlichen Schwangerschaften oder das Verstoßen-werden von der sich schämenden Familie und Verwandtschaft. Insgesamt ein Leidensweg, der nach der Geburt des Kindes noch weiterging: mit abweisendem Verhalten der Öffentlichkeit, mit bürokratischer Bevormundung durch die Amtsgewalt, mit entwürdigendem Suchen nach Kostplätzen oder mit der Trennung von den Kindern und der viel zu frühen Aufnahme von Arbeit bei geschwächtem Gesundheitszustand. Damit nicht genug, ist noch nichts gesagt über das traumatische Empfinden vermeintlicher Schuld, den schmerzenden Verlust des Selbstwertgefühls oder überhaupt das Gefühl, als Mutter und Kind gleichermaßen ungewollt wie ungeliebt zu sein.

Von all dem steht nichts in den Statistiken. Aber wozu auch? Die Verhältnisse haben sich zum Glück doch geändert. Es gibt Mutter-Kind-Heime, es gibt Beratungsstellen, es gibt Gesetze, die ledigen Müttern das Recht auf Ausgleichszahlungen und außerehelich geborenen Kindern die gleichen Privilegien wie allen anderen einräumen. Niemand zerreißt sich mehr das Maul oder schaut empört weg, wenn zur Mutter der angetraute Mann oder zur Taufurkunde der Eheschein fehlt. Unehelichen Kindern – das nicht zuletzt – stehen in unserem Teil der Welt längst alle Wege zur Bildung und gesellschaftlichen Anerkennung offen. Wir sind spätestens nach der Sexuellen Revolution der 1960er-Jahre in einem Zeitalter angekommen, in dem ein nicht vertraglich geregeltes Liebesverhältnis kein Makel mehr ist, ein uneheliches Kind keine Schande mehr darstellt und schon die Jugendlichen über alle Möglichkeiten der Empfängnisverhütung weit besser informiert sind, als es ihre Eltern je waren. Gut, wir haben andere Probleme. Aber was das grausame Zeitalter der gefallenen Mädchen und geächteten Bastarde anbelangt, sind wir große und entscheidende Schritte weiter. Wozu dann, wenn sie doch vorbei sind, in den alten Geschichten rühren?

Weil wir es müssen. Zum einen, weil es immer noch viele Menschen aus dieser früheren Zeit gibt, die unter dem Makel, unehelich geboren zu haben oder geboren worden zu sein, ein Leben lang leiden. Darüber zu reden und davon zu erzählen kann für sie hilfreich und befreiend sein, wie davon zu hören, dass noch mehr Menschen dasselbe erfahren haben. Zum anderen hilft uns die Vergegenwärtigung des Vergangenen, wie immer, wenn wir uns als Gesellschaft neu bewerten und aufstellen müssen. Das klassische Familienmodell vom verheirateten, heterosexuellen Paar mit leiblichen Kindern ist längst nur noch eines unter vielen. Selbst die von vielen als zu unbeweglich beklagte katholische Kirche geht inzwischen offener mit ihren tradierten Familien- und Sittlichkeitsvorstellungen um. Der insgesamt auf allen Ebenen gesellschaftlichen Lebens neu entstandenen Rechtmäßigkeit wird es eine gute Orientierungsmarke sein, wenn sie sich vor Augen hält, welche würdelosen Verhältnisse sie überwunden hat.

In diesem Sinne übernimmt Julia Heinecke in der Rolle als Erzählerin die Anwaltschaft für die Opfer einer Moralvorstellung, die für die Unterprivilegierten unserer Gesellschaft bis unmittelbar in unsere Gegenwart hinein eine Folter war. Ohne das Ende zu verraten, sei dem Leser auch empfohlen, genau hinzuhören, wenn von den wechselnden Familienverhältnissen die Rede ist, in denen die stille Heldin dieser Geschichte lebt. Mit realen Gegebenheiten vor Augen scheint in der ländlichen Welt am Aufbruch der Moderne eine Fähigkeit zu familiären

Lebensmodellen auf, in der die Starken wie die Schwachen, die Alten wie die Jungen ihren berechtigten Platz haben. Die allgemeine Vorstellung von der bürgerlichen Großfamilie, in der Fürsorge, Mutterliebe und Geborgenheit von Natur aus zu Hause waren, ist vermutlich nicht mehr als ein Mythos. Aber die Fähigkeit zu verschiedenen Familienmodellen scheint im sozialen Wesen Mensch, ob als Regel oder als Ausnahme, grundsätzlich angelegt zu sein. Ob Familienverbände so funktionieren, dass allen, die in ihnen leben, der nötige Raum für ein gelingendes Leben bleibt, entscheidet – wie in der bäuerlichen Hofgemeinschaft seit jeher – kein Normsystem, sondern der Wille und die Güte jedes Einzelnen. Dort, wo es den Hinweis auf die heute gültige Rechtslage nicht braucht, da ist die Menschlichkeit, ganz ungeschrieben, ein Gesetz.

Darauf können wir heute mit Selbstverständlichkeit bauen. Aber das war nicht immer so. Das sollten die jungen Menschen vielleicht wissen, wenn sie den älteren erzählen, wie gut wir es heute haben.

Thomas Hafen M. A.
Schwarzwälder Freilichtmuseum Vogtsbauernhof
Wissenschaftlicher Leiter und Museumspädagoge

Dieses Volk setzt die unverheiratete Mutter auf die Straße und weint im Vorstadtkino über ihre Not.

DER SPIEGEL, 15.4.1968

1952

I.

Still lag die Klarastraße an diesem Abend Ende März. Es hatte tatsächlich noch einmal angefangen zu schneien, und im schwachen Schein der Straßenlaterne tanzten die Schneeflocken. Auf dem gesamten Bürgersteig hatte sich eine weiße Schicht gebildet, als Irmi Schocher das Haus verließ. Knirschend trat sie auf den frischen Schnee und ihre Schuhe mit dem kleinen Absatz hinterließen die ersten Spuren im Weiß. Sie lief nach links. Abrupt blieb sie nach einigen Schritten stehen. Ihre Wange brannte.

Irmi schaute nach oben. Dort, unter dem Dach, sah sie die Lichter der Wohnung, in der sie mit ihren Eltern und ihren drei jüngeren Geschwistern lebte. Bis jetzt. Das hatte sich ja nun erledigt. Laut ihrem Vater konnte sie gucken, wo sie blieb. Unter seinem Dach jedenfalls nicht.

Das war, nachdem er ihr die Ohrfeige gesetzt hatte. Er hatte sie noch nie geschlagen, keines seiner Kinder hatte er je geschlagen. Hans Schocher hatte danach fast genauso fassungslos geschaut wie Irmi selbst. Dann spürte Irmi, wie ihre Wange zu brennen anfing. Auf dem Absatz machte sie kehrt und ging in das Zimmer, das sie mit ihren zwei Brüdern und ihrer Schwester teilte. Der Vater kam hinterher und erklärte unmissverständlich, dass sie jetzt gehen könne. Also bitte. Ein paar Sachen stopfte Irmi noch in ihre Tasche, dann sah sie zu, dass sie wegkam. Ihre Mutter, die heute Abend ausnahmsweise nicht in der Kneipe arbeitete, war ihr keine Hilfe gewesen.

»Hans, hör auf!«, hatte sie gerufen, aber gegen ihren Mann kam sie sowieso nicht an, das wusste Irmi nur zu gut. Sie nahm ihre Tasche und verließ ohne ein weiteres Wort die Wohnung.

Unschlüssig stand Irmi nun auf der Straße und sah um sich. Wo sollte sie nur hingehen?

Am besten zu Miggi.

Nachdem Irmi diese Entscheidung getroffen hatte, beschleunigte sie ihre Schritte. Ihr ältester Bruder Miggi wohnte nur eine Straße weiter, in der Guntramstraße. Dort arbeitete er in der Schreinerei Bächle, schon seit er fünfzehn Jahre alt war. Mittlerweile war er ein gestandener Geselle von einundzwanzig Jahren und hatte ein Zimmer über der Werkstatt bezogen, einschließlich Kost. Schreiner Bächle und seine Frau sahen es gerne, dass Miggi bei ihnen arbeitete und wohnte, ging er doch schon eine ganze Weile mit der Tochter von Bächles aus. Sie hieß Margarete, und wenn es nach den Bächles ging, sollte der Miggi ruhig ihre Tochter heiraten und später mal die Schreinerei übernehmen.

Margarete war genauso alt wie Irmi, achtzehn Jahre. Die beiden Mädchen waren zusammen zur Schule gegangen. Irmi mochte Margarete nicht besonders, schon seit der Grundschule erschien sie ihr langweilig, ohne jeden Reiz. Was Miggi an ihr fand, erschloss sich ihr nicht, aber was soll's, Miggi sollte ja mit ihr glücklich werden, und eine gute Partie war sie ganz bestimmt, das fanden auch die Eltern Schocher.

Mittlerweile war Irmi vor der Schreinerei in der Guntramstraße angelangt. Sie lag im Hinterhaus, daneben befand sich die Wohnung der Bächles. Miggis Zimmer lag außerhalb ihrer Wohnräume, neben dem Klo, dessen Spülung so laut rauschte, dass ihr Bruder nachts davon wach wurde, wie er immer erzählte.

Das Tor zum Hinterhof war geschlossen. Irmi blieb nichts anderes übrig, als bei den Bächles zu läuten, denn eine eigene Klingel hatte Miggis Zimmer nicht. Jetzt musste sie sich auch noch erklären, was sie zu dieser Stunde von ihrem Bruder wollte. Sie nahm ihren ganzen Mut zusammen und läutete.

Es passierte nichts. Irmi klingelte erneut mit Nachdruck und wartete.

Nach einer Weile, die Irmi ewig erschien, hörte sie, wie sich weiter hinten eine Tür quietschend öffnete und jemand über den Hof schlurfte. Geräuschvoll wurde die in das Hoftor eingelassene Tür geöffnet.

Irmi hatte Glück, es war Miggi.

»Irmi«, er schaute verblüfft. »Es ist zehn Uhr, was machst du denn hier?«

»Ich habe kein Zuhause mehr.«

»Was hast du?«

»Der Papa hat mich rausgeworfen.«

»Das glaub ich jetzt nicht. Wieso sollte er das tun?«

»Lange Geschichte. Darf ich reinkommen?«

Miggi schaute seine Schwester irritiert an. Er sah die Not in ihren Augen. Dann öffnete er die Tür ganz und machte eine einladende Handbewegung.

»Komm rein«, seufzte er.

Miggis Zimmer war winzig. Darin befanden sich ein Bett mit kleinem Nachttisch, ein schmaler Schrank, ein sehr kleiner Tisch, der direkt in die Ecke eingepasst war – es war ja schließlich das Zimmer eines Schreiners –, und ein Stuhl. Gleich rechts neben der Tür hing außerdem ein Waschbecken, das Miggi sehr von Nutzen war.

Irmi sah sich um. Auf dem Nachttisch entdeckte sie ein gerahmtes Foto von Margarete. Hübsch sah sie darauf aus.

Irmi hatte nur ein einziges Mal hier hereingeschaut, als Miggi das Zimmer frisch bezogen hatte und es stolz seiner Schwester zeigte. Normalerweise kam Miggi immer in die elterliche Wohnung in der Klarastraße. Dann blieb er zum Essen, alberte ein bisschen mit Johann, ihrem jüngsten Bruder, der mittlerweile neun Jahre alt war, half dem fünfzehnjährigen Klaus bei der Herstellung irgendeines Gegenstandes oder der elfjährigen Hannelore bei den Hausaufgaben. Kaum war der Tisch abgeräumt, trieb es ihn auch schon wieder weg, was Irmi stets bedauerte. Aber sie verstand, dass Miggi es nicht so lange bei ihnen aushielt, und das lag hauptsächlich am Vater.

Hans Schocher war erst vier Jahre zuvor aus russischer Kriegsgefangenschaft zurückgekehrt. Was ihm passiert war, darüber sprach er nicht. Aber ganz sicher war er nicht mehr der Vater, an den sich die älteren der fünf Geschwister erinnerten, bevor er in den Kriegsdienst eingezogen worden war. Fünf ganze Jahre war er weg gewesen, sie hatten sich arrangiert, und dann kam Hans Schocher zurück und war doch ein ganz anderer als der, der 1943 gegangen war.

Wenn er nicht so komisch geworden wär, dann stünd' ich jetzt nicht hier, dachte Irmi.

Miggi schaute sich ein bisschen verunsichert um. »Setz dich doch«, sagte er schließlich und deutete auf den einzigen Stuhl. Er selbst nahm auf seinem Bett Platz.

»Er hat mich geohrfeigt.«

»Was? Wieso denn das?«

Irmi wollte es nicht erzählen. Nicht jetzt.

»Ich kann es ihm mit nichts recht machen«, erwiderte sie stattdessen.

»Versteh ich nicht, du hast es doch weit gebracht«, meinte Miggi. »Er hat allen Grund, stolz auf dich zu sein.«

Schön wär's. Irmi lächelte ihren Bruder an.

»Ich hab wirklich keine Lust, es jetzt zu erzählen. Lieber morgen. Meinst du, ich kann bei dir schlafen?«

Miggi schaute sich zweifelnd in seinem Zimmer um und seufzte.

»In Ordnung, ich leg mich dann unten im Werkstattbüro aufs Sofa. Dann kannst du hierbleiben. Zumindest für eine Nacht.«

»Danke Miggi, du bist der Beste.«

Miggi war unwohl, als er sich unten im Büro auf das Sofa legte. Nicht nur, weil es ein unbequemer Zweisitzer mit starker Neigung nach hinten war und dazu noch viel zu kurz für seine Körpergröße von fast einem Meter neunzig. Nein, ihm graute vor dem nächsten Morgen, wenn er seinem Meister würde erklären müssen, warum er auf dem Sofa und seine Schwester in seinem Bett schlief. Natürlich kannten die Bächles Irmi. Und was konnte so Schlimmes vorgefallen sein, dass Irmi sich Hals über Kopf die wichtigsten Sachen geschnappt hatte und aus dem Elternhaus verschwunden war? Miggi grübelte. Sicher, sein Vater war schwierig geworden. Seine Mutter hatte ihrem Mann nichts entgegenzusetzen. Die Familie lebte in der Dreizimmerwohnung unter dem Dach auf engstem Raum. Aber deshalb gleich ganz abhauen?

Miggi versuchte, es sich auf dem Sofa bequem zu machen. In der Werkstatt war es kalt und die Decke, die er gefunden hatte, war viel zu dünn und wärmte nur wenig. So konnte er nicht einschlafen.

Irmi war eigentlich immer handfest und selbstbewusst gewesen, vielleicht ein bisschen zu vorlaut manchmal. Sie ließ sich ganz sicher nicht die Butter vom Brot nehmen, das war klar. Vielleicht war sie dem Vater nicht gehorsam genug? Na gut, sie war jetzt achtzehn Jahre alt und kein kleines Kind mehr. Seit zwei Jahren schon stand sie im Beruf und verdiente ihr Geld als Sekretärin. Sie war klug und ehrgeizig. Was also war da vorgefallen?

Miggis Gedanken drehten sich im Kreis und hielten ihn wach. Als um sieben Uhr morgens das Angelusgeläut von der nahen Herz-Jesu-Kirche ertönte, richtete er sich mit dröhnendem Kopf auf. Er hatte das Gefühl, nicht eine Sekunde geschlafen zu haben. In einer Viertelstunde gab es Frühstück in der Küche der Bächles, und noch vor acht waren der Meister, seine Gesellen und der Lehrling gewöhnlich in der Werkstatt.

Nach dem Frühstück klopfte Miggi vorsichtig an seine Zimmertür. Dann öffnete er die Tür und schaute durch den Spalt hinein.

In seinem Bett lag seine Schwester und hob verschlafen die Hand.

»Hallo, hast du gut geschlafen?«, fragte sie.

»Es ging so«, antwortete Miggi. »Was soll ich denn jetzt mit dir machen?«

Irmi richtete sich auf.

»Ich habe überlegt, ich könnt vielleicht zu den Lehners gehen.«

Die Lehners, die für ihn immer die Beierles bleiben würden, waren ihre ehemaligen Nachbarn aus der Klarastraße. Christian war seit Schulzeiten Miggis bester Freund und auch mit dem nur wenig jüngeren Lothar verstand er sich gut. Der Vater der beiden Brüder war an der Front gefallen, und ihre Mutter hatte bald nach Kriegsende einen anderen Mann geheiratet, Ernst Lehner. Er war kriegsversehrt, ihm fehlte der linke Arm, aber er war ein hervorragender Geschäftsmann und baute sich nach 1945 ein Import-Export-Unternehmen auf. Schon bald hatte er über zwanzig Mitarbeiter und verdiente so gut, dass die Familie Lehner-Beierle von der kleinen Wohnung in der Klarastraße in ein großes Haus im mondänen Freiburger Stadtteil Wiehre zog. Frau Lehner bekam noch zwei Kinder, einen Jungen und ein Mädchen, mittlerweile fünf und drei Jahre alt, und wirkte sehr zufrieden damit, wie es gekommen war. Christian wurde Feinmechaniker und Lothar ging aufs

Gymnasium und sollte in diesem Frühjahr sein Abitur machen. Er wollte studieren, und Ernst Lehner unterstützte seine Ambitionen.

Ja, vielleicht waren die Lehners eine gute Lösung. Sie wohnten weit genug weg, um nicht irgendjemanden in die Bredouille zu bringen. Frau Lehner und Miggis Mutter hatten sich stets sehr gut verstanden, aber seit ihrem Umzug in die Wiehre sahen sie sich eigentlich gar nicht mehr. Und Frau Lehner kannte die Schochers gut und wusste, wie es dort zuging. Warum also nicht. Platz hatten sie noch dazu.

»Du kannst es ja probieren«, meinte Miggi. »Am besten noch am Vormittag, wenn alle aus dem Haus sind bis auf die Kleinen. Dann triffst du Frau Lehner allein an.«

»Ja, ich melde mich dann bei dir, einverstanden?«

»Ja, ist gut.«

Von der schlaflosen Nacht auf dem kalten Werkstattsofa fühlte Miggi sich wie gerädert. Etwas missmutig und immer noch mit Kopfschmerzen ging er an seine Arbeit. Der Meister wunderte sich nur, warum sein Geselle und potenzieller Nachfolger heute so unglaublich müde und unkonzentriert war.

Nachdem Miggi die Tür wieder geschlossen hatte, blieb Irmi allein zurück. Sie merkte, wie ihr schlecht wurde. Mit einem Satz sprang sie aus dem Bett und lief zum

Waschbecken, wo sie sich erbrach. Nach dieser Anstrengung nahm sie auf dem Stuhl Platz. Sie hatte einen sauren Geschmack im Mund und stellte fest, dass sie in der Eile gestern nicht an ihre Zahnbürste gedacht hatte.

Irmi zwang sich, sich zu konzentrieren und darüber nachzudenken, was nun ihre nächsten Schritte sein würden. Ihr Blick fiel auf Miggis Tisch, und als sie die leeren Blätter Papier sah, zögerte sie nicht. Sie schnappte sich ein Blatt und einen Stift und begann, mit ihrer schönen Handschrift zu schreiben. Anschließend unterzeichnete sie den Text schwungvoll mit ihrem Namen, faltete das Blatt zusammen und steckte es in ihre Handtasche. Dann zog sie sich an, kämmte ihre Haare mit den Fingern und war bereit. Leise öffnete sie die Tür und horchte. Aus der Werkstatt hörte man die Maschinen und die Stimme des Meisters. Aus der Wohnung der Bächles war das Geklapper von Geschirr zu vernehmen.

Irmi huschte hinaus. Unbehelligt querte sie den Hinterhof und trat auf die Guntramstraße.

Der Schnee von gestern war geschmolzen, das Straßenpflaster nass und schmierig.

An der Ecke zur Wannerstraße blieb sie stehen und wartete. Es war jetzt kurz vor halb neun, das bedeutete, dass ihre beiden kleinsten Geschwister Johann und Hannelore gleich auf dem Weg zur Schule aus der Klarastraße kommend die Wannerstraße überqueren würden. Denn heute war Mittwoch, da begann für beide der Unterricht erst zur zweiten Stunde. Klaus hingegen war schon unterwegs – er hatte eine Ausbildung als Schlosser angefangen und musste um sieben Uhr bei der Arbeit sein. Die Mutter würde nun in der Küche mit dem Aufräumen beginnen, und der Vater lag vermutlich auf dem Sofa im Wohnzimmer und schlief.

Da waren sie schon! Zielstrebig liefen Johann und Hannelore Richtung Kirchplatz und Schulgebäude, ihre große Schwester, die ihnen sehnsuchtsvoll von hinten nachschaute, nahmen sie nicht wahr.

Als Irmi sich sicher war, dass ihre Geschwister das Schulgebäude betreten haben mussten, wagte sie sich aus der Deckung. Mit schnellem Schritt ging sie über die Stühlingerbrücke in Richtung Innenstadt, durch das Grün, wo ihr Vater früher in der Eisengießerfabrik gearbeitet hatte, dann vorbei am altehrwürdigen Rotteckgymnasium und den Kollegiengebäuden der Universität die Rempartstraße hinunter. An der Kaiser-Joseph-Straße bog sie rechts ab und blieb bald vor einem der nicht zerstörten prächtigen Gründerzeithäuser stehen.

Irmi blickte nach oben in den dritten Stock. Kurz durchatmen und dann hoch. Entschlossen lehnte sich Irmi gegen die schwere Eingangstüre und trat ein. Sie nahm die Treppe, nicht den Fahrstuhl.

Im dritten Stock befand sich das Versicherungskontor der Lebensfürsorge, Irmis Arbeitsplatz seit zwei Jahren. Seit einem halben Jahr war sie sogar die Sekretärin des Bürodirektors. Die Direktionssekretärin! Mit gerade mal achtzehn Jahren. Sie saß direkt vor seinem Büro.

An ihrem Schreibtisch hatte ihre Kollegin Cordula Watzke Platz genommen, die sie mit einer Mischung aus vorwurfsvoll und neugierig begrüßte.

»Guten Morgen, die Dame! Wir sind heute aber spät dran. Der Chef wartet bereits zum Diktat!«

»Und warum sitzt du an meinem Platz?«, fragte Irmi ohne Begrüßung zurück. Sie konnte ihre Kollegin nicht leiden, die ihr ganz offensichtlich ihre Stellung neidete. Sonst würde sie jetzt ja wohl kaum an ihrem Schreibtisch sitzen.

Irmi erwartete keine Erklärung, sondern klopfte kurz an der Tür ihres Vorgesetzten und trat augenblicklich ein.

»Fräulein Schocher«, rief Friedhelm Münzer aus, »da sind Sie ja endlich. Ich habe hier einen wichtigen …«

»Ich kündige! Sofort.«

Irmi klatschte ihm das Blatt Papier auf den Tisch, das sie bei Miggi vorbereitet hatte.

Friedhelm Münzer blickte erstaunt auf.

»Aber wieso denn das?«, fragte er ehrlich überrascht.

»Ich möchte hier nicht mehr arbeiten.«

»Aber …«

»Auf Nimmerwiedersehen, Herr Münzer.«

Ohne eine Antwort abzuwarten, drehte Irmi sich auf dem Absatz um und verließ das Zimmer. Im Vorzimmer ging sie an ihren Schreibtisch, schob das erstaunte Fräulein Watzke etwas zur Seite und räumte ihre Privatsachen aus der Schublade. Viel war es nicht, aber immerhin eine Haarbürste. Die würde sie gleich erst mal benutzen.

Als Irmi wieder unten auf der Kaiser-Joseph-Straße angelangt war, atmete sie tief durch. Das lief ja noch besser, als sie es sich vorgestellt hatte. Ein wenig genoss sie ihren theatralischen Auftritt im Nachgang. Der Münzer hatte ganz schön blöd geguckt! Beschwingt lief Irmi die Straße hinunter Richtung Wiehre. Jetzt kam der schwierigere Teil des Tages.

Nachdem sie die Dreisam überquert und die Johanneskirche auf der rechten Seite passiert hatte, war Irmi in der Wiehre angelangt. Sie bog rechts in die Konradstraße ein, die bald in die Goethestraße mündete. Hier stand das Haus der Lehners.

Irmi öffnete ein spitzes Gartentor und stand vor dem beeindruckenden Bau. Drei Treppenstufen hoch und geklingelt.

Sie hörte, wie es innen schellte. Nach einer Weile vernahm sie das Geräusch von klappernden Schuhen auf dem Parkett und die Tür wurde geöffnet.

»Irmi!«

Annemarie Lehner, ehemals Beierle, die dreijährige Franziska auf dem Arm, schaute erstaunt.

»Das ist aber eine Überraschung, dass du uns mal besuchst! Wie geht es dir denn? Komm doch rein!«

Sie ging einen Schritt zur Seite, machte eine einladende Handbewegung, und Irmi trat erleichtert ein.

Das Innere des Hauses nahm sie sofort gefangen. Vor drei Jahren, kurz vor Franziskas Geburt und nachdem die Lehners gerade umgezogen waren, war die gesamte Familie Schocher einmal eingeladen gewesen. Es war das einzige Mal, dass Irmi dieses Haus betreten hatte. Damals war es noch nicht fertig eingerichtet gewesen, aber Irmi war überwältigt von den hohen großen Räumen und der weiten Treppe, die in die zwei oberen Stockwerke führte. Nun hatte sie wieder diesen Eindruck. Der Besuch damals endete übrigens ernüchternd. Irmis Mutter und Annemarie Lehner hatten sich als Nachbarinnen und Freundinnen immer gut verstanden und sich in den schwierigen Jahren im und nach dem Krieg gegenseitig helfen und aufeinander verlassen können. Irmis Vater jedoch kam mit dem plötzlichen Wohlstand der Nachbarn nicht klar. Vielleicht war es zu viel für ihn, dass Ernst Lehner es trotz seiner Behinderung zu etwas gebracht hatte. Hans Schocher fehlten keine Gliedmaße, aber nach der Kriegsgefangenschaft brachte er keinen Fuß mehr auf den Boden, und dafür machte er jeden verantwortlich. Und so endete dieser einzige Besuch der Schochers in der Goethestraße in unangenehmem Schweigen, nachdem Hans Schocher – ordentlich alkoholisiert, denn Ernst Lehner hatte einen guten Cognac gereicht – sich mit seinen Worttiraden unmöglich gemacht hatte.

Irmi erinnerte sich mit Grausen daran, wie ihr Vater, wieder zu Hause, sich über Ernst Lehner ausgelassen hatte. Einen Möchtegerngroß, einen aufgeblasenen Lackaffen, einen Speichellecker nannte er ihn, dabei hatte Lehner ihm nichts getan. Er war im Gegenteil sehr höflich und zurückhaltend gewesen. Die Mutter, Miggi und Irmi waren beschämt, die jüngeren Geschwister Gott sei Dank im Kinderzimmer verschwunden, sodass sie das nicht mit anhören mussten. Danach gab es jedenfalls keinerlei Kontakt mehr.

Und jetzt war Irmi hier. Sie folgte Annemarie Lehner in die Küche, die größer war als das Schocher'sche Wohnzimmer.

»Möchtest du einen Kaffee?«

»Danke. Lieber Wasser oder einen Tee.«

Während Frau Lehner den Teekessel auf den Herd stellte, nahm Irmi am Küchentisch Platz. Interessiert schaute sie sich in der Küche um. So eine moderne Einrichtung hatte sie noch nie gesehen. Überall gab es Einbauschränke und der Herd war im Vergleich zu herkömmlichen Modellen riesig. In der Ecke stand ein großer bauchiger Kühlschrank, wie Irmi ihn in amerikanischen Spielfilmen im Kino gesehen hatte.

»Das ist so wunderbar, dass du vorbeischaust«, plauderte Frau Lehner drauflos. »Wir haben uns ja wirklich lange nicht gesehen. Auch deine Mutter leider nicht … Na ja, jetzt ist es ja auch nicht mehr so um die Ecke wie früher, gell?«

»Ja, stimmt.«

Irmi schaute auf Franziska, die nun in ihrem Stühlchen saß und an einer Brotscheibe lutschte.

»Wie geht es deiner Mutter? Und deinem Vater? Ist Miggi noch bei den Bächles? Und was macht Klaus jetzt?«

Frau Lehner war kaum zu stoppen. Ohne eine Antwort abzuwarten, werkelte sie vor sich hin. Schließlich kam sie mit einer Kanne und zwei Tassen an den Tisch und goss den frischen Tee ein.

»So, jetzt erzähl mal, was führt dich zu uns?«

»Ich brauche ein Obdach.«

»Was für ein Obdach?«

»Ich kann nicht mehr in die Klarastraße zurück. Wir haben uns überworfen.«

»Ja, wie kommt denn so was?«

»Es geht dort nicht mehr.«

Frau Lehner schaute Irmi einen langen Moment prüfend an.

»Hast du was ausgefressen?«

»Wenn man es so nennen möchte.«

Franziska fuhr mit ihren Händen den Tisch auf und ab und stieß ihr Wasserglas um. Frau Lehner sprang auf.

»Franziska! Was soll denn das? Immer wirfst du alles um!«

Hektisch wischte Frau Lehner den Tisch ab, während Franziska in ein gellendes Geheul ausbrach.

»Ach verdammt, nie kann man sich in Ruhe unterhalten.« Frau Lehner zerrte ihre kleine Tochter aus dem Hochstuhl.

»Elfriede«, rief sie laut.

An der Tür erschien eine ältere Frau, die das schreiende Kind übernahm und mit ihm zusammen wieder verschwand.

»So«, Frau Lehner lächelte etwas gequält, »jetzt haben wir unsere Ruhe, jetzt erzähl doch mal.«

»Es passt ihnen nicht, wie ich lebe, und ich lass mich mit achtzehn Jahren bestimmt nicht schlagen.«

Irmi spürte, wie jetzt doch die Tränen in ihr hochstiegen, und versuchte, sich zusammenzureißen. Bloß nicht weinen!

»Ja, was gibt es denn da für einen Grund? Was genau ist denn vorgefallen?«

Frau Lehner schaute Irmi ernst und teilnahmsvoll an. Gerade als Irmi Luft geholt hatte und etwas sagen wollte, klingelte es.

Frau Lehner sprang wieder auf.

»Ach, das jetzt auch noch. Das ist die Schneiderin, die zur Anprobe kommt. Ich lasse mir ja ein neues Kleid schneidern für Lothars Abschlussball. Das tut mir nun leid, aber da muss ich leider hin.« Frau Lehner drückte Irmis Arm. »Du kannst hier gerne sitzen bleiben, wir reden dann gleich weiter, ja?«

»Wie lange geht denn die Anprobe?«

»Hm, ein, zwei Stunden sicher.«

»In Ordnung, ich warte hier«, antwortete Irmi. Wo hätte sie jetzt auch hingehen sollen.

»Gut, und dann reden wir.«

Schon war sie aus der Küche verschwunden. Irmi seufzte. Der Kloß in ihrem Hals wurde noch dicker und die Tränen begannen zu fließen. Frau Lehner war wirklich sehr unruhig, irgendwie hatte sie sich das anders vorgestellt.

Nachdem Irmi sich wieder etwas beruhigt hatte, lauschte sie, was draußen vor sich ging. Man hörte Annemarie Lehners Stimme und die der Schneiderin, irgendwann schrie auch wieder Franziska. Es polterte, Stühle wurden wohl hin- und hergeschoben.

Irmi trank ihren Tee aus und stand schließlich auf. Zögerlich betrat sie die große Diele. Aus dem Esszimmer drangen Stimmen. Die Tür war halb geöffnet. Irmi blickte hinein.

Frau Lehner stand auf einem Stuhl und trug ein atemberaubendes eisblaues Abendkleid. Man sah aber auch deutlich, dass sie in den letzten Jahren einiges an Gewicht zugelegt hatte. Zu ihren Füßen werkelte die Schneiderin.

Irmi räusperte sich.

»Ich gehe spazieren. Wenn es recht ist, komme ich später nochmal.«

Frau Lehner schaute kurz auf und lächelte abwesend.

»Ja, sicher, bis gleich. Wir sehen uns dann.«

Schon wandte sie den Kopf wieder der Schneiderin zu und Irmi trat ab.

Die frische Luft tat gut. Irmi entschied sich, den Lorettoberg hochzulaufen. Ein stattliches Haus reihte sich hier ans andere. Was für ein Unterschied zu ihrem Heimatstadtteil, dem Stühlinger. Irmi keuchte. Es ging ziemlich steil bergauf, aber schließlich wurde sie, trotz des grauen Wetters, mit einem weiten Blick Richtung Schönberg und Rheinebene belohnt.

Was sie ausgefressen hätte, fragte Frau Lehner! Eigentlich läuft es doch rund bei dir, sagten alle. Ja, bis zu diesem fatalen Fasnachtsabend im Februar, dem Schmotzige Donschdig. Worauf hatte sie sich da mit Friedhelm Münzer bloß eingelassen?

II.

Irmgard Schocher war das zweitälteste Kind von Hans und Ingeborg Schocher. Während ihr Vater im Krieg an der Front war, arbeitete ihr älterer Bruder Miggi im Schwarzwald als Hirtenbub auf einem Bauernhof. Schon früh war Irmi es gewohnt, ihrer Mutter zur Hand zu gehen und im Haushalt kräftig mitzuhelfen. Als Irmi vierzehn Jahre alt und mit der Volksschule fertig war, wäre der nächste Schritt für ihre Eltern die Haushaltsschule gewesen. Was sich eben so gehörte für eine junge Frau.

Aber Irmi hatte keine Lust auf Haushalt. Sie konnte das alles; kochen, spülen, waschen. Auch nähen und stricken, aber das hasste sie. Irmi Schocher wollte mehr. Sie hatte nur die besten Noten im Zeugnis und wäre gerne auf die weiterführende Schule gegangen, so wie Lothar. Auch ihre Lehrer hielten sie für sehr begabt. Aber sie kam aus einem Arbeiterhaushalt und war ein Mädchen.

»Was willst du mit dem Abitur? Wenn du heiratest, brauchst du keine Bildung, da musst du den Haushalt beherrschen«, war die Antwort ihres gerade heimgekehrten Vaters, und ihre Mutter pflichtete ihm bei, wie sie es eigentlich immer tat.

Irmi konnte sich immerhin so weit durchsetzen, dass sie die Handelsschule besuchte, die sie mit Eins abschloss. Sogleich fand sie einen Arbeitsplatz bei der Lebensfürsorge. Herr Münzer war ein freundlicher, netter Vorgesetzter. Er behandelte Irmi sehr zuvorkommend und war von ihrer Leistung so überzeugt, dass sie schon jetzt, mit nur achtzehn Jahren, die Direktionssekretärin war. Das sollte ihr mal eine nachmachen! Selbst ihre Eltern mussten das anerkennen.

Und Irmi war nicht nur flink im Kopf, sie war auch ausnehmend hübsch mit ihren langen blonden, leicht gelockten Haaren. Sie war es gewohnt, dass die französischen Soldaten ihr hinterherpfiffen und die deutschen Jungs ihr den Hof machten. Und auch der junge Herr Münzer war offensichtlich nicht nur von ihrer Leistung als Sekretärin angetan.

Ihr gefiel Herr Münzer auch sehr gut. Er war erst Ende zwanzig und schon verantwortlich für die gesamte Filiale. Zu ihr war er stets überaus höflich und zuvorkommend. Und er rief immer sie zum Diktat, ließ immer sie die Zahlen noch einmal nachrechnen und bedankte sich überschwänglich, wenn sie ihm einen Kaffee brachte. Kein Wunder, dass die anderen Sekretärinnen schon tratschten und das Gespräch unterbrachen, wenn Irmi den Raum betrat. Aber solche Dinge kümmerten sie nicht.

Dann kam Fasnacht. Am Schmotzige Donschdig liefen sie sich zufällig in derselben Gaststätte in der Freiburger Innenstadt über den Weg. Herr Münzer lud sie auf ein Glas Wein ein, sie schäkerten und lachten und waren bester Laune. Die Freundinnen, mit denen Irmi sich verabredet hatte, zogen bald ohne sie weiter. Sogar das Du bot Herr Münzer Irmi an, und es erschien ihr wirklich lustig, den direkten Vorgesetzten auf einmal mit Friedhelm anzureden. Bei der Arbeit könne sie natürlich nicht auf einmal Friedhelm sagen, schränkte er ein. So feierten sie ausgelassen, tranken noch einige weitere Gläser Wein, bis er vorschlug, man könne ja mal das Büro bei Nacht besuchen.

Ja, warum eigentlich nicht?

Friedhelm Münzer sperrte die schwere Eingangstüre auf und kichernd liefen sie durch die große Vorhalle Richtung Aufzug. Im Fahrstuhl blickten sie sich tief in die Augen und spielten mit ihren Händen. Im Büro gaben sie dann jede Zurückhaltung auf. Münzer zog seine Sekretärin eng an sich und küsste sie auf den Mund. Für Irmi war es der erste Kuss in ihrem Leben und beschwingt, wie sie war, fand sie, dass es sich großartig anfühlte. Friedhelm Münzer setzte sich in seinen ledernen Direktorensessel, Irmi auf seinen Schoß, und ihre Küsse wurden immer leidenschaftlicher.

Wenn Irmi jetzt daran zurückdachte, musste sie fast lächeln ob der übermütigen Stimmung, die sie beide befallen hatte. Es hatte sich einfach sehr schön angefühlt. Was dann folgte, kannte Irmi nicht noch hatte sie es gewünscht. Aber ihren Willen hatte sie wohl an der

Garderobe abgegeben. Sie wusste wirklich nicht, wie ihr geschah. Sie fühlte sich wie im Rausch. Und Friedhelm war sehr zärtlich.

Am nächsten Tag wachte sie spät und verkatert auf. Einen Augenblick lang musste sie überlegen, wo sie überhaupt war. Ach ja, richtig, Friedhelm hatte sich als ganzer Ehrenmann erwiesen und sie noch bis zur Haustür begleitet. Im Dunkel des Hauseingangs hatte er sie noch einmal eng an sich gezogen und ihr einen langen Kuss gegeben.

Irmi war plötzlich hellwach und schlug die Bettdecke zurück. Sie musste ja zur Arbeit! Blitzschnell war sie auf den Beinen, stopfte sich in der Küche einen Ranken Brot in den Mund und verschwand mit wehendem Mantel. Niemand sonst in ihrer Familie war auf den Beinen, es war ja Fasnacht und deshalb gab es schulfrei. Irmis Mutter war sicher erst sehr viel später als sie selbst aus der Kneipe nach Hause gekommen, und der Vater verschlief sowieso den Vormittag auf dem Sofa. Gott sei Dank, so musste sich Irmi an diesem Morgen mit niemanden auseinandersetzen.

Irmi schaffte es, vor Friedhelm im Büro zu sein, obwohl sie über eine Stunde später kam als üblich. Ihre beiden Kolleginnen hatten sich freigenommen, sie war ganz allein. Wie passend! Als Münzer durch die Tür kam, strahlte sie ihn an.

»Guten Morgen, Friedhelm!«

Ihr Vorgesetzter schaute sie irritiert an. Er sah aus, als hätte er gar nicht geschlafen.

»Ach, Fräulein Schocher«, sagte er dann so unbeteiligt wie nie zuvor, »machen Sie mir doch bitte mal eine Tasse Kaffee, ja.«

Ohne eine Antwort von Irmi abzuwarten und sie eines weiteren Blickes zu würdigen, verschwand er in seinem Büro.

Irmi war verblüfft, aber machte sich sofort daran, Kaffee aufzusetzen. Wenig später klopfte sie an die Tür, wartete geduldig auf sein »Herein« und stellte schließlich ein Tablett mit Kaffeegeschirr auf dem Schreibtisch ab. Herr Münzer war sehr vertieft in seine Zeitung und blickte nicht auf.

Sie blieb stehen und lächelte ihn an.

Keine Reaktion.

Schließlich goss sie ihm eine Tasse Kaffee ein. Und wartete erneut.

Münzer schaute fragend hoch.

»Ist noch was?«

»Nein, ich …«

»Danke, Sie können dann gehen, Fräulein Schocher.«

Münzer wandte sich wieder seiner Zeitung zu. Ohne noch einmal aufzublicken, sagte er: »Wenn ich es mir recht überlege, können Sie sich heute eigentlich frei nehmen. Hier passiert heute ja sowieso nichts mehr.«

Ungläubig blickte Irmi ihren Vorgesetzten, Friedhelm!, an. Dann begriff sie, drehte sich um, verließ den Raum und knallte so heftig die Tür zu, dass das Kaffeegeschirr wackelte.

Ich Idiotin! Ich Idiotin!, schalt sich Irmi, während sie die Kaiser-Joseph-Straße entlanglief, ja rannte. Sie war so wütend, dass sie gar nicht wusste, wohin mit sich. Wie hatte ihr das letzte Nacht nur passieren können! Wie konnte sie nur so dumm gewesen sein? Stundenlang lief Irmi hin und her, bis sie sich schließlich am frühen Nachmittag traute, nach Hause in die Klarastraße zu laufen. Sie hatte sich so weit beruhigt, dass sie glaubte, ihren Eltern und Geschwistern jetzt so gegenübertreten zu können, dass diesen ihre Erregung nicht auffiel. Und tatsächlich funktionierte es ganz gut. Vater und Mutter wunderten sich in den nächsten Tagen nur, dass Irmi keinerlei Interesse mehr zeigte, zur Fasnacht mit ihnen oder ihren Freundinnen auf die Straße und feiern zu gehen. Den Umzug am Montag ließ sie auch ganz ausfallen. Am Aschermittwoch hatte sich Irmi wieder so weit unter Kontrolle, dass sie zur Arbeit gehen und dem ignoranten Herrn Münzer begegnen konnte, ohne die Fassung zu verlieren.

Münzer wiederum erwähnte das Vorkommnis vom Schmotzige Donschdig mit keiner weiteren Silbe und irgendwie schaffte es Irmi in den nächsten Wochen, so zu tun, als wäre man sich niemals nähergekommen. Wie immer rief er sie zum Diktat – wobei er nun betont größeren Abstand zu ihr hielt –, wie immer ließ er sie alle Zahlen nachrechnen. Und selbst den beiden tratschigen Ziegen in ihrem Büro fiel nicht auf, dass etwas anders war.

Nach vier Wochen war Irmi sich jedoch endgültig sicher, dass etwas anders war.

Bei Doktor Hofmann am Lederleplatz hatte sie gleich einen Termin bekommen. Irmi saß bang im Wartezimmer. Sie war noch nie bei einem Frauenarzt gewesen. Schließlich wurde sie ins Untersuchungszimmer gerufen. Doktor Hofmann war ihr sofort unsympathisch.

Die Untersuchung war sehr unangenehm. Niemals zuvor hatte sich Irmi so ungeschützt und ausgeliefert gefühlt. Doch, einmal, im Nachhinein. Und deswegen war sie ja hier.

Nach der Untersuchung sollte sie sich wieder anziehen und ins Sprechzimmer kommen.

»Gratulation, Frau Schocher – Sie sind in anderen Umständen!« Jovial schaute der Arzt vom Schreibtisch aus seine Patientin an.

Irmi bekam große Augen.

»Bekomme ich wirklich ein Kind?«

»Sicher, ich schätze, im November wird es so weit sein.« Doktor Hofmann bemerkte das Entsetzen seiner Patientin und stutzte.

»Aber … war es denn nicht geplant?«

Irmi schüttelte den Kopf.

»Ach, Sie sind gar nicht verheiratet?«

»Nein. Es war ein Versehen.«

Nun schaute Doktor Hofmann Irmi an, als sei sie ein hoffnungsloser Fall.

»Sie können es zur Adoption freigeben. Oder es in ein Heim geben. Man muss ein Kind nicht behalten.«

Irmi blickte den Arzt an. Er war ein unangenehmer Mensch. Sie stand auf und ging, ohne ein weiteres Wort zu verlieren.

Sie war froh, als sie endlich wieder draußen auf der Straße stand. Was für ein schrecklicher Arzt! Was für eine entwürdigende Untersuchung. Nie wieder würde sie dorthin gehen.

Sie war also wirklich schwanger. Sie hatte es ja geahnt. Aber Ahnen und Wissen waren zweierlei. Und jetzt wusste sie es. Sie bekam ein Kind und hatte weder einen Vater, geschweige denn einen Mann dazu. Einen Bastard trug sie in ihrem Leib.

Aber wegmachen oder weggeben, das wusste Irmi intuitiv sofort, das kam gar nicht infrage. Das war doch eine Sünde! Jedes Kind war doch gottgegeben.

Irmi brauchte eine weitere Stunde, bis sie es schaffte, in die Klarastraße zu gehen und ihren Eltern die neue Situation zu beichten. Leider lief es nicht wie erwünscht.

III.

Nach zwei Stunden kehrte Irmi ins Haus der Lehners zurück. Mittlerweile knurrte ihr der Magen. Sie hatte heute noch gar nichts gegessen. Die Hausangestellte Elfriede öffnete die Tür und Irmi roch beim Eintreten sofort, dass gekocht wurde. Sie hatte solchen Hunger!

Frau Lehner sagte, sie solle sich an den Küchentisch setzen. Mittlerweile war auch der fünfjährige Thomas in der Küche und wartete so ungeduldig wie seine kleine Schwester auf das Essen. Frau Lehner schöpfte allen Suppe auf die Teller, selbst Elfriede setzte sich dazu, und nach einem kurzen Gebet hoben alle die Löffel. Ah, das tat gut, nach dem langen Spaziergang etwas Warmes im Bauch zu haben.

Nach dem Essen wurden die beiden Kinder zum Ruhen in ihre Zimmer gebracht, und Frau Lehner bat Irmi ins Wohnzimmer, wo beide auf der großen Sofagarnitur Platz nahmen. Irmi hatte noch nie so weich gesessen.

»So, Irmi, jetzt erzähl doch mal, was los ist.«

»Der Vater, der wird langsam verrückt. Der hat sich gar nicht mehr im Griff! Er hat einfach zugeschlagen.«

»Er hat sicher Schweres erlebt da in Russland, Liebes, das weißt du doch.«

Frau Lehner versuchte es auf die verständnisvolle Art.

»Ja schon, aber das ist doch nicht meine Schuld. Und wir alle bekommen seine Launen ab«, antwortete Irmi murrend.

»Was kann das für eine Laune sein, dass er dich aus dem Haus wirft?«, wollte Frau Lehner nun konkret wissen. »Was hast du ausgefressen?«

Irmi druckste herum.

»Bist du etwa …?«, tastete Frau Lehner sich zögernd vor.

»Was?«

»… in anderen Umständen?«

»So nennt man das wohl, ja.«

Frau Lehner schaute Irmi ungläubig an.

»Hast du denn einen Mann dazu?«

»Nein.«

»Wer ist denn der Vater?«

»Das möchte ich nicht so gerne sagen.«

»Ein Franzos'?«, fragte Frau Lehner entgeistert.

»Nein, das nicht.«

»Na, wenigstens etwas.« Frau Lehner schaute erleichtert. »Weiß er es denn?«

»Nein.«

Jetzt kamen Irmi doch die Tränen, gegen die sie nun schon so lange ankämpfte.

»Aber Kind!« Frau Lehner suchte nach Worten. »Wie konnte das denn passieren? Das musst du doch wissen!«

»Ich wusste es aber nicht.«

Frau Lehner blickte Irmi in einer Mischung aus vorwurfsvoll und mitleidig an.

»Und was hast du jetzt vor?«

Irmi heulte Rotz und Wasser.

»Das weiß ich eben nicht. Was soll ich denn jetzt tun? Wegmachen möchte ich es nicht.« Mit tränennassen Augen blickte Irmi Frau Lehner direkt ins Gesicht. »Ich muss ja irgendwo bleiben. Kann ich nicht hierbleiben?«

Nun druckste Frau Lehner herum.

»Nun ja, ein paar Tage sicher … aber länger? Ich muss ja auch noch meinen Mann fragen, nicht wahr.« Sie hielt inne und zögerte lange, bevor sie weitersprach. »Ich meine … was sagen denn dann die Leute, wenn sie sehen, dass wir …?«

Irmi war für einen Moment wie erstarrt. Dann versuchte sie, sich aus diesem sehr weichen Sofa zu erheben.

»Ich verstehe, dass das eine Zumutung ist. Dann muss ich eben schauen, wo ich bleibe. Ich dachte, für ein paar Tage wäre es in Ordnung gewesen, dass ich vielleicht hier sein könnte«, sagte sie mit nun fester Stimme.

Frau Lehner beeilte sich, den Schaden zu begrenzen, und drückte Irmi zurück ins Sofa.

»Ja, sicher, also ein paar Tage oder vielleicht auch Wochen, das ist sicher gar kein Problem. Da sagt ja niemand was. Und danach«, sie schürzte die Lippen, »danach müssen wir eben sehen. Einverstanden?«

Irmi war auf einmal unglaublich erschöpft. Es war alles so anstrengend. Es war, als würde sie neben sich stehen.

»Einverstanden«, hörte sie sich antworten.

Nachdem sie die Nachricht etwas verdaut hatte, ging Frau Lehner mit Irmi in das oberste Stockwerk, um ihr ein Bett zu richten. Irmi, die sich wieder einigermaßen gefangen hatte, kam aus dem Staunen nicht heraus, während sie über die großzügige Treppe nach oben wandelte. Alles hier in diesem Haus war riesig. Was für ein Unterschied zur Klarastraße und zu dem Leben, das Frau Lehner geführt hatte, bevor sie Ernst Lehner ehelichte.

Wohl fühlte sich Irmi nicht. Das Gespräch hatte sie angestrengt und sie hatte sich einen anderen Verlauf gewünscht. Im Gästezimmer stand in der Mitte ein großes Bett, das Frau Lehner nun mit frischen Laken bezog.

»So«, sagte sie nach getaner Arbeit, »jetzt ruhst du dich erst einmal aus, Liebes.«

»Ja, sehr gerne«, bedankte sich Irmi und dachte bei sich: Liebes.

Die Tür fiel ins Schloss und Irmi war allein. Sie besah ihre neue Umgebung. Natürlich war auch hier wie im restlichen Haus alles vom Feinsten – das Bett, die schweren Vorhänge, die edlen Möbel. Ernst Lehner musste ja wirklich ein florierendes Geschäft aufgebaut haben. Vorher hatte er genau so kleine Brötchen gebacken wie die Familie Schocher und war sogar noch untergekommen im Hause Beierle, weil er selbst keine Wohnung hatte. Woher kannten sich die Lehners eigentlich? Keiner wusste es, nur, dass Herr Lehner auf einmal da war, kurz nachdem die Nachricht gekommen war, dass Herr Beierle in Russland gefallen war. Naja, was ging es sie an? Irmi gähnte. Sie war wirklich erschöpft und ließ sich auf das Bett fallen. Es war weich und gemütlich. Nach wenigen Minuten war sie eingeschlafen.

Wie viele Stunden hatte sie geschlafen? Als Irmi wach wurde, war es schon dunkel und sie hörte Stimmen aus dem unteren Stockwerk. Kurz darauf klopfte es an der Tür. Hastig setzte Irmi sich auf und ordnete die Haare.

»Ja, bitte.«

Die Tür öffnete sich ein wenig und ein strahlender Lothar steckte seinen Kopf durch den Spalt.

»Irmi! Das ist aber schön, dass du bei uns bist!«

Er meinte es so, wie er es sagte, das konnte Irmi deutlich hören. Sie freute sich darüber. Sie und Lothar waren in der Klarastraße immer gut miteinander ausgekommen.

»Lothar, komm doch rein!«

Das ließ er sich nicht zweimal sagen. Lothar schloss die Tür und setzte sich Irmi gegenüber auf den schön bezogenen Stuhl.

»Groß bist du geworden«, versuchte es Irmi mit einem Scherz und meinte es doch ernst. Vor drei Jahren war Lothar noch gut zwei Köpfe kleiner gewesen als jetzt.

Lothar lachte.

»Du bleibst ein paar Tage?«

»Ja, wenn ich darf. Wir haben uns zu Hause sehr gestritten. Mein Vater hat mich rausgeworfen. Er ist nicht mehr derselbe.«

»Ja, ich weiß.« Lothar schaute verständnisvoll. »Ich finde es jedenfalls prima, dass du hier bist.«

Irmi blickte ihn dankbar an. Dann wandte sie die Augen ab. Sie konnte seinem Blick nicht standhalten.

»Ich soll dich eigentlich runterholen. Es gibt gleich Essen«, löste Lothar geschickt diesen leicht unangenehmen Moment auf. »Miggi wird auch kommen.«

»Aber woher weiß er?«

»Die Mama hat in der Schreinerei angerufen. Die kennen sich doch von früher.«

Natürlich, die Lehners hatten ein Telefon. Die Schochers natürlich nicht.

Irmi freute sich auf jeden Fall, dass Miggi beim Essen dabei sein würde. Das machte es für sie alles etwas leichter.

»Ich mach mich noch ein bisschen frisch, dann komm ich runter, ja.«

»Natürlich«, Lothar stand auf, »das Bad ist nebenan.«

Als Irmi eine Viertelstunde später die große Treppe hinabschritt, stand Miggi gerade mit Christian und Lothar im Eingang. Sie begrüßten sich erfreut, dann erschien Frau Lehner und bat alle zu Tisch.

Das Esszimmer, das Irmi schon von ihrem letzten und einzigen Besuch kannte, war festlich gedeckt – zumindest erschien es Irmi so. Ernst Lehner saß bereits am Kopf des Tisches, daneben nahm nun seine Frau Platz, die beiden Kleinen zu ihrer Rechten. Irmi nahm neben Thomas Platz, während sich Christian, Lothar und Miggi auf der anderen Seite je einen Stuhl nahmen. Nach dem Tischgebet kam Elfriede mit der Suppenschüssel herein. Irmi traute ihren Augen nicht. Sogar zum Abendessen hatten die Lehners Servierpersonal! Sie fühlte sich einmal mehr fehl am Platze, solchen Luxus war sie wahrlich nicht gewohnt. Ein Blickaustausch mit Miggi machte ihr klar, dass es ihm ebenso seltsam vorkam.

Nach der wohlschmeckenden Suppe kam der Hauptgang. Selten zuvor hatte Irmi so zartes, leckeres Fleisch gekostet.

Doch so köstlich das Essen war, so steif war die gesamte Tischgesellschaft. Keiner traute sich so recht zu sprechen, Miggi und Irmi ohnehin nicht, und selbst die beiden Kleinen wussten sich zurückzuhalten und brav auf ihren Stühlchen zu sitzen. Man plauderte über Belanglosigkeiten, und Frau Lehner achtete streng darauf, dass ja niemand eine Frage an Irmi richtete. So sprach man über den Wiederaufbau Freiburgs, über den Wetterumschwung der letzten Tage und den großen Spaß auf der letzten Fasnacht. Da musste Irmi schlucken. Ihr wurde schlecht, aber sie schaffte es, den Würgereiz gar nicht erst aufkommen zu lassen.

Nach dem Hauptgang trug Elfriede sogar noch einen Nachtisch herein. Irmi betrachtete interessiert die Creme und hatte eigentlich gar keinen Hunger mehr. Ob die Hausangestellte dasselbe zu essen bekam, da allein in der Küche?

Irmi war froh, als die Tischgesellschaft aufgehoben wurde. Christian und Lothar schlugen vor, Karten zu spielen, aber Miggi machte deutlich, dass er und Irmi sich unter vier Augen unterhalten wollten, und die beiden Freunde zeigten sich sehr verständnisvoll und stellten keine Fragen. Vielleicht hatte Frau Lehner schon geplaudert?

»Sollen wir rausgehen, vielleicht um die Ecke zum Kaiser und dort etwas trinken? Da können wir ungestört reden«, meinte Miggi.

»Gerne.«

Irmi war froh, dem Haus entkommen zu können.

Im Kaiser herrschte reges Treiben, aber die beiden Geschwister fanden schnell einen freien Tisch.

»Was ist los?«, fragte Miggi nun ohne Umschweife.

»Ich bin schwanger.«

»Was?« Miggi schaute ungläubig. »Wieso das denn?«

»Ist halt passiert.«

»Ich wusste ja gar nicht, dass du einen Freund hast«, rief Miggi erstaunt aus.

»Habe ich auch nicht. Ich hock allein da.«

»Wer ist denn der Vater?«

Eine Weile überlegte Irmi, ob sie es sagen sollte. Schließlich beugte sie sich vor.

»Der Münzer.«

Miggi schaute noch ungläubiger drein.

»Du bist ja verrückt«, sagte er dann.

»Es war ein Versehen, ein dummer Fehler. An Fasnacht.«

»Und den Eltern hast du's gesagt, wer's ist?«

»Ja, deswegen ist der Vater ja so durchgedreht.«

»Du liebe Güte. Und jetzt? Kannst du bei den Lehners bleiben?«

Irmi lachte verbittert auf. »Von wegen. Frau Lehner hat vor allem Angst davor, was die Leute sagen. Nein danke, da kann ich und will ich nicht bleiben. Ein paar Tage, ja. Aber länger nicht. Wir passen doch auch gar nicht mehr zu denen.«

»Christian und Lothar sind nach wie vor in Ordnung«, wandte Miggi ein.

»Ja, aber die Lehners … Nee, das ist keine Möglichkeit«, antwortete Irmi. »Die wollen mich nicht, und ich will sie nicht.«

»Schade«, meinte Miggi, aber er verstand seine Schwester. Er hatte sich bei Tisch auch nicht gerade wohlgefühlt. Aber was sollte Irmi jetzt nur tun? Wo konnte sie hin? Er hatte vorhin noch kurz mit seinen Eltern gesprochen. Sein Vater war nach wie vor außer sich, ohne dass er gesagt hätte, warum. »Diese kleine Hure«, hatte er ein ums andere Mal geschimpft. Miggi fand es unmöglich. Aber jetzt war ihm klar, dass Irmi es dort wirklich nicht noch mal probieren konnte. Die Tür war für sie verschlossen. Zum eigenen Elternhaus. Es war bitter.

»Vielleicht finde ich irgendwo außerhalb von Freiburg eine Unterkunft. In so ein Heim für gefallene Mädchen will ich nicht gehen. Ich bin doch nicht asozial!«

Irmi spürte, wie die Verzweiflung wieder in ihr hochstieg. Ihre Lage erschien ihr geradezu ausweglos.

Miggi dachte nach. Zu seinem Meister brauchte er Irmi auch nicht mitzubringen. Das würden die Bächles mit Rücksicht auf ihren Ruf und auf die Nachbarschaft sicher nicht machen, und Margarete, die zu Irmi eher ein angespanntes Verhältnis pflegte, würde sich bedanken.

Eigentlich fiel ihm jetzt nur ein Ort ein, wo sie auch in diesem Zustand willkommen sein könnte.

»Ich könnte beim Nonnenfeldhof nachfragen.«

Irmi schaute ihren Bruder an. Auf diesem abgelegenen Hof im Schwarzwald hatte Miggi als Junge die Kühe gehütet. Jahrelang hatten sie sich deshalb fast gar nicht gesehen.

»Was soll ich denn auf so einem Hof im Schwarzwald?«, fragte Irmi schüchtern.

»Hilfe können die immer gebrauchen. Und die haben ein offenes Haus.« Miggi dachte nur an Fritz zurück, den Deserteur, der dort untergetaucht war und bereitwillig ein Versteck bekam. »Ich kann mir nicht vorstellen, dass sie dich abweisen. Und schaffen kannst du ja, schwanger oder nicht. Du bist ja keine Memme.«

»Nein, ich hoffe nicht.« Irmi stockte und versuchte nachzudenken. Dann hob sie den Kopf. Vielleicht war es keine so schlechte Lösung.

»Also gut. Könntest du dort mal anfragen?«

»Gleich am Sonntag geh ich hin. So lange musst du doch noch bei den Lehners durchhalten.«

Miggi hielt Wort. Gleich am Sonntagmorgen machte er sich früh auf den Weg. Den Kirchgang mit Bächles ließ er ausfallen, auch wenn das den Unmut von Margarete nach sich zog. Mit dem Zug fuhr er bis Hinterzarten, dann fragte er am Bahnhof, ob jemand eine Mitfahrgelegenheit Richtung Nonnenfeldhof für ihn hätte, denn der Bus fuhr zu dieser Stunde nicht. Er hatte Glück und nahm auf dem Beifahrersitz eines Mannes aus Gibach Platz. Von Gibach war es noch ein strammes Stück bergauf. Miggi keuchte. Früher war er diesen Weg jeden Tag gegangen, jetzt fand er es nur anstrengend. Und er überlegte, wie er den Dufners vom Nonnenfeldhof die Geschichte schmackhaft machen konnte. Eigentlich war er optimistisch, aber man wusste ja nie. Er dachte an Irmi und war ein bisschen wütend über ihren Leichtsinn. Wie konnte sie nur so dumm gewesen sein? Das passte überhaupt nicht zu ihr. Und der Münzer! War der nicht eigentlich sogar verlobt?

Als der Nonnenfeldhof in der Ferne erschien, schob sich das Bild vor seine Augen, auf das er gerne verzichtet hätte. Mittlerweile schaffte er es, nicht mehr jeden Tag an jenen unheilvollen Moment im Oktober vor fast sieben Jahren zu denken, als er das Tor zur Tenne geöffnet und die Hoftochter Mina entdeckt hatte. Jahrelang hatte ihn der Anblick ihres leblosen, baumelnden Körpers geradezu verfolgt. Anfangs war es so stark, dass er früher als erwartet den Nonnenfeldhof verließ und nach Freiburg zurückkehrte, obwohl die Stadt in Schutt und Asche lag und es nach wie vor fast nichts zu essen gab. Aber er hielt es nicht mehr aus. Mina … Was für ein fröhliches

Mädchen sie gewesen war, bevor die Marokkaner kamen. Danach sprach sie kein Wort mehr. Ein einziges Mal noch, Monate später, sah er sie lächeln und am nächsten Tag war sie tot.

Miggi schüttelte unwillkürlich den Kopf. Weg mit den Gedanken, nur weg! Er wollte dieses Bild einfach nicht mehr sehen. Er lief noch schneller, als könnte er die bösen Geister so vertreiben, und als er die Anhöhe schließlich erreichte, war er ganz außer Atem.

Als er näherkam, erkannte er die schlohweißen Haare von Anna, der Altbäuerin. Sie stand vor dem Haus und starrte ihn an. Miggi wusste, dass sie mittlerweile schlecht sah. Als sie ihn endlich erkannte, strahlte sie und hob freudig den Arm zur Begrüßung.

IV.

Der Bus verlangsamte seine Fahrt und kam ächzend zum Stehen. Der Busfahrer drehte sich um: »Hier müssen Sie raus, junges Fräulein.«

Irmi blickte den Busfahrer überrascht und zweifelnd zugleich an, doch er nickte bekräftigend, und so griff sie nach ihrem Koffer und stieg aus. Der Bus fuhr lärmend weiter und Irmi fand sich allein mitten auf einer Landstraße. Zu beiden Seiten gab es nichts als Wald. Sie blickte sich um.

Gleich auf der Seite, auf der der Bus hielt, führte der Weg in den Wald, hatte Miggi gesagt. Irmi lief noch ein Stückchen, bis sie den Weg endlich erkannte und rechts abbog. Jetzt etwa eine halbe Stunde immer bergauf. Irmi hoffte, dass sie sich nicht vertan hatte.

Sie lief mit Schwung los, aber schon nach einer Weile sank ihr der Mut. Der Koffer war schwer und sperrig, obwohl sie doch gar nicht so viel dabeihatte, und sie trug ihn abwechselnd mit der rechten und der linken Hand. Da es hier viel kälter war als in Freiburg, wären Handschuhe auch nicht verkehrt gewesen. Es war mühselig. Am schlimmsten jedoch waren die Schuhe. Irmi hatte ihre Kleidung seit Arbeitsbeginn bei der Versicherung ganz auf ihre Arbeitsumgebung abgestimmt. Ihre schönen Halbschuhe mit dem Absatz waren hier aber ganz und gar das falsche Schuhwerk, wie sie schnell feststellen musste. Der Weg vor ihr war steil, rutschig und schlammig vom gerade geschmolzenen Schnee. Schon bald waren die Schuhe komplett durchnässt und verdreckt.

Die schönen Schuhe, dachte Irmi. Aber was sollte es? Sie würde sie putzen, sobald sie irgendwann einmal angekommen war!

Irmi arbeitete sich beständig bergauf und war froh, als sie endlich aus dem Wald herauskam. Ihr war keine Menschenseele begegnet. In der Ferne konnte sie zwei Höfe ausmachen. Der eine musste der Schindelmaierhof sein, der andere, größere der Nonnenfeldhof. Schon jetzt war zu erkennen, welch mächtiges Gebäude es war. Irmi lief voran. Sie war so froh, es gleich geschafft zu haben.

Als sie vor dem Hof stand, war sie überwältigt. Natürlich kannte sie Schwarzwaldhäuser, aber dieses war wirklich besonders groß. Niemand war zu sehen und so nahm sie die Treppe, um zum Haupteingang zu gelangen. Wie im Schwarzwald üblich, war auch der Nonnenfeldhof an einem Hang gebaut, sodass man von hinten ebenerdig in die Tenne hineinfahren konnte und vorne den Wohnteil über einige Stufen erreichte.

Irmi klopfte und wartete. Schon hier draußen roch es nach Rauch und Schinken. Sie ließ ihren Blick schweifen.

Über der Tür entdeckte sie im Holz des Türsturzes eine Inschrift eingeritzt. Sie fuhr mit dem Finger über die eingekerbten Buchstaben und begann zu lesen: *Anno 1717 und das Haus steht in Gottes Hand. Wieland Dufner und Rosina Zipfel und Jesus und Maria und Joseph.* So lange gab es den Hof also schon.

Es tat sich nichts im Haus, und Irmi klopfte noch einmal mit Nachdruck. Schließlich hörte sie drinnen Geräusche und mit einem Ruck wurde die Tür geöffnet. Vor ihr stand eine junge, kräftige Frau mit einem Babybauch. Vierter Monat vielleicht, überlegte Irmi unwillkürlich.

»Warum kommst nit einfach 'nei?«, fragte die Frau im starken Dialekt und bedeutete ihr, einzutreten. »Du musst Irmi sein, gell?«

»Richtig – und du Maria?«

»Ganz genau. Immer hereinspaziert!«

Der freundliche Empfang durch Maria beruhigte Irmi. Von Miggi hatte sie gehört, dass die Jungbäuerin, die Frau vom Hofnachfolger Egon, ordentlich Haare auf den Zähnen haben sollte, das Herz jedoch auf dem rechten Fleck. Und sie erwartete gerade ihr drittes Kind.

»Die Schuhe sehen ja aus. Die kannst grad hier stehen lassen und später putzen. Wart, ich hol dir was …«

Schon war Maria verschwunden und kam mit einem Paar Strohschuhe zurück.

»Ich hoff, die passen.«

»Ja, danke, sieht passend aus.«

Irmi lächelte schüchtern und entledigte sich sofort ihrer nassen Klumpen an den Füßen.

»Und dann rein in die gute Stube!«

Schwungvoll öffnete Maria gleich die erste Tür rechts.

Irmi trat ein und rieb sich ihre kalten Hände. Es war wohlig warm in der Stube, die über zwei Seiten Fenster hatte und viel Licht hineinließ. Alles war aus Holz. In der Stube saßen sie bei Tisch zum Nachmittagsvesper. Die Altbauern, drei jüngere Männer, von denen einer Egon und einer Markus, die Söhne, sein mussten. Auf dem Boden saßen zwei kleine Kinder, ein Junge und ein Mädchen, die mit Murmeln und Klötzle spielten. Das mussten Primus und Magdalena sein, die Kinder von Maria und Egon. Alle schauten den Neuankömmling interessiert an.

»Guten Tag«, sagte Irmi schüchtern.

Einer der Männer stand auf und kam auf sie zu. »Salli Irmi, wie schön, dass du es hierher geschafft hast. Ich bin der Egon. War es arg schwer, uns zu finden?«

»Es war länger, als ich dachte. Lag wohl an mir«, antwortete Irmi.

»Das sind meine Eltern – Anna und Wilhelm. Und das ist mein Bruder Markus. Die Maria, meine Frau. Und das hier ist …«

»Kurt Konopka«, stellte sich der dritte der jüngeren Männer selbst vor. »Ich bin hier der Knecht.« Seiner Sprache nach zu urteilen stammte er aus den Ostgebieten.

Irmi gab allen die Hand und bedankte sich für die freundliche Aufnahme. Maria bedeutete ihr, sich zu setzen, und so nahm Irmi am Ende der Tafel Platz, neben der kleinen Magdalena, fast drei Jahre alt, und der Altbäuerin Anna, die am Tafelende mit ihrem Mann die Spitze bildete. Egon schnitt eine Scheibe Brot und eine Scheibe Speck ab, die ihr heruntergereicht wurden, und nach dem ungewohnten Marsch bergauf biss Irmi dankbar in das Brot und ließ es sich schmecken. Der Empfang auf dem Hof war so anders als im Hause Lehner, und Irmi hoffte inständig, dass sie sich hier wohlfühlen und eine neue Heimat finden konnte – zumindest bis auf Weiteres.

»Du kriegst die Kammer, die schon dein Bruder bei uns hatte«, sagte Anna und stieg langsam die Treppe hoch. Irmi folgte ihr neugierig. Das ganze Haus roch verraucht, sodass es ihr fast den Atem nahm. Sie wusste, dass es aus der Rauchküche kam, in die sie schon einen Blick geworfen hatte. Der Rauch blieb im Schwarzwald im Haus und so war es nicht verwunderlich, dass es tatsächlich eine »schwarze Küche« war.

Im ersten Stock angekommen, öffnete Anna eine Tür, die nach draußen auf den Trippel führte. Den langen

Gang gingen sie hinunter, bis Anna an der dritten Tür hielt und sie aufstieß. Die Tür knarzte geräuschvoll. Eine kleine Kammer mit zwei Betten kam zum Vorschein, das hintere war bezogen. Eine Kommode stand noch drin, auf ihr eine Waschschüssel mit Krug. Unter dem Bett entdeckte Irmi einen Nachttopf.

»Du hast Glück, seit einer Weile gibt es nun auch Strom in den Schlafkammern«, erklärte Anna und drehte am Lichtschalter. Eine kleine Funzel an der Decke ging an. »Der Miggi ist hier noch im Dunkeln herumgewandert.«

Erst jetzt sah Irmi, dass es kein Fenster gab, sondern nur eine Öffnung mit einem Holzschieber davor. Sobald man ihn aufzog, kam Licht rein, aber eben auch Kälte. Dennoch, Irmi freute sich über die Kammer. Sie kam ihr schon jetzt viel vertrauter und gemütlicher vor als das schicke Gästezimmer, in dem sie die letzten fünf Nächte geschlafen hatte.

»Danke, es ist wunderbar. Ich bin so froh, dass ich hier sein darf. Und es freut mich zu wissen, dass es auch schon Miggis Kammer war.«

Anna schaute sie mit trüben Augen freundlich an. Dann strich sie ihr einen kurzen Moment mit ihrer rauen Hand über die Wange.

»Is' scho' recht, Kindle«, murmelte sie.

Irmi schossen sofort die Tränen in die Augen.

»Nit weine'«, tröstete Anna, »wir sind ja froh, dass wir so schnell Ersatz bekommen haben für Dorothea. Es ist gut, dass du da bist. Und jetzt komm erst einmal an und ruh dich aus.«

Mit diesen Worten wandte sie sich zum Gehen und Irmi blieb allein zurück. Sie wischte die Tränen weg, atmete tief durch, setzte sich auf ihr neues Bett und schaute sich um.

Noch nie im Leben hatte sie einen Schlafbereich ganz für sich gehabt. In der Klarastraße war es immer eng und alle Kinder schliefen in einem Zimmer. Irmi fühlte sich plötzlich unendlich allein. Und konnte die Tränen erneut nicht zurückhalten.

V.

Hans Schocher war unruhig. Wie ein eingesperrtes Tier lief er im Wohnzimmer in der Klarastraße auf und ab. Es war eigentlich nichts Besonderes, dass er nervös in der Wohnung herumlief, denn seit seiner Gefangenschaft im russischen Arbeitslager gelang es Hans Schocher eigentlich gar nicht mehr, zur Ruhe zu kommen und sich einfach zu entspannen. Vier Jahre war er jetzt schon wieder in der Heimat. Man sollte meinen, dass es mittlerweile bessergehen würde. Aber das Gegenteil war der Fall: Es wurde immer schlimmer.

Jede Nacht war es dasselbe Spiel. Er versuchte, sich neben seine Frau zu legen und zu schlafen. Stets wartete er, bis sie nach Hause kam und ins Bett ging. Wie immer seit vier Jahren drehte sie sich sofort von ihm weg und schlief augenblicklich ein. Angefasst werden wollte sie nicht. Klar, sie war erschöpft von ihrer Arbeit in der Kneipe. Und am nächsten Morgen musste sie bald wieder aufstehen und die Kinder richten und den Haushalt versehen – jetzt erst recht, wo Irmi nicht mehr da war. Aber er, er schaffte es nicht, einzuschlafen. Kaum hatte er die Augen geschlossen, kamen sie wieder, die Bilder der Toten und der Hungernden, der brüllenden Soldaten und der Explosionen. Und dann pfiff es in seinen Ohren. Erst ganz leise und fein. Dann laut und schrill. Er hielt sich die Nase zu und übte den Druckausgleich, immer wieder. Es half nicht. Er hielt sich die Ohren zu. Dadurch wurde es in seinem Kopf nur noch lauter. Schließlich gab er auf, erhob sich, griff nach seinem Bettzeug und verschwand ins Wohnzimmer. Und lief dort auf und ab, bis der Morgen dämmerte und er sich völlig erschöpft aufs Sofa sinken ließ, um endlich in einen unruhigen Schlaf zu fallen.

Arbeiten gehen konnte Hans Schocher schon lange nicht mehr. Vor dem Krieg war er Vorarbeiter gewesen in einer Eisengießerei, er war jemand in der Belegschaft, geschätzt von den Kollegen. Doch die Firma gab es nicht mehr, denn während der Nazizeit wurde dort kriegswichtiges Material hergestellt. Aber als Mann seines Faches schaffte Hans Schocher es ein paar Monate nach seiner Rückkehr, eine neue Arbeit bei der Rhodia zu finden. Er war motiviert, endlich eine Arbeitsstelle anzutreten und wieder der Haupternährer der Familie zu werden. Dann musste Inge endlich nicht mehr in diese beschissene Kneipe gehen und sich von Männern auf den Arsch schauen lassen. Das war das Schlimmste – diese Schande, dass seine Frau arbeiten musste und die Männer sie dabei anglotzten. Und er musste es ihr erlauben, dorthin zu gehen, denn sonst hätten sie gar kein Einkommen. Es widerte Hans Schocher an. Das würde er ihr und sich selbst gerne ersparen.

Aber es ging nicht. Die Maschinen waren zu laut und die Bilder zu stark. Schwitzend und unfähig, sich zu rühren, stand Hans Schocher in der Werkshalle. Er war wie gelähmt. Ein paar Tage ging es so, dann blieb ihm die Luft weg, er röchelte, kippte um, die Kollegen befürchteten einen Herzinfarkt. Der Krankenwagen kam, nahm ihn mit und er kehrte nie wieder zur Rhodia zurück. Seine Frau ging wieder in die Kneipe. Er schämte sich abgrundtief.

Seit er Irmi aus dem Haus geworfen hatte, war es mit der Unruhe noch schlimmer, wenn das überhaupt noch ging. Seit Tagen und Nächten tat er nichts anderes, als im Wohnzimmer seine Kreise zu ziehen und sich eine Zigarette nach der anderen anzuzünden.

Irmi – wie hatte das passieren können? Eine Woche war sie nun schon weg und er hatte keine Ahnung, wo sie sich aufhielt. Miggi war mal da gewesen und hatte ein paar Sachen von ihr geholt. Ganz unauffällig natürlich hatte er Hannelore vorgeschickt, den Koffer zu packen, während er selbst seine Eltern ablenkte. Aber Hans und Inge Schocher waren ja nicht ganz blöd! Doch was hätten sie schon machen können? Das Mädle brauchte ja was zum Anziehen. Wo sie sich aufhielt, das wollte Miggi nicht verraten, nicht einmal, als Hans Schocher aggressiv wurde und ihn fast schlug. Sein fast ein Meter neunzig großer Sohn hatte da nur gelacht und den Angriff ganz leicht abgewehrt.

»Trink weniger, Papa, und beruhig dich endlich«, das war alles, was Miggi sagte. Dann ging er.

Die Irmi war doch ihr Augenstern gewesen, so fleißig und blitzgescheit. Was aus dem Mädle alles hätte werden können! Und dann ließ sie sich einfach schwängern, als hätte sie keine Ehre im Leib. Vom Münzer. Diesem Arsch. Hans Schocher kannte ihn gut, denn Münzers Vater war in derselben Eisengießerei beschäftigt gewesen und in der SPD wie er. Und dem Vater war es damals nicht recht gewesen, zu sehen, dass sein Sohn so fleißig in der Hitlerjugend war, immer vorne mit dabei. Mindestens ein Mitläufer, wenn's reicht! Und nach dem Krieg hatte der sich irgendwo den Persilschein besorgt und sich in der Lebensfürsorge hochgeschleimt. Geschleimt, jawohl! Wie sonst hat der mit Ende zwanzig so einen Posten gekriegt? Bestimmt nicht, weil er so besonders schlau war.

Hans Schocher schlug mit der Faust auf den Wohnzimmertisch, dass die Asche im schweren Aschenbecher nur so hochflog. Es reichte! Seit einer Woche wurde er hier langsam endgültig verrückt, und dieser Drecksack saß immer noch in seiner Versicherung und genoss das Leben. Hans Schocher konnte das nicht länger hinnehmen. Er schaute auf die Uhr: Es war schon nach acht in der Früh. Diese Nacht hatte er gar nicht geschlafen. In der Küche hörte er seine Frau werkeln, die Kinder waren schon aus dem Haus.

Jetzt musste etwas geschehen. Entschlossen erhob er sich und ging in die Küche.

Inge Schocher blickte müde auf. »Da bist du ja schon. Willst du Kaffee?«

»Nein, ich muss gehen. Ich habe etwas Dringendes zu erledigen.«

Sie fragt nicht mal, was das sein kann, dachte Hans Schocher bedrückt. Es bestärkte ihn darin, was zu tun war. Mit Schwung ließ er die Tür ins Schloss fallen und lief die Treppen herunter.

Hans Schocher lief direkt zur Lebensfürsorge. Noch vor neun Uhr war er da. Er konnte nur hoffen, dass Münzer schon bei der Arbeit war. Er drückte gegen die schwere Tür und blickte auf das Informationsschild in der Halle. Er musste in den dritten Stock. Mit großen Schritten nahm er drei Stufen auf einmal. Vor dem Büro der Lebensfürsorge fackelte er nicht lange. Er trat einfach ein. Von Irmi war nichts zu sehen, stattdessen strahlte ihn eine junge Dame Mitte zwanzig an.

»Guten Morgen, was kann ich für Sie tun?«

»Ich muss zum Chef, zum Herrn Münzer. Geht es dort in sein Büro?«

»Der Herr Direktor Münzer ist jetzt nicht zu sprechen. Kann ich Ihnen weiterhelfen?«

»Nein, können Sie nicht.«

Hans Schocher hatte sich lange genug aufgehalten. Er ging am Schreibtisch der Sekretärin vorbei, die aufsprang und noch versuchte, ihn aufzuhalten, aber er war wie im Rausch. Mit Tunnelblick stieß er die Tür zum Herrn Direktor Friedhelm Münzer auf und lief direkt auf ihn zu.

Friedhelm Münzer saß an seinem Schreibtisch und telefonierte. Erschreckt sah er auf und blickte Hans Schocher an, der sich vor ihm aufbaute.

»Ich ruf gleich wieder an«, stammelte Münzer ins Telefon und legte auf. »Was kann ich für Sie tun?«, fragte er.

»Schocher mein Name, hast du ja sicher schon mal gehört, oder?«

Münzer schaute ihn irritiert an, während die Sekretärin sich verteidigte: »Er ist einfach weitergelaufen, Herr Direktor. Ich konnte ihn nicht aufhalten.«

»Schon gut, Fräulein Watzke. Sie … Sie können gehen.«

Fräulein Watzke blickte skeptisch und blieb einfach da.

»Sie können gehen, haben Sie mich nicht gehört?«, bellte Münzer seine Sekretärin an. Nun verstand sie und verließ ohne ein weiteres Wort den Raum.

Münzer hatte jetzt etwas an Selbstsicherheit gewonnen und schaute seinen Besucher direkt an.

»Ich denke nicht, dass wir uns schon einmal begegnet sind«, erklärte er.

»Dein Vater war wie ich in der Eisengießerei und ein aufrechter Sozialdemokrat dazu und nicht so ein … Speichellecker wie du.«

»Verstehe, trotzdem denke ich nicht, dass ich Ihnen irgendeine Rechenschaft schuldig bin.«

Hans Schocher fixierte sein Gegenüber und beugte sich drohend über den Schreibtisch.

»Die Irmi ist meine Tochter und ich lass nicht zu, dass du Windei sie in den Dreck ziehst.«

»Das habe ich zu keiner Zeit getan. Ihre Tochter ist eine fantastische Sekretärin.«

»Der du ein Kind anhängst. Hast du überhaupt keine Ehre im Leib?«, brüllte Schocher.

Münzer blickte ihn erschrocken an.

»Das kann doch gar nicht sein«, murmelte er, »oh Gott.«

»Willst du vielleicht geradestehen für die Schande, die du über das Mädle gebracht hast!?« Schocher war außer sich.

Münzers Blick fiel auf das gerahmte Bild auf seinem Schreibtisch. Es zeigte eine hübsche blonde Frau.

»Äh, ich kann … ich bin …«

»Genau«, ergänzte Schocher, »ein Dreckskerl.«

Dann schlug er zu. Die Faust traf Münzer direkt ins Gesicht. Blut rann aus seiner Nase, aber Münzer rührte sich nicht.

»Zahlen wirst du«, fauchte Schocher ihn an, »dafür werd' ich schon sorgen.«

Nach diesen Worten drehte er sich um und verließ das Büro, vorbei am ertappten Fräulein Watzke, das zufälligerweise direkt an der Tür stand.

Friedhelm Münzer blieb wie gelähmt an seinem Platz sitzen. Nachdem die Tür krachend ins Schloss gefallen war, griff er in seine Hosentasche und holte ein sauber gefaltetes Taschentuch hervor, das er an seine blutende Nase drückte.

Hans Schocher war obenauf. Seit Jahren hatte er sich nicht mehr so gut, so befreit gefühlt. Mit beschwingtem Schritt eilte er zurück in die Klarastraße und stand kurze Zeit später strahlend in der Küche.

Seine Frau hatte gerade die Wäsche eingeweicht. Schocher ergriff ihre Hand.

»Was ist denn mit dir los?« Wie immer wehrte sie ab.

»Komm, meine Liebe, du und ich, wir gehen jetzt aus! Die Kinder sind noch in der Schule und die Sonne scheint so schön.«

»Du bist ja verrückt.«

»Nein, komm, wir gehen einen Kaffee trinken, so wie früher.«

Inge blickte ihren Mann zweifelnd an. Er wirkte heute ganz anders als sonst.

»Also gut, ich zieh mir nur schnell etwas anderes an.«

»Mach das. Vielleicht das wunderschöne blaue Kleid?«

Ingeborg Schocher dachte, sie hätte sich verhört. Gleichzeitig war sie gerührt.

»Gerne. Warum nicht? Einen kleinen Moment, bitte.«

Wenig später stand sie im besagten Kleid vor ihrem Mann. Sogar etwas Schminke hatte sie aufgelegt. Ihre Lippen leuchteten. Hans Schocher war ganz bewegt. Er griff ihre Hand.

»Komm«, sagte er.

Gemeinsam liefen sie Richtung Altstadt, spazierten durch den Stadtgarten, lauschten der Musikgruppe, die dort gerade im Konzertpavillon übte, und freuten sich an der Sonne und den Blumen. Sie lachten und scherzten. Die Straßencafés in der Stadt hatten geöffnet, die Menschen genossen die frühlingshafte Wärme und streckten ihre Nasen gen Sonne. Das Ehepaar Schocher setzte sich am Rathausplatz in den Außenbereich, bestellte Kaffee und erzählte von den Kindern und von früher. Hans Schocher war wie ausgewechselt. Er war fröhlich und voller Tatendrang. Gegen Mittag drängte Inge, sie müssten jetzt nach Hause gehen, Johann und Hannelore kämen doch gleich, sie hätte noch gar nichts gekocht. Und so liefen sie zurück, die Kinder warteten schon vor der Tür, sie hatten keinen Schlüssel dabei und maulten, merkten aber doch, dass etwas ganz Besonderes passiert sein musste, so entspannt, wie ihre Eltern miteinander wirkten. Hans Schocher half seiner Frau, deckte sogar den Tisch, goss allen Wasser ein, und vergnügt aßen sie zu Mittag, lachten zusammen, wie sie es so lange nicht getan hatten. Gemeinsam spülten Inge und Hans das Geschirr und schickten die Kinder nach draußen zum Spielen. Dann gingen sie ins Schlafzimmer, sie wich ihm nicht aus, er nestelte an den Knöpfen ihres Kleides und zum ersten Mal seit Jahren sah er ihr lange in die Augen, und es kam nicht, dieses Bild, wie sein Kamerad auf ihn zurannte, Angst im Blick, dann die Explosion direkt hinter ihm, die dem Kameraden die Augen aus dem Kopf rissen, bevor er kurz vor Hans der Länge nach hinschlug. Es kam nicht, das Geräusch in den Ohren, dieses unerträgliche Pfeifen, das immer lauter wurde; stattdessen roch er die Haut seiner Frau, sie duftete wie eh und je, ein Geruch, den er jahrelang nicht mehr hatte wahrnehmen können, weil ihm immer verbranntes Fleisch in den Sinn kam. Er hörte ihr leises Stöhnen und genoss, wie sie ihre Fingernägel in seinen Rücken grub. Sie waren eine Einheit, ineinander verschränkt, Liebende wie einst, bevor der Krieg sie auseinanderriss. Schließlich sanken sie in die Kissen, Hans Schocher nahm seine Frau in den Arm, gemeinsam rauchten sie eine Zigarette und schauten zur Zimmerdecke.

Nur wenige Minuten später war Hans eingeschlafen, ganz ruhig lag er da, Inge befreite sich aus der Umarmung, stand auf, zog sich an, ordnete ihr Haar und verließ das Zimmer, während ihr Mann schlief, tief und fest. Er bekam nicht mit, dass die Kinder lärmend nach Hause kamen, dass Klaus erschien, dass seine Frau ihn antippte, als es Zeit für das Abendbrot war. Er schlief und träumte nichts, keine Bomben, keine Toten, keine schreienden Aufseher, nicht das metallische Klirren der Werkzeuge im Steinbruch. Bis zum nächsten Morgen schlief er, und als er erwachte, fühlte er sich entspannt und erholt. Schwungvoll stand er auf. Jetzt würde alles besser werden, es ging bergauf, er spürte es.

Doch Hans Schocher hatte sich getäuscht. Denn schon nach drei Nächten kehrte das Pfeifen zurück und nach fünf die Bilder des Schreckens, die ihn wieder aus dem Bett trieben. Und so drehte er erneut seine nächtlichen Runden im Wohnzimmer, erschöpft und verzweifelt.

VI.

Irmi erwachte von ungewohnten Geräuschen. Überrascht öffnete sie die Augen. Es war stockfinster in ihrer Kammer. Irmi schlug die Bettdecke zurück und erstarrte förmlich. Eiseskälte schlug ihr entgegen. Sie lief das kurze Stück zum Holzschieber und zog ihn einen Spalt auf. Fahles Licht fiel hinein, und Irmi erkannte, dass die Holzwände ihrer Kammer leicht vereist waren. Schnell schlüpfte sie wieder unter ihre Bettdecke. Einen Moment lag sie bewegungslos da und wartete darauf, dass ihr wieder warm wurde. Dann stellte sich die übliche Morgenübelkeit ein. Irmi bewegte ihre rechte Hand aus dem Bettzeug heraus und tastete nach dem Nachttopf. Als sie ihn endlich ergriff, wurde es höchste Zeit. Sie zog ihn näher zu sich und übergab sich.

Wie sie diese Übelkeit hasste. Hörte das je wieder auf?

Von unten aus dem Stall hörte man Stimmen und dazwischen Marias lautes Lachen. Eigentlich sollte sie ja helfen, sie war ja schließlich nicht zum Urlaub hier. Irmi gab sich innerlich einen Ruck, stand auf und schlüpfte ohne Morgenwäsche in ihr Kleid. Es war einfach zu kalt! Sie zog eine Nylonstrumpfhose an und darüber ein Paar Socken. Und darüber die Strohschuhe. Irmi seufzte. Für das Leben auf einem Bauernhof war sie wirklich denkbar schlecht ausgerüstet. Schade um das Kleid, aber das ließ sich wohl erstmal nicht mehr ändern.

»Da bist du ja«, sagte Maria, als Irmi mit dem Nachttopf in den Händen die Küche betrat. Nach einem kurzen Blick seinen Inhalt wies sie mit dem Kochlöffel Richtung Hintertür. »Da ist der Misthaufen. Den brauchst du nicht in die Küche zu tragen.«

Irmi schüttete den Inhalt auf den Mist und ließ den Topf lieber draußen stehen. Als sie wieder zurückkehrte, fuhr Maria fort: »Du kannst gleich die Teller hinstellen für das Frühstück, es gibt Milchsuppe. Da im Schrank.«

Irmi beeilte sich, der Aufforderung Folge zu leisten. War Maria jetzt wütend auf sie, weil sie verschlafen und nicht geholfen hatte?

Wenn sie es war, ließ sie es sich nicht anmerken. Die Männer und Anna kamen vom Stall in die Stube, die Kinder schienen noch zu schlafen.

»Da ist sie ja, unsere neue Magd«, rief Kurt aus. »Die ist wohl noch die Arbeitszeiten aus der Stadt gewohnt.« Er lachte selbst am lautesten über seinen Witz.

»Lass sie, Kurt, das geht dich nichts an«, nahm Egon klar und bestimmt die neue Hausbewohnerin in Schutz. Markus sagte gar nichts und schaute Irmi freundlich an.

»Ab morgen könntest du allerdings etwas früher aufstehen«, meinte Egon an Irmi gewandt. Er sagte es ohne jeden Groll.

Irmi wurde knallrot im Gesicht und räusperte sich. »Ja, mach ich, es tut mir leid.«

»Schon gut«, antwortete Egon und an alle gerichtet: »Auf zu Tisch.«

Maria kam mit der Milchsuppe.

Das Morgengebet sprach Wilhelm. Alle standen vor ihren Tellern, stimmten ins Amen ein, bevor sie sich setzten. Maria schöpfte die Teller voll. Sie nahmen ihre Löffel in die Hand und schauten Egon erwartungsvoll an. Der Hofbauer stach in seine Suppe ein und erleichtert begannen nun auch alle anderen mit dem Essen.

Nach dem Frühstück spülte Irmi das Geschirr. Das bedeutete für sie, von draußen aus dem Brunnen Eimer mit Wasser zu holen und sie in den Waschzuber auf einen Holztisch in der Küche zu schütten. Ein Topf mit heißem Wasser stand bereits auf dem Herd, der Inhalt wurde dazugekippt, und so war das Spülwasser angenehm warm. Als Irmi fertig war, half ihr Maria, den Zuber mit dem Dreckwasser draußen auszuschütten. Es war eine schwere Arbeit, Irmi dachte an den Spülstein, den es in der Klarastraße gab, und den sie noch nie als Luxus betrachtet hatte. Jetzt wusste sie, wie wertvoll er war.

Dann wurde sie von Maria in die Stube geschickt, um dort ordentlich durchzuputzen.

»Erst fegen, dann noch ordentlich feucht hinterherwischen. Das muss dringend mal wieder sein. Irgendwie schaffe ich das gerade nicht recht« sagte sie und deutete mit dem Zeigefinger auf ihren Bauch. »Und den Staub überall kannst auch noch wegmachen.«

»Kein Problem.«

Irmi griff nach dem Putzgerät und ging in die Stube. Zuerst stellte sie alle Stühle kopfüber auf den Tisch, dann begann sie zu fegen.

Bei ihrer Tätigkeit schaute sie sich genau in der Stube um. Es war in jeder Hinsicht ein außergewöhnlicher Raum. Einerseits befand sich Irmi in einer klassischen Schwarzwaldhausstube, wie sie es von ihren Verwandten aus Buchenbach kannte. Nur hatten diese ein sehr kleines Haus mit entsprechend kleiner Stube, während die des Nonnenfeldhofes ein unglaubliches Ausmaß aufwies. Die Fenster gingen über beide Seiten, sodass der Raum von Licht geflutet wurde. Bei der Gelegenheit sah Irmi die dreckigen Glasscheiben und nahm sich vor, diese auch gleich zu putzen. Die Sitzbank entlang der Fenster ging ebenfalls über die gesamte Länge. Rechterhand neben der Tür stand der lange Tisch, an dem sie aßen. Zwischen den beiden Fensterseiten war der Herrgottswinkel – reichlich geschmückt, wie es sich für ein christliches Haus im Schwarzwald gehörte. Links neben den Tisch hatte man ein modernes Sofa direkt vor die Sitzbank gestellt. Es wirkte ordentlich und adrett, während sich dahinter auf der Bank Papiere, Farben und Pinsel stapelten. Richtung Küche wiederum befand sich der Kachelofen mit Ofenbank. Irmi hielt die Hand dran und stellte fest, dass er schön warm war.

Am außergewöhnlichsten waren jedoch die Bilder an den Wänden. Es gab mehrere Ölbilder und Aquarelle mit Landschaften – nicht der Schwarzwald, wie Irmi zu erkennen glaubte. Von Miggi wusste sie, dass Egon sich während der Kriegszeit in Norwegen zu einem großen Maler entwickelt hatte, daher nahm sie an, dass es dessen Kunstwerke sein mussten. Neben dem Sofa am Stiegenkasten, der verkleideten Treppe, die ins obige Bauernschlafzimmer führte, hingen verschiedene Porträts. Eine Fotografie zeigte einen jungen Mann in Soldatenuniform mit ernstem Gesichtsausdruck. Er hatte Ähnlichkeit mit Egon und Markus und musste wohl der Sohn sein, der nicht aus dem Krieg zurückgekehrt war. Das nächste Foto zeigte ein junges Mädchen in Festtagstracht mit Schäppel auf dem dunklen Haar. Es blickte den Betrachter ernst an, war außerdem ausnehmend hübsch anzusehen, und Irmi vermutete, dass es Mina zeigte, die Hoftochter, die verstarb, als Miggi hier noch als Hirtenbub gelebt und gearbeitet hatte.

Am interessantesten war jedoch das dritte Bild. Es war mit Stift gezeichnet und deutlich größer als die Fotografien und stellte dasselbe junge Mädchen dar. Auf diesem Motiv trug das Mädchen schlichte Arbeitstracht und ein Kopftuch auf dem dunklen Haar. Der Zeichner hatte einerseits viel Mühe in Details gesteckt, andererseits wirkte es so, als hätte er mittendrin die Lust verloren, weiterzuarbeiten. So waren Kleidung und Haare der jungen Frau mit Farbstiften an den meisten Stellen bunt ausgemalt worden, das Gesicht hingegen blieb vollständig weiß, und dennoch war es gerade das, was Irmi an dem Bild so faszinierte. Denn das Mädchen lachte und zog ihren Betrachter mit fröhlich funkelnden Augen in den Bann. Irmi konnte sich von dem Anblick kaum losreißen.

Nach einer Weile entdeckte sie Staub auf dem Bilderrahmen. Sie griff nach dem Tuch und fuhr damit über den Rand. In diesem Moment öffnete sich die Tür zur Stube und wie ertappt fuhr Irmi herum.

Anna trat ein und betrachtete sie nachdenklich.

»Ich hab Staub gewischt«, sagte Irmi verdattert und hielt den mit dem Tuch eingewickelten Finger in die Höhe.

»Scho' recht«, erwiderte Anna. Dann schlurfte sie hinüber zum Sofa und nahm Platz.

»Kannst du mir den Hocker dort herbringen? Ich muss meine Beine hochlegen.«

Irmi beeilte sich, der Aufforderung Folge zu leisten. Sie half Anna, die Füße zu platzieren, und sah, dass die Altbäuerin an beiden Beinen einen Wickelverband trug.

»Danke«, stöhnte Anna. »Ja, die Beine, die wollen nicht mehr so. Lass dich nicht stören, mach nur weiter.«

Irmi nahm wieder den Besen in die Hand und fuhr mit ihrer Arbeit fort. Ein bisschen kontrolliert fühlte sie sich schon, aber je länger sie mit Fegen und Wischen beschäftigt war, desto mehr sah sie, dass Anna sie in keinster Weise überwachte. Stattdessen saß sie ruhig auf ihrem Sofa und ihr trüber Blick verharrte auf den Bildern am Stiegenkasten, ihren Kindern.

Maria hielt Irmi auf Trab. Ihre Kinder waren inzwischen aufgewacht und erforderten ihre Aufmerksamkeit, und so war es an Irmi, in der verrauchten Küche zu stehen, Kartoffeln zu schälen und Zwiebeln zu schneiden, bis ihr die Tränen nur so herabliefen. Danach drückte ihr Maria die Kinder in die Hand, während sie es sich selbst nicht nehmen ließ, das Mittagessen zuzubereiten. Dies war traditionell die Aufgabe der Bäuerin, und es musste schon viel passieren, dass Maria diese nicht wahrnahm. Während Irmi mit einem Blick stets bei den kleinen Kindern war, deckte sie den Tisch in der Stube.

Anna kam auf Irmi zu und deutete auf ihren Rock.

»Mit dieser Kleidung kannst du in einem Bauernhaushalt nicht schaffen. Komm mal mit«, sagte sie und schlurfte voraus. Irmi ließ die Teller stehen, schickte die Kinder in die Küche und folgte ihr in den ersten Stock, wo Anna eine große Truhe öffnete. Die Scharniere knarzten. Mit gezieltem Griff holte Anna ein Arbeitskleid heraus, außerdem eine Bluse, eine Strickjacke, eine Schürze und Strümpfe.

»Da«, sie drückte Irmi die Sachen in die Hand, »probier mal, das müsst' dir eigentlich passen. Sind von meiner großen Tochter, die liegen jetzt seit Jahren rum. Schuhe hab ich auch noch für dich.«

Sie verschwand fast in der Truhe und förderte einen kleinen Sack hervor, den sie Irmi ebenfalls gab.

Die Truhe ließ Anna so unvermittelt mit einem lauten Knall zufallen, dass Irmi erschreckt zusammenfuhr. Mit entschuldigendem und gleichzeitig traurigem Blick lächelte die alte Bäuerin Irmi an.

Irmi nahm die Sachen, die Anna ihr gab, und verschwand in ihrer Kammer, um sich gleich umzuziehen. Ihr geliebtes Kleid, das sie sich einst von ihrem ersten Gehalt bei der Lebensfürsorge gekauft hatte, hatte in der Tat schon sehr unter dem Arbeitseinsatz auf dem Nonnenfeldhof gelitten. Naja, lange wird es eh nicht mehr passen, dachte Irmi und zog es aus. Dann griff sie zur Arbeitstracht. Das Mieder, auf das kleine Blümchen gestickt waren, hatte Haken und Ösen in drei Reihen – sehr praktisch, wenn man bedachte, dass sich Irmis Leibesumfang bald verändern würde. Irmi schlüpfte in die Bluse und dann in das Kleid. Es passte wie angegossen und noch konnte Irmi es auf der äußersten Ösenleiste verschließen. Dann legte sie die Schürze um und band sie nicht auf der linken Seite, unter dem Herzen, sondern auf der rechten: unverheiratet, nicht vergeben … Jetzt noch die Strümpfe und dann probieren, ob die Schuhe passten – auch sie saßen wie maßgeschneidert, offensichtlich hatte Irmi die gleichen Maße wie einst Mina.

Irmi schaute an sich herunter und blickte in den kleinen Spiegel, der über der Kommode angebracht war. So viel sie erkennen konnte, sah sie ganz verändert aus. Eine Weile verharrte ihr Blick im Spiegel, bis ihr auffiel, was an ihr nicht stimmte. Irmi trug die Haare halboffen. Entschlossen löste das Mädchen die Spange am Hinterkopf und begann, sich einen Zopf zu flechten. Währenddessen hörte sie Marias Stimme von unten barsch rufen, ob sie keine Lust mehr hätte, den Tisch zu decken. Irmi erschrak und beeilte sich.

Mit ihren neuen Schuhen stieg sie die Stiege hinab. Die Holzsohlen klapperten laut auf jeder Treppenstufe. Offensichtlich waren alle schon in der Stube, Stimmengewirr war zu hören und ein unzufriedenes Kind. Schon wieder kam sie zu spät! Und hatte ihre Aufgabe nicht erfüllt.

Irmi öffnete die Tür zur Stube und trat ein. Was nun folgte, erschien ihr im Nachhinein, als teilte sie das Rote Meer. Ausnahmslos alle verstummten, wichen zurück und starrten sie an, selbst die kleine Magdalena unterbrach ihr Genörgel und blieb mit großen Augen ganz still, während Irmi in die Stube hineinschritt.

Schließlich war es Anna, die als Erste die Sprache wiederfand.

»Mina!«, krächzte sie.

VII.

Es war Anna, als würde sie schweben. Kein einziges Mal hatte sie sich in den letzten sieben Jahren auch nur annähernd so leicht gefühlt wie heute. Danke, Herr, dass du da bist, dachte sie seufzend. Wenn sie seit Minas und Matthias' Tod je daran gezweifelt hatte, ob es einen Gott gab, so wusste sie jetzt: Es gab ihn. Er hatte ihre Gebete erhört und hatte ihr ein Zeichen von Mina geschickt.

Seit über einer Stunde verharrte sie nun schon in der Hofkapelle, betete und dachte nach. Als Miggi kam und um ein Obdach für seine ungewollt schwangere Schwester bat, war ihr gleich klar gewesen, dass man das Maidle natürlich aufnehmen würde. So hatten sie es immer gehalten, wenn Menschen in Not waren, so war es ihre christliche Pflicht, ganz egal, was irgendwelche Leute sagen mochten. Und dann kam diese junge Frau zur Tür herein und erinnerte Anna – und auch Wilhelm! – auf eigentümliche Art an ihre verstorbene Tochter. Es traf sie wie ein Schlag. Gewiss, Irmi war blond, während Mina dunkle Haare gehabt hatte. Aber die Statur, der Gang, ja, selbst das Lächeln … Die Ähnlichkeit war unglaublich und zeigte sich besonders, als Irmi in Minas Kleidung die Stube betrat. Plötzlich war sie wieder da, ihre Tochter. Mina, dieses fröhliche, unbedarfte, hilfsbereite Mädchen, das von einer Stunde zur nächsten aus ihrem normalen

Leben gerissen wurde. Anna musste schlucken, als sie nun an jenen Schicksalstag zurückdachte. Normalerweise versuchte sie, diese Gedanken zu vertreiben. Aber heute ließ sie sie zu. Sie schloss die Augen und sah alles ganz deutlich vor sich. Wie sie selbst mit der jüngsten Tochter Dorothea in die Truhe kletterte und Mina den Deckel schloss, als abzusehen war, dass die Franzosen zum Hof kämen. Ganz dunkle Soldaten waren das. Mina, die sich im Stiegenkasten versteckte und sofort von den Männern gefunden wurde. Ihre Schreie, die dann folgten, die nicht enden wollten. Die Schüsse von außen. Noch mehr Schreie. Wie viele Männer musste ihr Kind über sich ergehen lassen, ohne dass sie helfen konnte? Anna wurde fast verrückt in ihrem Versteck, während sie gleichzeitig versuchte, ihre Jüngste zu beruhigen. Und schließlich, als sie wieder allein waren und Miggi den Deckel der Truhe hochhob, diese Panik, in welchem Zustand Anna Mina vorfinden würde.

Sie erkannte ihre einst so fröhliche Tochter nicht wieder. Mit Schrecken im Blick lag Mina auf dem Stubenfußboden, Wilhelm hielt sie schon im Arm, das Blut lief an ihren Beinen nur so herunter. Seitdem hatte sie kein Wort mehr gesprochen und nur noch mit leerem Blick starr vor sich hingeschaut. Sie lebte, aber das Leben war aus ihr gewichen. Nichts heiterte sie auf. Und nur noch ein einziges Mal, Monate nach dem Vorfall, versuchte sie zu sprechen, als Anna mit Mina alleine in deren Kammer war.

»Mama«, krächzte sie mit gebrochener Stimme, »ich kann doch kein schwarzes Kind kriegen.«

Anna schaute ihre Tochter bekümmert an. Sie hatte die leichte Wölbung ihres Bauches wohl registriert und sich bang gefragt, ob es wirklich stimmte. Mina direkt darauf anzusprechen, hatte sie sich nicht getraut. Und jetzt war es heraus.

Anna versuchte, ihre Tochter tröstend in den Arm zu nehmen. Diese entzog sich der Berührung.

»Doch, Mina, das kannst du«, sagte Anna. »Ein Kind kann nichts dafür. Ein Kind ist immer willkommen.«

»Dieses nicht«, presste Mina noch hervor, dann begann sie zu weinen und verfiel wieder in ihre alte Starre und Stummheit. Zwei Tage später baumelte sie auf der Tenne.

Anna hatte geschwiegen. Niemals würde ihr das Geheimnis, das ihr Kind ihr noch anvertraut hatte, je über die Lippen kommen. Nicht einmal ihr Mann Wilhelm wusste, dass Mina nach diesem unseligen Ereignis in anderen Umständen gewesen war. Und niemand sollte es je erfahren, solange Anna lebte.

Und dann kam Irmi auf den Hof. Es war wie ein Wunder. Ein Zeichen Gottes! Ein so hübsches Maidle, verstoßen von den eigenen Eltern, weil sie unwissend schwanger geworden war. Natürlich war es hier willkommen. Maria hatte zwar gemault, dass sie mit einer Magd in anderen Umständen, noch dazu aus der Stadt, nun wirklich nichts anzufangen wusste, aber hatte sich dann dem Wunsch ihrer Schwiegereltern gebeugt. Und in Wirklichkeit kam Mina zurück, auf andere Art.

Anna riss die Augen auf und blickte auf das Kruzifix auf dem kleinen Altar vor ihr.

»Ich pass auf das Maidle auf«, murmelte sie. »Lieber Gott, dieses Mal werde ich nicht fehlen.«

Irmi war verwirrt. Die Szene, die sich vor dem Mittagessen in der Stube abgespielt hatte, war für sie völlig unwirklich. Als säße sie in Freiburg im Kino und würde mit einem Mal aufspringen und mit der Leinwand verschmelzen. Irmi hockte auf dem Bett in ihrer Kammer und befürchtete schon, dass gleich wieder Maria nach ihr rufen und ihr Arbeit auftragen würde. Herumsitzen wurde auf einem Hof nicht gerne gesehen, das wusste Irmi, aber sie brauchte jetzt einen Moment Zeit für sich. Das galt offensichtlich auch für die anderen, denn von unten drangen keinerlei Geräusche nach oben. Der Hof wirkte wie ausgestorben.

Alle waren verstummt, als Irmi die Stube betreten hatte, und alle starrten sie an. Anna ganz besonders, die sah aus, als wäre ihr der Leibhaftige begegnet. Und so war es ja offensichtlich auch. »Mina« hatte sie Irmi genannt, dabei trug sie doch nur deren Kleidung. Irmi registrierte ganz genau, dass Anna nicht eine Sekunde den Blick von ihr ließ. Es war ihr unangenehm. Denn mit der gleichen Intensität funkelte wiederum Maria sie wütend an, während die anwesenden Männer bemüht waren, nach unten und ja nicht aufzuschauen. Hastig sprach Egon das Tischgebet und alle setzten sich und aßen schweigend.

Nach dem Essen schalt Maria, sie solle sich jetzt gefälligst um den Abwasch kümmern und sich nicht schon wieder aus dem Staub machen. Was hätte sie bitteschön von einer Magd, die erstens schwanger war und sich zweitens vor jeder Arbeit drückte? Die Worte trafen Irmi ins Mark und sie bemühte sich, es der Jungbäuerin recht zu machen. Aber jetzt hatte sie ihre Aufgabe erledigt und musste kurz allein sein, um nachzudenken.

Alles war so kompliziert. Irmi seufzte. Sie vermisste ihren alten Beruf. Ins Büro gehen, nach Diktat stenografieren und Briefe tippen, Zahlenkolonnen überprüfen. Wie viel schöner war doch die Arbeit, bei der man in einem hübschen Kleid am Schreibtisch saß, während sie hier körperlich gefordert war und in dieser nach Stall riechenden Tracht herumlief. Und das, wo sie sich die ganze Zeit müde fühlte und ihr ständig schlecht war.

Ihre Gedanken gingen nach Freiburg in die Klarastraße, ihrem Zuhause. Was ihre Eltern jetzt wohl machten? Ob sie ihnen fehlte? Irmi stellte fest, dass sie ihre Familie vermisste, vor allem ihre jüngeren Geschwister, um die sie sich stets viel gekümmert hatte. Doch sogar, wenn sie an ihren Vater dachte, überkam sie Wehmut. Ob es ihm inzwischen leidtat? Und ihre arme Mutter, auf der sowieso alles lastete, musste nun ohne ihre Unterstützung auskommen.

Bevor sie sich länger ihren traurigen Gedanken hingeben konnte, hörte sie Maria wieder einmal ihren Namen rufen. Irmi wollte nicht noch mehr Ärger bekommen. Schnell sprang sie auf und eilte in die Küche.

VIII.

Wenn Irmi befürchtete, es könne fortan Ärger im Haus geben, so war dies Gott sei Dank unbegründet. Maria hatte sich gefangen und behandelte Irmi auf die ihr typische Art – frei heraus, bestimmend, aber nicht unfreundlich. Da Irmi es am Vormittag nicht geschafft hatte, weder die Stube noch den Hausflur ausreichend zu putzen, entschied Maria, dass sie dort weitermachen sollte, wo sie aufgehört hatte. Es war nicht die schlechteste Aufgabe für den Anfang, dachte Irmi dankbar und machte sich an die Arbeit. Auch die Fenster in der Stube putzte sie, und kaum war sie damit fertig, brach die Sonne durch den wolkenverhangenen Himmel und schien direkt in den Raum, sodass Irmi das Ergebnis zufrieden betrachten konnte.

Am Abend reichte Maria Irmi einen großen Eimer. Er war voll mit gekochten Kartoffeln.

»Da, für die Schweine. Ich geh jetzt melken.«

Sie ging voran, und Irmi folgte. Zum ersten Mal trat sie in den Stall, der nun Teil ihres neuen Lebens werden sollte. Maria drehte sich um und zeigte nach links.

»Nächste Tür. Danach kannst herkommen.«

Die Schweine waren separat untergebracht. Irmi öffnete die Türe zum Stall und hielt kurz die Luft an. Was für ein Gestank, aber so war es halt. Sie lief den Gang entlang, während es rechterhand aufgeregt quiekte. Irmi zählte vier Schweine und alle waren aufgeregt, weil sie ihr Fressen hereintrug. Irmi leerte den Eimer gleichmäßig in die Futterrinne.

»Da, ihr Süßen, das ist für euch«, sagte sie und musste lachen, dass sie so mit den Schweinen sprach. Damals, in den letzten Kriegsmonaten bei der Verwandtschaft in Buchenbach, hatte sie als Elfjährige auch immer die zwei Schweine gefüttert und eine so enge Beziehung zu ihnen aufgebaut, dass sie bitterlich weinte, als das ältere der beiden geschlachtet wurde. Obwohl es verführerisch roch, hatte sich Irmi standhaft geweigert, von dem Fleisch auch nur einen Bissen zu essen.

Versonnen schaute sie nun den Schweinen vom Nonnenfeldhof beim Fressen zu, bevor sie in den Kuhstall ging.

Dort waren sie alle: Egon, Wilhelm, Kurt, Maria, Anna und sicher zwanzig Stück Vieh. Nur Markus fehlte. Er schaute nach den Kindern. Später erfuhr Irmi, dass Markus wegen der Luft nie lange in den Stall ging. Er hatte sich als junger Soldat mit Tuberkulose infiziert und seitdem immer noch Probleme mit dem Atmen.

»Du kannst schon mal ’rabmelken«, erklärte Maria, »also schön das Euter saubermachen und streichen, damit die Milch gut fließt.«

Irmi nickte und nahm den Schemel, den die Jungbäuerin ihr reichte. Durchaus mit Unbehagen näherte sie sich der ersten Kuh und platzierte sich neben ihr. Die Kuh hielt ganz ruhig und kaute unverdrossen ihr Heu. Irmi langte vorsichtig an ihr Euter und begann zu streichen. Etwas unwohl war ihr doch dabei.

Ihre Sorge war unbegründet, denn es funktionierte gut. Als Maria zum Melken kam, war sie durchaus zufrieden, und Irmi setzte sich neben die nächste Kuh.

Die Milch kam in große Kannen, die Egon nach draußen vor die Stalltür stellte.

»Der Kurt geht morgen runter bis zur Weggabelung und stellt sie dort ab«, erklärte er seiner neuen Magd, »und die leeren Kannen von heute bringt er gleich mit.«

Einen Teil der gemolkenen Milch trug Irmi in den Nebenraum zur Zentrifuge, um die Milch vom Rahm zu trennen. Irmi schüttete oben die Milch hinein und drückte auf den Knopf. Das Gerät begann seine Arbeit mit einem lauten Röhren.

Der Rahm kam in zwei Schüsseln, und Maria reichte Irmi eine und bedeutete ihr, zu folgen. Direkt vor der Küche hielt Maria am Brunnenhäusle an und öffnete seine Tür. Irmi sah interessiert hinein und entdeckte, dass im Brunnenwasser zwei Milchkannen zur Kühlung standen, darüber gab es Regalbretter, auf die nun der Rahm abgestellt wurde.

Danach kehrte Maria in die Küche zurück, kochte eine Milchsuppe, während Irmi erneut tiefe Teller auf den

Tisch stellte, dazu eine Schüssel trockenes Brot. Wieder stand die Hofgemeinschaft vor ihren Tellern, jeder an seinem Platz, dankte dem Herrgott, setzte sich und ließ sich die schlichte Suppe schmecken. Nachdem die Frauen abgeräumt und gespült hatten, die Männer in der Stube saßen und jeder seiner eigenen Beschäftigung nachging, wünschte Irmi allen eine gute Nacht und ging in ihre Kammer. Ihr erster Arbeitstag auf dem Nonnenfeldhof ging zu Ende. Sie war unendlich erleichtert, dass sie nun alleine war. Zu viel war heute passiert. Kaum lag Irmi in ihrem Bett, war sie auch schon eingeschlafen.

Am nächsten Morgen verschlief sie nicht. Es war noch dunkel, als Irmi aufwachte und zielsicher nach ihrem Nachttopf griff, um sich zu übergeben. Wie lange sollte das noch so gehen, fragte sie sich bitter. Augenblicklich stand sie auf, trotzte der Kälte, zog sich an und ging nach unten.

Sie war nicht die Erste. Maria stand in der Küche und hatte das Feuer schon entzündet. Der ganze Raum war rauchgeschwängert, sodass Irmi husten musste. Ihre Augen brannten.

»Guten Morgen«, sagte sie. »Ich komme sofort.«

Sie entleerte den Nachttopf auf dem Misthaufen, wusch ihn draußen am Brunnenhäusle aus und eilte in die Küche.

»Gleich brennt das Feuer zuverlässig, dann können wir in den Stall gehen«, meinte Maria. Einer nach dem anderen kam die Treppen herunter und verschwand gleich nach draußen.

»Ja, gerne«, antwortete Irmi. Sie wollte alles richtig machen.

Im Stall durfte sie wieder die Euter säubern und weichstreichen. Es fiel ihr schon leichter als gestern, die Scheu vor den großen Tieren war fast verschwunden. Alles eine Frage der Übung, dachte sie und fand durchaus Gefallen an der Aufgabe. Danach schickte Maria sie wieder zu den Schweinen und zu den Hühnern, um alle zu füttern. Zu den Milchkannen des Vorabends wurden weitere gestellt und Kurt machte sich nach der Morgensuppe mit dem Handkarren auf, um die Milch bis an die Kreuzung nach Gibach zu bringen, wo sie von der Molkerei abgeholt wurde. Zurück kam er mit einem Handkarren leerer Milchkannen, die gesäubert werden mussten, was die Frauen übernahmen. Irmi räumte auf und spülte, während Maria sich um ihre Kinder kümmerte. Sie arbeiteten Hand in Hand, dachte Irmi.

Gleichzeitig hatte sie das Gefühl, dass Annas Blicke fortwährend an ihr hefteten. Egal wohin sie ging oder wo sie stand, Anna war nie weit entfernt und musterte sie stets. Irmi war es nicht wohl damit, aber sie kam nicht dazu, lange darüber nachzudenken oder ihrerseits Anna zu beobachten, und fiel abends erschöpft ins Bett.

Irmis Ankunft auf dem Hof fiel in die Karwoche. Anna und Wilhelm war es ein Bedürfnis, die täglichen Messen zu besuchen, und so wurde an jedem Nachmittag ein Schwarzwälder Fuchs vor den Wagen gespannt, um nach Gibach zur Kirche zu gelangen. Alle anderen wechselten sich so ab, dass stets jemand auf dem Hof war. Irmi begleitete die Altbauern gemeinsam mit Markus und Kurt am Mittwoch. Es war angenehm, auf dem Pferdewagen den Berg hinab dem Dorf entgegenzuschaukeln. Die kleine Kirche im Ort empfand Irmi als sehr einladend. Doch während die Altbauern und Markus auf eine der vorderen Bänke zustrebten, hielt Kurt Irmi zurück, als sie folgen wollte.

»Unser Platz ist hier«, flüsterte er und wies auf die hinteren Plätze.

Verwundert nickte Irmi und nahm neben ihm auf der hintersten Bank Platz. Anna und Wilhelm wirkten eigentlich gar nicht so, als würden sie auf solche Unterschiede Wert legen, und Markus schon gar nicht. Aber was sollte es, Irmi wurde nur ein weiteres Mal bewusst, welchen Abstieg sie seit ihrer ungewollten Schwangerschaft genommen hatte.

Der Gottesdienst in der Kirche hatte für sie dennoch etwas Tröstliches und gab ihr das Gefühl, zum ersten Mal in den letzten Tagen zu entspannen. Als die Glocken zum Ende läuteten, standen sie und Kurt auf und warteten geduldig, bis die Besucher der vorderen Reihen an ihnen vorbeigezogen waren. Gibach war ein kleiner Ort und Irmi spürte deutlich, dass sie so ziemlich von jedem Gottesdienstbesucher eingehend gemustert wurde. Die neue Magd vom Nonnenfeldhof hatte man bis jetzt noch nicht gesehen. Irmi fühlte sich unwohl, aber sie konnte gegen diese Begutachtung nichts ausrichten.

Anna, Wilhelm und Markus gingen noch auf den Friedhof, und Irmi und Kurt warteten geduldig am Pferdewagen. Zurück auf dem Nonnenfeldhof hielt Maria sich nicht lange auf und rief Irmi in die Küche.

Am Abend des Karfreitags setzte Maria Teig an, denn für den Ostersonntag galt es, frisches Brot zu haben. Mit ihren Armen verschwand sie fast im Teigkasten im Flur und kräftig knetete sie die Masse. Am Samstag lag eine riesige Menge Teig im Kasten, und Markus machte sich daran, das Backhäusle, das außen etwas abseits vom Haupthaus stand, anzuheizen.

Irmi half Maria und formte Brote und Zöpfe. Das Wetter war eher ungemütlich und kalt, immer noch lagen Schneereste, aber nahe am Backhäusle ließ es sich gut aushalten. Irmi hatte noch nie in einem Holzofen gebacken, denn so etwas hatten sie in der Klarastraße nicht gehabt, und sie freute sich an der Arbeit. Beflissen schob sie die Brote mit dem Schieber in den Ofen und beobachtete, wie es knusprig wurde, während Maria sich hinsetzte. Sie schnaufte.

»Ah, heut' ist es wieder arg schlecht, ich hab so Schmerzen, ich kann fast nicht stehen.«

Überrascht sah Irmi sie an.

»Was ist denn los?«

»Diesmal ist's schlecht, bei den ersten beiden Schwangerschaften hab ich geschafft wie immer, aber jetzt ist es so anstrengend, ich möcht' am liebsten schlafen.«

»Dann mach das doch.«

»Ha«, Maria schnaubte verächtlich, »eine Bäuerin liegt nicht faul rum, wo kämen wir denn da hin? Und bis morgen ist noch viel zu tun.«

»Und danach auch.«

»Da sagst du was Wahres. Ich seh aber, du hast das hier gut im Griff. Ich geh in die Küche.«

Ächzend erhob sich Maria und wankte zurück Richtung Haus. Irmi schaute ihr nach.

Sie sah heute wirklich schlecht aus, dachte sie. Müde war Irmi auch und die ständige Morgenübelkeit machte ihr zu schaffen, aber ansonsten konnte sie durch die Schwangerschaft noch keine Einschränkungen an sich feststellen.

Am Ostersonntag erklärte sich Irmi freiwillig bereit, am Hof zu bleiben, so konnte die gesamte Familie Dufner am

Morgen in den Gottesdienst gehen. Auch Kurt entschied sich, nicht in die Kirche zu gehen, und den Dufners schien es recht zu sein. Maria gab Irmi genaue Anweisungen für das Fleisch, bevor sie sich auf die Pferdekutsche setzte. Sie wirkte heute wieder etwas frischer, aber Irmi sah, dass sie Schwierigkeiten hatte, sich hochzuziehen, doch Egon war aufmerksam und half seiner Frau hinauf. So besorgt und zugleich liebevoll sah er sie an, dass es Irmi einen Stich gab. Maria hatte ihren Mann, ihre Schwiegereltern und ihre eigene Familie, die sie alle unterstützten. Irmi war allein.

Sie wollte sich nicht länger diesen schweren Gedanken hingeben und drehte sich abrupt um, um in die Küche zu gehen. Fast wäre sie mit Kurt zusammengestoßen, der sich ihr von hinten genähert hatte. Er grinste Irmi an.

»Na, was machen wir zwei Hübschen denn jetzt?«

»Ich weiß nicht, was du machst, aber ich schau nach dem Feuer und dem Fleisch. Und dann deck ich den Tisch.«

Irmi lief Richtung Küche. Kurt folgte ihr. Eine Weile sah er ihr wortlos zu, wie sie mit den Töpfen hantierte. Irmi fühlte sich beobachtet. Sie drehte sich zu ihm.

»Bevor du mir jetzt die ganze Zeit zuschaust – ich komm gleich raus.«

Kurt nickte zufrieden und verschwand. Später fand ihn Irmi vor der Haustür. Er lehnte gegen das Geländer, zog an seiner Zigarette und blickte ins Tal. Irmi stellte sich neben ihn.

Kurt blies den Rauch aus.

»Eigentlich gehen die Mädels vom Land doch in die Stadt. Du kommst von der Stadt aufs Land. Da stimmt doch was nicht.«

»Bin ich dir Rechenschaft schuldig?«

Kurt schaute sie lange an, bevor er antwortete.

»Nein, natürlich nicht.«

Er nahm den nächsten Zug von der Zigarette.

»Mein Bruder war hier auch schon«, versuchte Irmi eine Erklärung.

»Miggi, ja, ich weiß, der kommt ja manchmal. Der hat mal erzählt, dass du eigentlich Sekretärin bist. Direktionssekretärin. Und jetzt Magd? Ist doch ein Abstieg, oder?«

Kurt grinste sie an. Irmi fuhr ein kalter Schauer durch den Körper. Warum sollte sie sich vor ihm rechtfertigen? Kurt wusste doch bestimmt längst, warum sie hier war. Wozu das Spiel?

»Das geht dich alles gar nichts an«, sagte sie schroff und wandte sich zum Gehen.

»Jetzt wart doch kurz.« Kurt hielt sie fest. »Bei mir ist es nicht anders. Damals in Ostpreußen, vor der Flucht, da waren wir die Herren im Haus und hatten unsere Dienstboten. Und jetzt bin ich selber nur der Knecht.« Kurt schnippte den Zigarettenstummel weg und griff erneut nach Irmis Arm. »Ich mag dich. Ich will dich nicht verärgern.«

»Dann lass es bleiben.«

Irmi wand sich aus seinem Griff und verschwand im Haus.

Die weiße, gestärkte Tischdecke hatten sie gestern frisch aufgebügelt. Erst Maria, bis sie nicht mehr stehen konnte, dann hatte Irmi den Rest übernommen. Nun breitete sie das Tuch auf dem Bauerntisch in der Stube aus. Das gute Geschirr aus dem Schrank im Flur sollte sie nehmen, hatte Maria gesagt. Vorsichtig legte Irmi Teller um Teller auf den Tisch. Sie würden heute mehr sein als sonst. Dorothea, die jüngste Schwester von Egon und Markus, hatte sich angekündigt, genau wie Marias Eltern.

Alle waren bereits zurück von der Kirche, die Männer tranken Schnaps, während die Frauen in der Küche werkelten. Plötzlich klopfte es an die Küchentür und im Rahmen stand eine junge Frau in einem modernen roten Kleid.

»Dorothea!«, rief Anna erfreut aus.

»Hübsches Kleid«, merkte Maria statt einer Begrüßung an.

»Nicht wahr?« Dorothea drehte sich lachend um die eigene Achse, sodass ihr Rock schwang. »Und wer bist du?«, wandte sie sich an Irmi.

»Das ist Irmi, Miggis Schwester«, erklärte Anna.

»Unsere neue Magd«, fügte Maria hinzu.

»Ach«, Dorothea schaute erstaunt. »Das wusste ich ja gar nicht.«

»Es war spontan«, antwortete Irmi. »Schön, dich kennenzulernen.«

»Schön, dass du da bist«, antwortete Dorothea.

Irmi mochte Dorothea sofort. Sie wirkte ganz anders als der Rest der Hofgemeinschaft. Vielleicht lag es an dem Kleid?

»Wo kommst du jetzt eigentlich her?«, fragte Irmi drauflos.

»Ich arbeitete in Donaueschingen, in einem Modegeschäft. Erst seit Kurzem. Aber es ist wunderbar.«

»Das glaube ich gern«, antwortete Irmi, fast ein bisschen neidisch angesichts dieses leuchtenden Kleides.

»Was macht Miggi? Ich hab ihn so lange nicht gesehen.«

Bevor Irmi antworten konnte, ging Maria dazwischen, indem sie ihrer Magd eine Schüssel mit heißen Kartoffeln in die Hände drückte.

»Auf den Tisch damit.«

Irmi nickte und lief los.

Der Schnaps hatte seine Wirkung schon entfaltet, die Stimmung am Tisch war angeregt. Lebhaft unterhielten sich die Männer, und die sehr tiefe Stimme von Marias

Vater dröhnte durch die Stube. Irmi jedoch fühlte sich nicht integriert. Sie saß am Ende des Tisches und konnte dem Gespräch nicht folgen, hatte nichts zu sagen. Daher war sie nicht unglücklich, als Maria ihr bedeutete, abzutragen und in der Küche mit dem Abwasch zu beginnen.

»Ich helf dir.« Dorothea stand ebenfalls auf.

In der Küche band sich Dorothea eine Schürze vor ihr schönes Kleid.

»So, dann holen wir mal Wasser.«

Dorothea bewegte sich mit der Sicherheit einer Hoftochter in der Küche, die genau wusste, welcher Handgriff auf den nächsten folgte und wo alles stand. Während Irmi ihre Hände ins Waschwasser tauchte, übernahm Dorothea das Abtrocknen und Verräumen.

»Wie gefällt es dir hier?«

»Danke, gut.« Irmi schrubbte einen Teller.

»Wieso bist du hier? Du bist doch Sekretärin in Freiburg.«

»Du weißt ja gut Bescheid.« Irmi war erstaunt.

»Der Miggi hat immer ganz stolz von dir erzählt.« Dorothea lächelte sie an. »Da fragt man sich schon, was dich hierherbringt.«

»Ich … es ist eine Notlage.«

»Was kann so schlimm sein, dass man aus Freiburg, aus der Stadt hierherkommt? Der Hunger ist doch vorbei.«

»Ich bin schwanger.«

Da war es heraus. Irmi fragte sich, wieso sie sich dazu hatte hinreißen lassen, wo sie ihr Gegenüber doch gerade erst kennengelernt hatte. Dorothea hielt kurz inne und schaute Irmi prüfend an.

»Ach so.«

Mehr sagte sie dazu nicht.

»Und jetzt trägst du Minas Kleid. So kann es gehen.«

»Ja, stimmt.« Irmi war verlegen.

»Ich bin so froh, dass ich jetzt andere Kleider anziehen darf«, fuhr Dorothea ungerührt fort. »Hier ist alles so … so starr. Nichts ändert sich. Alle sind so wie schon vor dreißig Jahren. Oder fünfzig. Oder hundert? In der Stadt ist es viel moderner, flotter. Ich freu mich, dass ich nicht mehr im Haushalt bin. Verkaufen macht so viel Spaß. So schöne Sachen gibt es da. Und die Kunden verlassen glücklich unser Geschäft.«

Irmi spürte wieder Neid aufflammen. Dorothea war ihr sympathisch, sehr sogar, aber sie war in das Leben in der Stadt eingetaucht, das sie gerade wider Willen verlassen hatte. Ein Hauch von Sehnsucht machte sich breit.

»Ich weiß, was du meinst«, antwortete Irmi. »Mir würde eine Arbeit in einem Kleidungsgeschäft auch sehr gut gefallen.«

»Musst ja nicht für ewig hier sein«, meinte Dorothea ungerührt. »Wer ist denn der Vater? Sieht er wenigstens gut aus?«

Irmi musste lachen.

»Das schon. Und der Rest«, sie reichte Dorothea mit beiden Händen eine schwere Schüssel zum Abtrocknen, »ist eigentlich unwichtig.«

In der Stube war die Stimmung auf dem Höhepunkt. Die Männer diskutieren lautstark am großen Esstisch. Anna saß mit Marias Mutter an einer Seite auf der Fensterbank neben dem Sofa und beschäftigte mit ihr die beiden Kinder. Maria saß zusammengesunken auf dem Sofa. Sie sah erschöpft aus.

»Ich komme sofort«, rief sie Dorothea und Irmi zu, als diese die Stube betraten. Während Dorothea zielgerichtet auf die Frauen zuging, blieb Irmi unschlüssig stehen.

»Komm«, Dorothea gab ihr ein Zeichen, »setz dich zu uns.«

Irmi tat, wie ihr geheißen, und fühlte sich überflüssig.

Die Unterhaltung der Männer indes wurde immer lauter und heftiger.

»Wer will denn seinen Kühen so etwas antun?«, brummte Wilhelm laut.

»Das kann nicht gut sein für die«, bestätigte Marias Vater.

»Ihr habt ja keine Ahnung«, entgegnete Egon. »Mit einer Melkmaschine kann man alleine viel mehr Kühe melken, als du es je mit vier Frauen schaffst. Und die

Maschinen kriegen noch mehr aus den Viechern raus, als es die beste Magd schafft.«

»Dann hat deine neue Magd gleich nix mehr zu schaffen und wird faul. Dann muss die was anderes machen«, lachte Marias Vater und zwinkerte Irmi auffordernd zu.

Irmi fand seinen Spruch überhaupt nicht lustig und diesen Mann reichlich widerlich. Hoffentlich gingen sie bald. Lieber ging Irmi in die verrauchte Küche, als sich die Männersprüche weiter anzuhören. Sie erhob sich von ihrem Stuhl, den sie zu der Frauenrunde hingeschoben hatte. Kaum war sie aufgestanden, spürte sie einen kräftigen Klaps auf ihrer Hinterseite. Erschrocken drehte sie sich um.

Marias Vater grinste sie anzüglich an.

»Na, so eine hübsche Magd ist ja nicht nur zum Schaffen da.«

Erneute holte er aus und setzte zum Klaps an. Diesmal war Irmi vorbereitet. Bevor er landen konnte, schlug sie die Hand des Mannes weg.

»He, he, he«, tat Marias Vater entrüstet.

»Lassen Sie das«, zischte Irmi ihn an.

»Deine Magd, Egon, ist aber ganz schön frech.«

Wieder langte er nach ihr. Bevor Irmi sich erneut wehren konnte, hielt Egon seinen Schwiegervater zurück.

»Lass gut sein«, versuchte er zu beruhigen. »Du trinkst besser keinen Schnaps mehr.«

Irmi sah zu, dass sie aus der Stube kam.

In der Küche lehnte sie sich an den Arbeitstisch und schnaufte tief durch. Sie spürte, wie Tränen in ihr aufstiegen. Was musste sie sich alles gefallen lassen? Da würde sie heute jedenfalls nicht mehr reingehen.

Maria kam in die Küche.

»Er ist total betrunken, er meint es nicht so«, entschuldigte sie ihren Vater.

Irmi sagte nichts. Stattdessen versuchte sie, unauffällig ihre Augen zu trocknen. Vor Maria wollte sie sich keine Blöße geben. Und mit betrunkenen Vätern kannte sie sich aus. Nur, dass ihrer nie gegrapscht hätte.

»Was kann ich tun?«, fragte sie. »Ich bleib lieber hier.«

»Dann koch den Kaffee.«

Maria verschwand. Irmi holte frisches Wasser von draußen und stellte es zum Kochen auf den Herd. Schnell legte sie Holz nach, da das Feuer schon bedenklich heruntergebrannt war. Sofort füllte sich die Küche mit neuem Rauch. Irmi hustete. Diese schwarze Küche war kein Vergnügen, sie hatte kein Waschbecken, einen niedrigen Herd, über den man sich bücken musste, und ständig war die Luft schwer von Rauch.

Nachdem das Wasser gekocht hatte, nahm Irmi die Schöpfkelle und ließ es langsam durch den Filter laufen. Kaffeeduft mischte sich in den Rauch und ließ Irmi wehmütig an zu Hause denken. Was machten sie jetzt am Ostersonntag? Sicher waren sie in der Kirche gewesen. Und danach spazieren. Vielleicht musste ihre Mutter arbeiten? Und Miggi war bestimmt bei Margarete und deren Familie.

Dorothea betrat die Küche und riss Irmi aus ihren Gedanken.

»So, ich hol jetzt den Hefezopf und dann geht's zurück in die Stube.«

Irmi nickte teilnahmslos. Dorothea blieb vor ihr stehen und sah sie eindringlich an.

»Für dich auch, Irmi. Du gehörst dazu.«

Irmi hob den Kopf.

»Danke, dass du das sagst. Ich komm gleich.«

Irmi sah Dorothea nach. Sie war wirklich nett. Aber dazu gehörte Irmi ganz sicher nicht.

Nach dem Kaffee verabschiedeten sich Marias Eltern, während Dorothea noch eine Nacht blieb. Wie selbstverständlich wechselte sie ihr schönes Kleid gegen Arbeitskleidung und ging mit den anderen in den Stall. Maria kam nicht mit. Es ging ihr nicht gut, der Feiertag mit seinem Besuch schien sie anzustrengen. Als Irmi aus dem Stall zurückkehrte, stand Maria wieder am Herd und rührte eine Suppe für das Nachtessen.

»Geht es dir besser?«

Maria antwortete nicht.

»Magst du dich wieder hinsetzen? Dann kümmere ich mich um die Suppe.«

Keine Antwort.

»Dann deck ich mal den Tisch.«

Sie konnte ganz schön launisch sein, die Maria, dachte Irmi und fragte sich, ob sie wieder etwas falsch gemacht hatte. War sie etwa schuld an diesen Launen? Weil sie Marias Vater so zurückgewiesen hatte?

Der Tag war anstrengend gewesen und Irmi war froh, als sie endlich allein in ihrer Kammer war.

Über eine Woche war Irmi jetzt auf dem Nonnenfeldhof. Sie hatte großes Heimweh, hoffte aber, dass dies sich bald verflüchtigen würde. Zu Hause fühlte sie sich hier – noch – nicht, aber es gefiel ihr dennoch besser als bei den Lehners.

IX.

An Weißsonntag kam Miggi zu Besuch. Ohne Ankündigung stand er plötzlich in der Stube vor Irmi, die ihren Bruder stürmisch umarmte.

»Bin ich froh, dass du da bist!«

Miggi blickte seine Schwester in ihrer Arbeitstracht irritiert an.

»Irmi! Du siehst ja ganz anders aus, fast wie …«

Irmi winkte ab.

»Wie Mina, ja, ich weiß schon.«

Ehe Miggi weiter reagieren konnte, kamen die anderen, um ihn zu begrüßen. Alle freuten sich, Miggi zu sehen. Er war ein gerngesehener Gast.

»Wo ist Markus?«, wollte er wissen.

»Draußen auf der Weide mit dem Vieh. Es geht wieder los«, antwortete Wilhelm.

»Hast du gerade Zeit?«, fragte Miggi Irmi.

»Sie kann ruhig gehen«, antwortete Maria an Irmis statt. Sie hatte wieder schlechte Laune und Irmi war heilfroh, wenn sie in solchen Momenten nichts mit der Jungbäuerin zu tun hatte.

»Dann komm, Irmi, besuchen wir Markus auf der Weide«, schlug Miggi vor. »Die Aussicht wird dir gefallen.«

Irmi gefiel vor allem die Aussicht, ein bisschen Zeit alleine mit ihrem Bruder zu verbringen, und sagte begeistert zu.

Miggi wechselte noch ein paar Worte mit Egon und Wilhelm, drückte lange Annas Hand und scherzte mit Primus und Magdalena, während Irmi sich eine Jacke holte. Es war immer noch recht frisch.

Gleich hinter dem Hof ging es aufwärts, und Irmi merkte schnell, dass sie durch die Schwangerschaft nicht mehr so gut in Form war, obwohl sie es doch eigentlich gewohnt war, viel zu laufen. Sie ächzte und hechelte, und Miggi verlangsamte seine Schritte, damit sie sich unterhalten konnten.

»Wie geht es in Freiburg?«

»Was willst du wissen? Bei mir in der Schreinerei? Da ist alles gut. Oder meinst du unsere Eltern?«

»Das weißt du doch. Und Hannelore und Johann natürlich. Und Klaus.«

»Gerade macht der Papa eigentlich einen ganz guten Eindruck.«

»Ach? Kaum, dass ich weg bin, oder wie?«

»Keine Ahnung. Zuletzt schien er etwas besser zu schlafen, hieß es.«

Weil er mich los ist, dachte Irmi frustriert. Jetzt hat er endlich Ruhe.

»Und die Mama?«

»Wie immer.«

Irmi seufzte. Viel war aus Miggi nicht herauszuholen.

»Und Margarete?«

Miggi schaute seine Schwester erstaunt an.

»Da ist auch alles gut. Sehr gut.« Er lächelte zufrieden. »Aber warum fragst du gerade das?«

»Keine Ahnung. Damit du mal ein bisschen erzählst!«

Miggi blieb stehen und schaute Irmi ernst an.

»Es gibt nicht viel Neues. Du fehlst. Die Kleinen vermissen dich wie verrückt. Das ist vielleicht die Neuigkeit. Du musst jetzt nicht für immer sauer sein. Es ist halt blöd gelaufen.«

»Hat der Papa gesagt, dass ich fehle? Oder die Mama?«, wollte Irmi hoffnungsfroh wissen.

Miggi schnaufte tief.

»Nein, das hat er nicht. Sie auch nicht. Aber man merkt das doch, verdammt.«

Irmi spürte, wie die Enttäuschung sich tief in ihren Magen grub. Sie hielt an und musste sich übergeben.

»Entschuldigung«, sagte sie, als sie sich wieder aufrichtete. »Das passiert andauernd.«

»Schon gut«, Miggi schaute zur Seite. »Können wir jetzt weitergehen?«

Bald darauf hatten sie die Weide erreicht.

»Oh«, entfuhr es Irmi. Vor ihr erstreckten sich auf der einen Seite die Berge des Schwarzwalds, in die andere Richtung blickte man bis auf die Vogesen.

»Schön hier, gell?« Miggi ließ den Blick schweifen, wie er es früher jeden Tag getan hatte.

Markus saß weiter oben auf einem großen Stein und winkte. Wie alte Freunde schüttelten er und Miggi Hände und klopften sich auf die Schultern.

»Kommt«, Markus rückte etwas nach links und deutete auf seine rechte Seite, »hier ist noch viel Platz.«

Und so saßen sie einträchtig nebeneinander, Miggi in der Mitte, und blickten auf die Kühe und die umliegenden Berge. Ruhig war es hier, dachte Irmi, ganz anders als auf dem Hof, wo es immer etwas zu tun gab und stets ein bisschen Hektik herrschte.

»Hier ist es am besten für mich«, erzählte Markus nach einer Weile von selbst. »Die beste Luft, hier kann ich gut atmen. Deswegen geh ich immer mit dem Vieh, wenn möglich.«

»Kommt denn kein Hirtenbub?«, fragte Miggi.

»Doch, doch, so ist es eigentlich geplant«, antwortete Markus, »aber vielleicht mach ich es trotzdem weiter. Hier hab ich auch meine Ruh'.«

Markus wurde ja richtig gesprächig, dachte Irmi. Auf dem Hof hörte man sehr wenig von ihm, dort war er ausgesprochen zurückgenommen.

»Und ich muss nicht ständig Egon und Maria beim Großbauernspielen zuschauen.«

Irmi blickte Markus überrascht an. Auch Miggi wirkte erstaunt.

Markus winkte ab.

»Vergesst es. Es war nicht so gemeint.«

»Noch nicht weg, der Frust, oder?«, fragte Miggi.

»Ha«, Markus lachte bitter. »Wie soll das so schnell gehen?«

»Sind ja schon ein paar Jahre. Genug zum Gewöhnen«, entgegnete Miggi.

Irmi schaute von einem zum anderen. Worüber sprachen sie? Als hätte Miggi die Gedanken seiner Schwester erraten, fing er an zu erklären.

»Eigentlich sollte der Markus den Hof bekommen. Der Jüngste kriegt den Hof. Aber wegen seiner TB hat Wilhelm anders entschieden, und jetzt hat Egon den Hof.«

»Und der malt lieber, als Bauer zu sein«, ergänzte Markus.

Er sprang auf und lenkte mit seiner Geißel eine Kuh zurück auf die Weidefläche, die gerade ein paar Schritte Richtung Wald machte.

»Und was ist für dich?«, fragte Irmi Markus, als er zurückkehrte.

»Ich? Ich hab nichts, ich bin nur der Knecht meines Bruders. Was soll ich schon machen mit der Lunge? In den Stall kann ich nicht, stundenlang schaffen kann ich nicht. Wer will mich da schon nehmen? Wie soll man da schon Bauer sein? Aber als Hirtenbub«, Markus grinste Miggi und Irmi an, »geht's immer noch prima.«

Irmi war richtig erschrocken. Es war ihr nicht bewusst gewesen, dass Markus der eigentliche Hoferbe war und durch seine Erkrankung so eingeschränkt. Nie verlor er ein Wort darüber und er ließ sich nichts anmerken, sondern packte stets mit an. Nur in den Stall ging er nicht gerne. Ihr war noch nie aufgefallen, dass er es irgendwie tragisch nahm, auf dem Hof bei seinem Bruder zu wohnen und zu arbeiten. Aber jetzt klang es fast so.

Hier ist gar nicht die heile Welt, die ich mir nach Miggis Erzählungen erhofft hatte, dachte Irmi. Offensichtlich ist es überall gleich, jeder hat Probleme.

Diese Erkenntnis hatte durchaus etwas Tröstendes für Irmi.

Am Abend im Stall deutete Maria auf den Melkschemel.

»Da, du musst jetzt melken lernen, wir brauchen eine Kraft mehr. Setz dich hin, ich zeig es dir.«

Sie griff nach einem zweiten Schemel und drängte sich neben Irmi ans Euter. Gleichzeitig strich sie mit der Hand über das Fell der Kuh und klopfte sie. Ganz eng saßen sie zwischen zwei Kühen, die unbeeindruckt an ihrem Heu kauten.

»Erst saubermachen und ausstreichen, das kannst du ja schon. Und dann die Hände so an die Zitzen legen«, Maria machte es vor, »so, siehst du?« Maria hatte eine vordere und eine hintere Zitze diagonal gepackt. »Und dann drücken. So.«

Maria hatte sich den Eimer zwischen die Knie geklemmt und lenkte den Milchstrahl zielsicher hinein. Schnell war der Eimerboden bedeckt.

»Probier es mal. Hier, nimm noch etwas Fett.«

Aus ihrer Schürzentasche holte Maria eine Dose Vaseline hervor. Irmi nahm etwas daraus und verstrich es auf ihre Hände. Dann klemmte sie sich wie gesehen den Eimer zwischen ihre Knie, umschloss die Zitzen und begann zu drücken.

Nichts passierte.

»Nein, anders«, sagte Maria, »so.« Sie drückte geschickt, dass die Milch nur so herausspritzte.

Irmi probierte es noch einmal. Diesmal kamen immerhin ein paar Tropfen.

»Die Hand muss eine Faust sein. Nicht den Daumen hochheben. Du musst die Zitze die ganze Zeit gedrückt halten, sonst fließt die Milch zurück. Und wenn die Kuh eine Euterentzündung bekommt, dann ist das deine Schuld.«

Maria wurde ungeduldig und Irmi fürchtete schon einen Ausbruch. Sie versuchte, es Maria ganz genau nachzumachen – endlich kam ein bisschen mehr heraus.

»Ich mache es das erste Mal«, sagte Irmi entschuldigend.

»Na, hoffentlich lernst du es noch, sonst kann ich dich wirklich für nichts gebrauchen.«

Wieder ein Schlag der Jungbäuerin in Irmis Magengrube. Es ging Maria nicht schnell genug und ihre Laune wieder steil nach unten. Irmi drückte und zog. Immerhin kam ein bisschen Milch heraus. Plötzlich stand Egon vor ihnen.

»Klappt es?«, wollte er wissen.

»Sie schafft es nicht«, meckerte Maria los, bevor Irmi antworten konnte.

»Beruhige dich, Maria. Nicht jede ist mit dem Euter in der Hand groß geworden. Sie muss es doch erst lernen.«

»Dann bring du es ihr bei.«

Maria stand ungeduldig auf, griff nach ihrem Melkschemel und verschwand hinter der nächsten Kuh. Egon blickte Irmi freundlich an.

»Die beruhigt sich schon wieder. Liegt an der Schwangerschaft«, entschuldigte er seine Frau. »Und was das Melken angeht, das wird schon.«

Er hockte sich nieder und erklärte Irmi in aller Ruhe die Technik. Tatsächlich klappte es jetzt besser und der Bauer blieb so lange, bis er sicher war, dass die Kuh auch ganz ausgemolken war. Dann wechselte Irmi zum nächsten Tier, nicht ohne ihre Arme auszuschütteln. Von der ungewohnten Arbeit taten sie unglaublich weh.

Diese Kuh war nicht so gutmütig wie die erste. Sie bewegte sich hin und her und Irmis Respekt vor dem Tier wuchs sich in Angst aus. Egon half ihr, indem er den

Strick nahm und die Kuh fester ans Gatter band. Jetzt verhielt sie sich ruhiger, und Irmi konnte es versuchen.

Milch kam sofort, aber nach ein paar Minuten merkte Irmi, wie sehr ihr die Hände und Arme jetzt schon schmerzten. Sie schaffte es fast nicht, weiterzumachen, so steif fühlten sich die Finger an. Immer wieder setzte sie ab, knetete ihre Arme und bewegte die Finger, um Entlastung zu schaffen. Das kann ja heiter werden, dachte sie. Sie biss die Zähne zusammen und wollte es unbedingt schaffen. Und mit jedem Versuch klappte es besser. Zwei Kühe schaffte Irmi an diesem Abend zu melken. Danach hatte sie das Gefühl, dass ihre Finger so steif waren wie Annas, der diese Arbeit deswegen immer schwerer fiel.

Mit der gemolkenen Milch ging Irmi in den Nebenraum, in dem die elektrisch betriebene Zentrifuge stand. Wie schön, einfach nur mit Knopfdruck die Arbeit in Gang zu setzen. Das Gerät brummte, und Irmi kehrte in den Stall zurück.

Am nächsten Morgen hatte Irmi das Gefühl, vor lauter Muskelkater die Arme nicht heben zu können. So schwerfällig bewegte sie ihre Arme, dass sie es nicht rechtzeitig schaffte, den Nachttopf hervorzuziehen, um sich wie üblich darein zu übergeben. Etwas ging daneben und Irmi stöhnte. Mühsam stand sie auf und suchte einen

Lappen, um den Boden aufzuwischen. Sie fühlte sich elend. Alles schmerzte und ihr war schlecht. Sie fror, denn immer noch war es in ihrer Kammer bitterkalt. Trotzdem musste es sein. Irmi zog sich an und ging hinunter in die Küche. War sie früher als sonst wach? Das Feuer brannte noch gar nicht. Irmi öffnete das Türchen und warf Holz und Reisigwellen in den Herd. Sie brach ein Stück vom Zunder ab und hielt ein Streichholz dran. Es zischte und Irmi warf den brennenden Zunder auf das Holz.

Es klappte auf Anhieb, das Feuer brannte schnell. Irmi schaute zufrieden in die Flammen, als die Küchentür aufging und Maria hineinkam.

»Ich mach weiter«, sagte sie statt einer Begrüßung.

Irmi drehte sich um.

»Guten Morgen. Dann geh ich in den Stall.«

»Nein, hol erst noch Wasser. Ich komm dann gleich.«

»In Ordnung.«

Irmi schnappte sich den Wassereimer und ging zur Pumpe. Sie verstand Maria nicht. Erst war sie so freundlich gewesen und jetzt so ein Drachen. Die Phasen, in denen sie gute Laune versprühte, nahmen von Tag zu Tag ab. Es war schwer einzuschätzen, wie Maria reagierte. Sie war anstrengend.

Tatsächlich tauchte Maria später im Stall auf und schaute Irmi bei ihren Melkversuchen zu. Deren Arme schmerzten wie wild, aber was die Technik anging, hatte sich die Magd schon stark verbessert. Maria nickte zufrieden und ging mit ihrem Schemel zur nächsten Kuh.

Am Nachmittag fuhr ein Wagen vor den Hof. Irmi arbeitete gerade mit Anna in ihrem Bauerngarten, es galt, vertrocknetes Kraut zu entfernen und neu zu säen. Interessiert schaute Irmi auf. Es war das erste Auto, das auch nur in die Nähe des Nonnenfeldhofs kam, seit sie hier war. Die Beifahrertür öffnete sich und eine Frau mit grauem Haar stieg schwungvoll aus und hob die Hand zum Gruß.

»Das ist Josefa«, erklärte Anna, die zu Irmi getreten war. »Sie ist die Hebamme. Maria geht's ja immer noch nicht so gut.« Die Altbäuerin blickte Irmi an. »Nach dir kann sie eigentlich auch mal schauen.«

»Und wer sitzt dort am Steuer?«, fragte Irmi.

»Ach, das ist ihr Mann. Er arbeitet nicht mehr, und seit sie ein Auto haben, fährt er Josefa herum. So ist sie schneller bei den Schwangeren.«

»Warum steigt er nicht aus?«

»Das tut er nie«, lachte Anna, »aber du kannst ihm gleich mal ein Vesper bringen.«

»Salli«, die Hebamme trat auf die beiden Frauen zu. »geht es euch gut, euch allen? Wo ist denn Maria?«

»In der Stube«, antwortete Anna. »Und danach kannst die hier grad auch noch anschauen.«

Sie deutete auf Irmi.

»Mach ich.« Josefa war schon auf dem Weg zum Haus. »Sag, Anna, kann mein Mann etwas zu trinken bekommen?«

Schon verschwand sie nach drinnen.

Irmi folgte Anna in die Küche und richtete mit ihr etwas zu essen. Josefas Mann bekam ein schönes Stück Brot mit ordentlich Speck und sauren Gurken oben drauf und ein zweites mit Himbeermarmelade, dazu einen heißen Tee. Alles trug Irmi die Treppe hinab und brachte es dem wartenden Ehemann. Dieser kurbelte die Scheibe seines Borgwards herunter und nahm dankbar das Essen entgegen. Sagen wollte er nichts. Gegenüber seiner kraftvoll auftretenden Frau wirkte er klein und unauffällig.

Irmi ging wieder nach oben ins Haus. Kaum war sie im Flur, öffnete sich die Stubentür und Josefa blickte heraus.

»Alle, die hier sind, mal in die Stube kommen.«

Es waren nur Irmi und Anna. Die Männer waren draußen auf dem Feld.

»Also«, begann Josefa resolut, als die beiden Frauen eingetreten waren, »die Maria muss sich schonen. Und wenn ich sage, schonen, dann meine ich, dass sie rein gar nichts mehr macht, was zu anstrengend ist. Nichts Schweres tragen. Keine vollen Schüsseln mit Essen. Keine Milchkannen. Keine Wassereimer. Keine Schweineeimer. Ist das klar?« Josefa blickte streng auf Maria, die auf dem

Sofa saß und erschöpft dreinblickte. »Und wenn Maria meint, sie muss sich setzen und erholen, dann macht sie das auch. Kein Stehen am Herd. Kein Melken. Kein Bügeln. Aufs Feld sowieso nicht. Habe ich mich deutlich ausgedrückt?«

Ihr strenger Blick ging nun von einer zur anderen.

»Wir haben so viel Arbeit, ich kann nicht einfach rumsitzen«, meldete Maria vom Sofa Protest an.

»Du machst das, was noch geht«, sagte Josefa, »ich weiß ja, dass ihr Bauersfrauen eh nicht stillsitzen könnt. Aber in dem Moment, in dem es nicht mehr geht, spielst du nicht die Heldin. Dann setzt du dich hin. Und Tragen kommt überhaupt nicht mehr infrage. Am besten auch die Kinder nicht. Und sagt das alles bloß auch den Männern.«

Die Hebamme drehte sich zu Anna und Irmi um.

»Anna, ich weiß, wie es dir geht, aber ich bitte dich, darauf zu schauen und notfalls einzuspringen. Sonst wird das hier vielleicht nichts mehr. Und du«, jetzt sprach sie Irmi an, »du übernimmst alles, was jetzt anfällt. In welcher Woche bist du?«

Irmi lief tiefrot an und schaute sich unsicher um. Josefa verstand sofort.

»Komm, wir gehen mal in deine Kammer, da können wir reden.«

Oben angekommen setzte sich Irmi auf ihr Bett, während sich Josefa an die Kommode lehnte.

»Wann hattest du das letzte Mal deine Blutung?«

»Anfang Februar … das Kind ist an Fasnacht gezeugt.«

»Bist du allein?«

Irmi nickte und schluckte. Sie spürte, wie ihre Selbstsicherheit ins Wanken geriet, und ärgerte sich, dass sie der resoluten Hebamme gegenüber ihre Haltung zu verlieren drohte.

»Viele Frauen sind allein«, meinte Josefa, »und eigentlich schaffen sie es alle. Wir müssen nun überlegen, wie es mit dir hier weitergeht. Denn irgendwann kannst du auch nicht mehr alles tragen und schleppen, was man dir hier so aufträgt. Du bist nicht von hier, oder? Ich hab dich noch nie gesehen.«

»Ich bin aus Freiburg«, antwortete Irmi schüchtern.

Und dann brach es aus ihr heraus, und sie erzählte die ganze Geschichte. Von ihrem Vorgesetzten, den sie an Fasnacht privat traf, ihrem Vater, der sie rauswarf, ihrem Bruder, der sie hierher vermittelte. Josefa hörte geduldig zu.

»Es ist ein guter Hof«, sagte sie dann zur Beruhigung, »die Menschen hier sind anständig. Es ist gut, dass du hier gelandet bist und nicht in so einem Haus für gefallene Mädchen. Sie passen schon auf dich auf.«

Irmi nickte.

»Schön. Dann lass uns mal über die Schwangerschaft sprechen. Wenn du sagst, das Kind ist von Fasnacht, dann müssen wir im November mit der Niederkunft rechnen. Wie geht es dir?«

»Mir ist immer schlecht.«

»Musst du dich übergeben?«

Irmi nickte. »Jeden Tag. Oft sogar mehrmals.«

»Das ist unangenehm, aber man sagt auch, dass dein Kind dann stark ist. Also kein Grund zur Beunruhigung.« Josefa lächelte sie an. »Ich gebe dir gleich noch etwas Schafgarbe, daraus kannst du dir einen Tee machen und dreimal am Tag trinken. Und irgendwann hört das sowieso von allein wieder auf.«

Sie stand auf und tätschelte Irmi die Wange.

»Das wird schon.«

X.

Egon hatte sich die mahnenden Worte Josefas offensichtlich sehr zu Herzen genommen.

»Heute ist ein großer Tag«, verkündete er wenige Tage später feierlich am Frühstückstisch. »Wir bekommen Telefon! Gleich nachher kommen sie und verlegen die Kabel.«

»Und wen rufen wir dann an?«, brummte Wilhelm.

»Zum Beispiel die Hebamme oder den Arzt, falls das nötig sein sollte«, antwortete Egon. »Gerade geht es der Maria nicht so gut, da weiß man nie, was kommt.«

Irmi strahlte. Für sie bedeutete ein Telefon einen echten Fortschritt. Zukünftig könnte sie Miggi direkt in der Schreinerei anrufen und mit ihm sprechen. Ein Stück Heimat würde an sie heranrücken. Sie konnte es kaum abwarten und schaute den Technikern, die kurz darauf tatsächlich erschienen, zu, wie sie die Kabel bis ins Haus hineinzogen. In den Hausflur wurde ein schwarzes Telefon gehängt, dass sich farblich von der dunkelgeräucherten Wand kaum abhob. Fast ehrfurchtsvoll nahm Irmi den schweren Hörer in die Hand und steckte den Finger in die Wählscheibe. Unwillkürlich wählte sie die Nummer der Schreinerei Bächle. Aber noch passierte nichts. Es sollte noch eine ganze Woche dauern, bis das Freizeichen ertönte. Es war der Auftakt, den Nonnenfeldhof zu modernisieren.

Denn kaum funktionierte der Telefonanschluss, gab es die nächste Veränderung. Ein Spülstein mit fließendem Wasser aus der hofeigenen Pumpe wurde in die Küche gebaut. Maria, Anna und Irmi konnten ihr Glück kaum fassen. Zwar gab es nur einen Hahn für kaltes Wasser, sodass sie immer noch zum Spülen Wasser aufwärmen mussten, aber der Spülstein bedeutete dennoch eine große Erleichterung beim Kochen und Abwaschen. Gleichzeitig wurde noch eine Wasserleitung in den Stall verlegt, sodass es viel einfacher wurde, die Euter der Kühe zu reinigen und die Kühe zu tränken.

Maria versuchte, sich an Josefas Anweisungen zu halten und viel zu ruhen, doch so ganz mochte es ihr nicht gelingen. Schweres Heben vermied sie, aber das Kochen ließ sie sich nicht nehmen, und so stand sie nach wie vor tagtäglich dreimal am Herd und rührte in den Töpfen. Alles, was Gewicht hatte, schleppte nun Irmi, die nach Josefas Worten doch selbst nicht allzu sehr zupacken sollte. Sie hatten einfach zu wenige Arbeitskräfte.

Schließlich kamen Paul und Gerda auf den Hof, zwei Kinder, die für das Hüten vorgesehen waren. Gerda war zwölf Jahre alt, Paul erst zehn. Gerda arbeitete bereits das dritte Jahr auf einem Bauernhof, zuletzt war sie auf Marias Heimathof gewesen. Irmi betrachtete die beiden und schluckte, als sie sich daran erinnerte, wie einst ihr großer Bruder Miggi das Haus verlassen hatte, um hier im Schwarzwald als Hirtenbub zu arbeiten. Er war im gleichen Alter wie die beiden gewesen, und er war Irmi damals unglaublich groß und erwachsen vorgekommen. Bei Paul und Gerda, die Irmi an ihre zwei jüngsten Geschwister erinnerten, sah sie nur, dass sie wirklich noch Kinder waren.

Während Paul eine Schlafkammer für sich alleine bekam, sollte Gerda in Irmis Kammer ziehen. Irmi hatte sich zwar schon daran gewöhnt, am Abend für sich zu sein, und daran durchaus Gefallen gefunden, aber zeitlebens war es für sie normal gewesen, sich den Schlafplatz zu teilen, sodass es ihr nicht allzu viel ausmachte, zumal Gerda gut als Bettnachbarin zu haben war.

Beide, Paul und Gerda, waren gelehrig und fleißig und damit gut einsetzbar. Am Morgen und am Nachmittag gingen sie jeweils gemeinsam mit dem Vieh auf die Weide. Dafür konnte Markus nun auf dem Hof mitarbeiten. In der Mittagszeit liefen beide Hütekinder in die Hirtenschule nach Gibach, und wenn noch Zeit blieb, halfen beide im Haushalt. Am Sonntag ging Markus mit den Tieren auf die Weide, und Paul und Gerda bekamen frei. Ihre Familien besuchten sie jedoch nicht allzu oft, sondern nutzen die Zeit eher, um ihre Schularbeiten zu erledigen – eine Aufgabe, bei der Irmi ihnen gerne half.

Das Frühjahr schritt voran und die Natur brachte ihr prächtiges Kleid hervor, überall grünte und blühte es. Dankbar registrierte Irmi, dass es am Morgen nicht mehr so kalt war, sodass es ihr leichter fiel, aus dem Bett zu kommen. Und war es der Tee der Hebamme oder einfach nur die Zeit? Die Übelkeit ließ nach und damit das leidige Erbrechen. Gleichzeitig bemerkte Irmi eines Morgens, dass sie das Mieder nicht mehr so eng einhaken konnte wie zuvor. Jetzt wächst es, dachte sie, und schaute an sich herunter. Schon seit einiger Zeit hatte sie das Gefühl, dass in ihrem Bauch eine Kerze flackerte, die einerseits wärmte und andererseits für Unruhe sorgte.

Kaum hatte Irmi sich fertig angezogen, stupste sie Gerda an, die sich morgens gerne noch einmal umdrehte, um dann doch willig die Bettdecke aufzuschlagen und mit ihr in den Stall zu gehen. Auch das war mittlerweile Routine. Es waren Irmi und Gerda, die gemeinsam mit Egon alle Kühe molken, während Paul und Kurt den Mist herausbrachten. Manchmal half Anna, doch ihre Finger wollten nicht mehr. Inzwischen hatte Irmi Geschick und Muskeln entwickelt, aber die Schmerzen in Fingern und Armen hörten dennoch nie ganz auf. Ihre Lieblingsarbeit auf dem Hof würde Melken nie werden.

Nach dem Frühstück spülte Irmi stets das Geschirr und setzte Wasser auf. Sobald es heiß war, nahm sie Kamillenblüten aus der Dose, ließ sie in eine Schüssel fallen und goss das Wasser darüber. War die Temperatur heruntergekühlt, griff Irmi die Schüssel und lief damit in die Stube, wo Anna schon auf dem Sofa wartete. Irmi kniete vor ihr und entfernte die Pflaster und Gazestreifen von Annas Beinen. Als Maria sie gebeten hatte, diese Aufgabe zu übernehmen, hatte sich Irmi beim ersten Anblick von Annas Beinen gehörig erschreckt. Dicke Krampfadern zogen sich durch und nicht wenige waren aufgegangen. Die Wunden nässten und mussten täglich versorgt werden.

»Kindsfüß' sagt man dazu, Maidle«, hatte Anna Irmi beim ersten Mal erklärt. »Pass nur gut auf, dass dir das nicht passiert.«

Irmi schaute sie mit großen Augen an. Wie sollte sie das verhindern, fragte sie sich. Mit einem Lappen wusch sie die Beine vorsichtig bis zu den Knien. Nach etwa zehn Minuten war das Fußbad beendet. Nun musste die Haut gut getrocknet werden. Sorgsam tupfte Irmi über die Wunden. Dann versorgte sie die Schüssel und holte das Verbandszeug. Alle offenen Stellen deckte Irmi ab und hob den rechten Fuß von Anna hoch. Jetzt galt es, den Wickelverband richtig anzulegen, nicht zu locker, nicht zu fest, auf keinen Fall mit Falten. Maria hatte Irmi angelernt und sie mehrfach ermahnt, sorgfältig zu sein. Immer in Ährenform wickeln und ganz besonders gut bei der Ferse aufpassen.

»Danke, mi Maidle.« Wie immer lächelte Anna dankbar, als Irmi den linken Fuß wieder abstellte. »Du machst es gut, am besten von allen.«

Maria schaute etwas böse zu den beiden Frauen herüber. Es war immer das Gleiche. Egal, was Irmi machte, Anna lobte sie oder nahm sie in Schutz. Maria schmeckte das nicht immer, und oft bekam Irmi dies wiederum zu spüren, indem sie von ihr angefahren wurde. Irmi war da machtlos. Es war sogar schon vorgekommen, dass Anna sie aus Versehen Mina genannt hatte, daher konnte Irmi sich schon denken, warum sie so nett zu ihr war.

Egon kam in die Stube und ließ mit Schwung die neue Ausgabe der Badischen Bauernzeitung auf den Tisch fallen. Wilhelm schreckte hoch.

»Was soll das?«

»Da steht es drin, schwarz auf weiß. Elektrische Melkmaschinen sind eine Hilfe für die Bäuerin und kein neumodischer Quatsch. Ich denke, wir können gut eine gebrauchen.«

Wilhelm brummte Unverständliches.

Irmi saß ebenfalls mit Gerda und Paul am Tisch und half bei deren Hausaufgaben. Interessiert schaute sie auf.

Maria, die neben Anna auf dem Sofa saß und strickte, erhob sich schwerfällig, lief zum Tisch und griff nach der Bauernzeitung.

»Das ist doch eine Quälerei für die Viecher, Egon«, sagte Wilhelm nun.

»Überhaupt nicht, Papa«, erwiderte der Sohn, »da steht es: Den Kühen geht es sogar besser damit, denn sie werden besser ausgemolken und der Milchertrag steigt; das heißt, wir haben auch mehr zum Abgeben und verdienen mehr.«

Wilhelm war so schnell nicht zu überzeugen.

»Das braucht niemand. Wer will denn seine Tiere an eine elektrische Maschine anschließen?«

»Und jeder kann sie bedienen«, fuhr Egon unverdrossen fort. »Ein bisschen Anlernen, dann kann selbst die Mutter wieder melken. Dann sind wir nicht so auf eine Person angewiesen, die das macht.«

Er schaute erwartungsfroh zu Maria, die auf dem Sofa den Artikel studierte. Nun hob sie den Kopf.

»Tausendfünfhundert Mark, Egon, steht da. Pro Einzelmelkeimer für bis zu acht Kühe. Wir haben sechzehn Milchkühe. Da brauchen wir ja mindestens zwei, damit auch weiterhin zwei Personen melken. Wer soll denn das bezahlen? Wir haben doch gerade erst so viel Geld für den Spülstein und das Motorrad ausgegeben.«

»Man kann in Raten zahlen, das bietet der Hersteller an. Und erst mal mit einer Maschine anfangen. Es ist nicht so viel.«

»Wie viel ist es denn?«

»Na ja, ich könnte eine größere Summe anzahlen, sagen wir – dreihundert Mark, und den Rest stunden wir monatlich. Also sagen wir, jeden Monat dreißig Mark …«

»Plus Zinsen«, fiel Maria ihrem Mann ins Wort.

»Ja genau, das wären vier Komma fünf Prozent«, Egon legte den Kopf schief und dachte nach, »dann wären wir bei etwa drei Jahren, also bei sechsunddreißig Monaten.«

Irmi hatte aufmerksam die Kalkulation der beiden mit angehört. Jetzt begann es in ihrem Kopf zu arbeiten. Schnell rechnete sie. Sie fühlte sich zurückversetzt in ihre Zeit bei der Lebensfürsorge, bei der sie immer für das Nachrechnen zuständig war. Sie war einfach gut im Kopfrechnen.

»Dreiundvierzig Monate. Und ein halber.« Sie sagte es, ohne lange nachzudenken. Die Runde in der Stube schaute sie verblüfft an.

»Das, was ihr ausgerechnet habt, hat nicht ganz gestimmt«, Irmi senkte schuldbewusst den Kopf, »entschuldigt bitte, es geht mich nichts an. Ist so eine Gewohnheit.«

»Nein, nein«, rief Egon aus, »das ist ja umso besser. Danke für deine Hilfe. Aber vielleicht sollten wir dann doch noch mal den monatlichen Beitrag überdenken.«

Irmi lächelte zufrieden.

Ihre Rechenkünste schienen Vertrauen geweckt zu haben. Am nächsten Tag wurde Irmi zum Einkaufen ins Dorf geschickt. Sie freute sich. Das bedeutete, aus dem Arbeitsalltag auf dem Nonnenfeldhof kurz heraus und unter Leute zu kommen. Maria drückte Irmi eine Liste mit den benötigten Sachen und einen Schlitzsack für die Mitbringsel in die Hand und erklärte ihr, wo der Kaufladen zu finden war.

»Aber lass dich mit der Goldliese bloß nicht auf ein Gespräch ein, sonst bist du ja erst zum Abendessen zurück«, mahnte sie noch.

Irmi nickte und machte sich auf den Weg. Bis auf zwei Kirchgänge hatte sie den Nonnenfeldhof seit ihrer Ankunft nicht mehr verlassen. Es war ein wunderschöner, warmer Maientag und Irmi genoss es, unbeaufsichtigt und ohne Druck nach Gibach ins Tal zu laufen.

Zunächst ging sie zur Postbank, um dort ihr erstes Gehalt auf ihr Postsparbuch einzuzahlen. Egon hatte ihr fünfunddreißig Mark für ihren ersten Monat gegeben. Kost und Logis waren natürlich mit einberechnet. Dennoch musste Irmi kurz schlucken, denn als Direktionssekretärin hatte sie bereits hundertzwanzig Mark verdient und damit sogar ein bisschen mehr als ihre Mutter in der Kneipe. Aber sie entschied, sich nicht zu ärgern, sondern von dem Geld nur jeweils fünf Mark zu behalten und den Rest anzusparen. Sie würde das Geld sicher noch gut gebrauchen können, wenn ihr Kind erst einmal auf der Welt war. Seit sie verdient hatte, hatte sie zwar immer zu Hause etwas davon abgegeben, aber genauso etwas zum Sparen auf das Konto eingezahlt. Sie hatte also schon ein hübsches Sümmchen zusammen.

Den Laden der Goldliese fand Irmi in dem kleinen Ort auf Anhieb. Sie öffnete die Tür und eine Glocke kündigte ihr Eintreten an.

Aus dem Hinterzimmer tauchte eine Frau auf und grüßte freundlich. Elisabeth Goldinger mochte Mitte dreißig sein, schätzte Irmi. Jedermann nannte sie nur die Goldliese. Sie hatte zwei Kinder, Rita und Erwin, im Alter von zehn und acht Jahren. Ihr Mann wurde vermisst. Die Goldliese wusste nur, dass er in russischer Gefangenschaft war, und sie gab die Hoffnung nie auf. War ein Zug mit Kriegsheimkehrern für Hinterzarten angemeldet, machte sie sich immer wieder auf und wartete hoffnungsvoll am Bahnhof, um nur umso enttäuschter nach Gibach zurückzukehren. Ein paar Tage trug sie Trauer, bis die ihr eigene Fröhlichkeit wieder Besitz von ihr ergriff. Den Laden hatte ihr Mann noch vor dem Krieg gegründet und nun führte sie ihn allein.

»Ah, guten Tag, wen haben wir denn da?«

Seltsam, dass ich das gefragt werde, dachte Irmi. Aber sie antwortete.

»Ich bin Irmi vom Nonnenfeldhof. Wir brauchen ein paar Sachen.«

»Das hab ich mir jetzt gedacht, du siehst ja wirklich wie die Mina aus.« Die Goldliese lachte über Irmis verdutztes Gesicht. »Maidle, das ist ein Dorf hier, das geht schnell rum.«

Irmi bat um zwei Kilo Zucker.

»Die Leut' im Ort, die wundern sich halt, was so ein hübsches Maidle aus der Stadt hierhertreibt.«

Sie redet wirklich zu viel, dachte Irmi.

»Wir brauchen auch Hefe. Und was meinen die Leut' so?«

Die Goldliese wog den Zucker in einer Papiertüte ab.

»Sie denken halt, dass du nicht freiwillig hier bist.«

»Doch, es gefällt mir gut.« Irmi nahm den Zucker und die Hefe in Empfang. »Habt ihr Leinöl da?«

»Na klar.« Die Goldliese lief am Regal entlang. »Also, die Leut' denken, dass du bestimmt schwanger bist.«

Irmi starrte ihr Gegenüber an.

»Was soll der Hof denn mit einer schwangeren Magd?«, fragte sie tonlos zurück.

»Eben, das sag ich denen ja auch. Aber«, die Goldliese beugte sich verschwörerisch über den Tresen, »es gibt ja nichts, was es im Schwarzwald nicht gäbe. Und schwangere Mägde gehören bestimmt dazu. Was brauchst noch?«

Irmi schaute sie verdattert an. Worauf wollte sie hinaus? Oder war sie einfach nur neugierig?

Von mir erfährst du es nicht, dachte Irmi grimmig, bevor sie antwortete.

»Kernseife noch, bitt' schön.«

Die Goldliese griff, ohne hinzuschauen, hinter sich.

»Alles dann? Macht zwei Mark achtzig.«

Die Kasse klingelte und die Geldlade schoss heraus.

»Ich soll anschreiben lassen.«

»Ach ja, richtig, hatte ich vergessen.« Die Kauffrau schob die Lade wieder zu. »Das macht die Maria ja immer so. Wie geht's ihr denn? Also, wenn du Hilfe brauchst«, die Goldliese wandte sich ihr schon wieder vertraulich zu, »dann sag Bescheid. Ich bin auch nicht von hier. Ich weiß, wie sich das anfühlt. Schönen Tag.«

Sie lächelte Irmi mit großem Mund an. Irmi griff den gefüllten Schlitzsack und sah zu, dass sie rauskam.

Der Sack auf Irmis Schulter wog schwer, als sie sich den steilen Weg hochmühte. Immer wieder blieb sie stehen und rang nach Luft. Sie war wirklich gar nicht mehr in Form, dachte sie. Sie ließ ihren Besuch im Laden in Gedanken noch einmal Revue passieren. Dass die Frau vom Laden schon wusste oder sich zumindest zusammenreimte, dass sie schwanger war, ließ erahnen, wie viel im Ort geredet wurde. Bestimmt hatte Maria bei ihren letzten Ausflügen ins Dorf gequatscht. Irmi war wütend, doch was sollte sie schon sagen? Alles nur Vermutungen.

Bis Irmi am Nonnenfeldhof ankam, war sie so außer Atem, dass ihr Ärger schon fast verraucht war.

Der Mai war fast um. Wie die Zeit rast, dachte Irmi. Die letzten Wochen waren richtig warm und sehr trocken gewesen, für die Bauern zu trocken, denn ständig redeten Egon, Wilhelm und Markus davon, dass es doch mal wieder richtig regnen müsste, damit die Frucht auf dem Feld richtig gedieh.

Abends, wenn alle Arbeit getan war, saß Irmi jetzt gerne auf der Bank vor dem Haus und blickte auf den Schwarzwald in der Dämmerung. Manchmal gesellte sich Gerda dazu, die sich an Irmi kuschelte, und Irmi gab gerne nach und nahm das Mädchen, das so jung war und so kräftig arbeitete, in den Arm. Fort von zu Hause schienen sich die zwei gefunden zu haben und sich gegenseitig stützen zu können.

Diesmal jedoch war es Kurt, der neben Irmi auftauchte.

»Hallo schöne Frau, darf ich mich setzen?«

»Warum nicht?«

Irmi rutschte ein bisschen nach rechts, Kurt platzierte sich und gemeinsam schauten sie schweigend in die Landschaft.

»Gefällt es dir hier?«, fragte Kurt nach einer Weile.

»Ja, sehr. Warum fragst du?«

»Ich weiß jetzt, warum du hier bist.«

Irmi schaute Kurt irritiert an.

»Na und? Was ist daran so besonders?«

»Ich wollte nur sagen … Es ist mir egal, wenn du schwanger bist.«

»Das kann es dir auch sein«, antwortete Irmi genervt.

»Ich meine, ich wollte dich fragen … Also, jetzt am Sonntag ist doch Frühlingsfest unten in Gibach, da wollte ich … Also: Magst du mich dahin begleiten?«

Er war ganz rot im Gesicht geworden, stellte Irmi fest. Es war eigentlich ganz nett, wie er so vor ihr herumdruckste. Und warum nicht mal wieder auf ein Fest und unter Leute gehen nach so langer Zeit?

»Ja, gerne.« Irmi lächelte Kurt an. »Sehr gerne.«

Kurt strahlte.

Am Sonntagmittag zog Irmi ihr schönstes Kleid, das sie mitgebracht hatte, an. Sie passte gerade noch so hinein. Viel essen würde sie nicht können, dann würde der Reißverschluss an der Seite platzen, dachte sie. Aber sie war eitel, sie wollte nicht in ihrer Arbeitstracht dort hinuntergehen. Zumal alle Schwarzwälderinnen ihre Festtagstracht anziehen würden, so etwas hatte sie ja gar nicht. Auch ihre schönen cremefarbenen Schuhe würde sie heute nach langer Zeit mal wieder tragen.

Kurt wartete vor dem Haus und strahlte, als er Irmi die Treppe hinunterschreiten sah.

»Schön siehst du aus«, meinte er.

»Dann gehen wir, oder?«, fragte Irmi.

»Ja.«

In Gibach waren ein paar Fahrgeschäfte und eine Tanzfläche aufgebaut, eine Musikkappelle spielte und Männer und Frauen in Tracht tanzten dazu. An den Tischen drum herum saßen schon viele mit einem Bier vor sich und die Stimmung war gut. Irmi entdeckte Marias Vater unter den Biertrinkern und drehte sich schnell weg. Stattdessen lief sie näher an die Tanzfläche heran und schaute den Tänzern zu.

»Ich hol uns was zu trinken, ja?«, fragte Kurt geflissentlich und war schon auf dem Weg.

Irmi blickte sich weiter um. Da drüben stand die Goldliese und unterhielt sich mit einer anderen Frau. Wie Irmi trug auch sie als eine der wenigen Frauen hier keine Tracht, sondern ein schickes Kleid. Sie winkte Irmi zu, die den Gruß erwiderte.

Jetzt entdeckte Irmi auch die anderen. Wilhelm, Egon und Markus saßen an einem Tisch. Während sich Wilhelm und Egon mit ihren Tischnachbarn angeregt zu unterhalten schienen, sah Markus eher gelangweilt aus. Irmi winkte ihm zu und lächelte. Markus reagierte mit einer ungelenken Handbewegung und zog den linken Mundwinkel etwas gequält nach oben. Das sollte wohl ein Lächeln sein. Dann machte er eine Nickbewegung nach rechts in Richtung seiner Tischnachbarn und rollte die Augen nach oben. Irmi lachte. Markus schien ja nicht gerade sehr angetan von seiner Gesellschaft zu sein.

Kurt kehrte mit einer Orangenlimonade für Irmi und einem Bier für sich zurück.

»Prost«, Kurt stieß seine Bierflasche gegen Irmis Limoflasche.

»Danke fürs Getränk.«

»Kein Problem.«

Eine Weile standen sie schweigend da. Kurt hatte die ganze Zeit die Flasche am Mund. Schließlich setzte er ab.

»Aaah, das tut gut. Ich hol mir noch eins. Willst du auch noch was?«

»Nein danke, meine Flasche ist ja noch fast ganz voll.«

Kurt verschwand und Irmi nahm wieder Blickkontakt mit Markus auf. Er imitierte jetzt die Trinkbewegungen von Kurt und grinste Irmi breit an.

Diesmal kehrte Kurt mit zwei Bierflaschen zurück.

»Ich wollte doch gar keins«, sagte Irmi.

»Sind ja auch beide für mich«, antwortete Kurt. Schon setzte er wieder an.

Mit jedem Schluck Bier schien sein Interesse an Irmi nachzulassen. Irmi schaute ihm eine Weile beim Trinken zu, bevor sie weitersprach.

»Tanzt du mit mir?«

Kurt machte große Augen.

»Ich?«, fragte er verdutzt.

»Ja, wer denn sonst?«

»Nee, Irmi, lass mal. Ich … ich kann das gar nicht, weiß gar nicht, wie das geht.«

»Das ist nicht so schwer, komm schon«, erwiderte Irmi und zupfte Kurt am Ärmel. Der fuhr erschrocken zurück.

»Ich möchte nicht«, sagte er unwillig.

»Schade.«

Irmi blickte ihren Begleiter etwas traurig an. Kurt widmete sich wieder seinem Bier, und es schien ihn keinesfalls zu stören, dass sie einfach nur dort standen und tranken.

Irmi war enttäuscht. Die ganze Zeit war Kurt um sie herumscharwenzelt und jetzt, da sie endlich mit ihm ausging, bekam er kein Wort heraus, sondern hing an seiner Bierflasche fest. Ihr Blick strich über den Festplatz und zum Tisch mit den anderen Nonnenfeldhofbewohnern. Von Markus war nichts mehr zu sehen.

Irmi versuchte es erneut.

»Magst du mit mir zu den Schiffschaukeln gehen? Wir könnten um die Wette schaukeln. Wer höher hinauskommt, gewinnt.«

Kurt wirkte unentschieden, aber folgte Irmi. An den Schaukeln angekommen, machte er jedoch einen Rückzieher.

»Ich mag nicht, da wird mir schlecht. Geh du allein.«

»Aber allein ist es doch gar nicht lustig.«

»Ich will nicht.«

Irmi seufzte und stellte sich in die Schlange. Das war ja ein Reinfall. Aber bevor sie hier nur herumstand und Kurt beim Trinken zusah, wollte sie lieber schaukeln. Sie hatte das früher auf der Messe in Freiburg immer geliebt. Mit ihren Geschwistern gab es immer Wettschaukeln und sie hatten dabei eine Menge Spaß.

Plötzlich tauchte Markus neben ihr auf.

»Ist das überhaupt das Richtige für dich?«, fragte er eher belustigt als ernst und deutete auf Irmis Bauch.

»Ich probier's mal«, lachte Irmi.

»Schaukeln wir um die Wette? Ich sehe, du hast keinen Konkurrenten.«

Irmi sah Markus mit großen Augen an.

»Na klar!«

Sie bekamen zwei Gondeln nebeneinander und holten gleich Schwung. Es machte Spaß wie immer, freute sich Irmi. Sie blickte nach unten und entdeckte Kurt, der sich noch nicht vom Fleck gerührt hatte. Mit seiner Bierflasche in der Hand schaute er Irmi und Markus nach, wie sie sich mit den Gondeln immer höher schaukelten. Sie waren ebenbürtige Gegner, aber Markus wagte sich noch etwas höher hinaus als Irmi, die dann doch Angst bekam, dass ihr schlecht werden könnte und sie sich vor all den Leuten womöglich übergeben musste.

Sie beendeten ihre Fahrt und tauchten lachend bei Kurt auf.

»War es schön?«, fragte er brummend.

»Großartig«, erwiderte Markus. Er schnaufte mächtig, dachte Irmi, aber es schien ihm nichts auszumachen.

»Möchtest du tanzen?«, fragte er Irmi.

»Unbedingt«, antwortete sie.

Markus nahm Irmi an den Arm und blickte den Knecht abschätzig von der Seite an.

»Bis gleich, Kurt«, meinte er.

Dann zog er Irmi Richtung Tanzfläche.

Am Abend im Stall molk Irmi eine Kuh nach der anderen und lächelte selig. So leicht wie heute war ihr die Arbeit noch nie von der Hand gegangen. Wer hätte gedacht, dass ausgerechnet Markus mit der schlechten Lunge so ein hervorragender Tänzer war? Wie bestimmt er sie geführt hatte! Irmi war hin und weg von ihrem Tanzpartner. Kurt hingegen war ein schlechter Verlierer. Er war gar nicht auf dem Hof erschienen, sondern schien irgendwo zu liegen und seinen Rausch auszuschlafen. Vorher hatte er Irmi noch als dumme Nuss beschimpft, sich aber nichts weiter getraut, weil sich Markus vor sie gestellt hatte. Schließlich lief sie mit Markus gemeinsam den Weg zurück zum Nonnenfeldhof. Das war das Ende vom Frühlingsfest.

Irmi wunderte sich, dass Kurt die Nerven hatte und einfach nicht zum Stalldienst erschien. Das würde ordentlich Ärger geben. Überhaupt war sie überrascht, wie aus dem sonst so vorlauten Kerl auf einmal so ein verdruckster, schüchterner junger Mann geworden war. Das hatte sie wirklich nicht erwartet.

Am Montagmorgen war Kurt wieder aufgetaucht. Verstohlen und verkatert blickte er im Stall zu Irmi herüber, während Egon ihn eindringlich warnte, dass er dieses Verhalten kein zweites Mal dulden würde. Irmi erwiderte Kurts Blick ausdruckslos.

Nach dem Frühstück kniete Irmi wie immer vor Anna und versorgte ihre Beine. Dann begann sie, die Stube aufzuräumen, legte das Strickzeug an seinen Platz, wischte den Tisch und ordnete die Blätter, die auf der Fensterbank herumlagen. Dabei fiel ihr Blick auf eine Bleistiftzeichnung. Irmi stockte. Die konnte ja nur von Egon sein. Sie nahm die Zeichnung in die Hand und betrachtete sie genauer. Wenige Striche hatten ausgereicht, um das Bild komplett erscheinen zu lassen. Es zeigte ein tanzendes Paar, das sich tief in die Augen schaute.

Egon hatte sie wirklich gut getroffen.

Markus, der am Vortag so nett zu Irmi und so ein hervorragender Tänzer gewesen war, hielt sich auf Distanz.

Irmi war ein bisschen enttäuscht, fragte sich aber auch, was sie denn erwartet hatte. Es war doch nur eine Tanzveranstaltung gewesen! Und sie war doch bloß die Magd, schwanger dazu.

Nun begann die Heuernte, und das bedeutete, dass alle anpacken mussten. Alle bis auf Maria, der die Hebamme Josefa streng verboten hatten, sich an dieser Arbeit zu beteiligen. Sie blieb mit den Kindern auf dem Hof und bereitete das Essen vor. Außerdem kamen vier Mähder aus dem Tal, die beim Sensen halfen. Irmi folgte der Hofgemeinschaft mit einer Heugabel in der Hand auf die Wiese, stellte sich in die Reihe hinter einen Mähder und lockerte die Scharen auf. Die Arbeit war anstrengend, die Sonne brannte unaufhörlich, und Irmi musste öfter pausieren, weil sie das Heben der Gabel erschöpfte und es ihr den Bauch verkrampfte. Immer und immer wieder musste das Gras gewendet werden, bis es trocken war und knisterte. Sie hatten Glück dieses Jahr – es blieb heiß und trocken. Jetzt wurde aufgeladen.

Vorne bei den Ochsen stand Gerda und wedelte mit einem Büschel unablässig die Bremsen und Fliegen von den Tieren fort, damit diese geduldig standen, während Markus auf dem Wagen das Heu entgegennahm, das die anderen Männer ihm mit der Gabel hochhievten. War der Heuwagen voll – nach Irmis Dafürhalten war er eigentlich immer übervoll –, setzten sich die Ochsen unter

Markus' Führung langsam in Bewegung. Am Hof angekommen, glitt der Wagen durch das Tor auf die Tenne und alles wurde abgeladen. Paul half Kurt, Egon und Wilhelm dabei, das Heu, das Markus in den Heustock warf, festzutreten, damit möglichst viel hineinpasste. Es war eine Plackerei, doch kaum war das Heuen vorbei, ging es auf den Feldern weiter.

XI.

Mit dem Sandpapier strich Miggi über das Holz. Noch die letzten Ecken und Kanten glattschleifen, dann war dieser Teil erledigt. Danach musste er das neue Möbelstück nur noch streichen.

Miggi schwitzte. Es war ein heißer Samstag Ende Juli, und in der Werkstatt von Schreinermeister Bächle herrschten Temperaturen deutlich über dreißig Grad. Seit Wochen hatte es nicht geregnet, stattdessen wurde es immer wärmer. Auch in der Nacht kühlte es nicht richtig ab, sodass die Arbeit in der Werkstatt nunmehr schon am Morgen unerträglich war.

Eigentlich musste Miggi heute gar nicht schaffen. Er hätte mit Margarete an den See zum Baden fahren sollen, jetzt, da er den Führerschein hatte und sein Freundin herumkutschieren konnte. Sie war sauer geworden, als er abwiegelte und sagte, er müsse noch etwas fertig machen.

»Wann schreinerst du denn mal was für uns?«, fragte sie vielleicht eine Spur zu spitz und verabredete sich stattdessen mit ihrer Freundin ins Lorettobad. Die zwei hatten es jetzt sicher lustig und erfrischend. Aber es störte Miggi nicht. Er wollte allein sein und beenden, was er angefangen hatte. Und sich vorbereiten auf morgen. Da hatte er vor, zum Nonnenfeldhof zu fahren.

Die Tür vom Wohnhaus zur Werkstatt wurde mit einem kräftigen Schlag geöffnet. Sie klemmte. Er sollte sie endlich mal reparieren, dachte Miggi und drehte sich um. Sein Meister kam auf ihm zu. Schweigend betrachtete Herbert Bächle, wie Miggi letzten Schliff an sein Werk legte. Dann strich er selbst über das Holz.

»Isch guet worre«, sagte er knapp.

»Ich werd' jetzt gleich noch streichen«, erwiderte Miggi.

»Welche Farb'?«

»Ich dachte an Weiß.«

Sein Meister nickte bedächtig.

»Isch e guete Wahl«, meinte er und wandte sich zum Gehen.

Miggi schliff die letzte Seite und ging dann ein paar Schritte zurück. Er war selbst zufrieden mit seiner Arbeit. Hoffentlich würde sie auch Irmi gefallen.

Schon die ganze Zeit überlegte er, wie er es morgen am gescheitesten anstellen sollte, doch so recht wollte ihm nichts einfallen. Er seufzte und machte sich auf zum Farbenschrank. Das Leben war schon kompliziert genug und jetzt noch das. Miggi suchte zwischen den Töpfen, bis er die richtige Farbe gefunden hatte. Er griff nach einem Pinsel und kehrte zurück an seinen Arbeitsplatz. Er breitete Zeitung aus und zerlegte sein frisch geschreinertes Werk in alle Einzelteile. Er hatte es extra so gebaut, dass man es leicht zusammen- und auseinanderstecken konnte. Dann tauchte er den Pinsel in die Farbe.

Am nächsten Tag, direkt nach dem Mittagessen, hupte es. Irmi brachte gerade Maria ein frisches Glas Wasser ans Sofa. Maria lag jetzt nur noch. Die Hebamme hatte jede weitere Anstrengung verboten. Entsprechend schlecht war Marias Laune. Das Nichtstun war ihre Sache nicht.

Irmi blickte aus dem Fenster und erkannte einen kleinen Lieferwagen mit Aufschrift. *Schreinermeister Bächle – Ihre Adresse für Holzarbeiten in Freiburg,* stand drauf. Irmi jubelte und lief nach draußen.

»Miggi!«

»Hallo Irmi, gut schaust aus.« Miggi umarmte seine Schwester. »Hm, jetzt sieht man es ja schon ganz ordentlich«, schob er hinterher. »Wie geht es dir?«

Irmi sah auf ihren Bauch herunter und strich mit der Hand darüber.

»Ganz gut«, meinte sie. »Mir ist auf jeden Fall nicht mehr schlecht. Seit wann darfst du Auto fahren?«

»Schon ein paar Wochen. Es macht Spaß.«

»Und der Bächle gibt dir einfach so sein Auto?«

»Ja«, Miggi zögerte ein bisschen, »nett, nicht wahr? Komm, geh mal rein, ich hab dir eine Überraschung mitgebracht, aber du darfst noch nicht gucken.«

»Was kann das sein?« Neugierig versuchte Irmi, in den Wagen zu schauen.

»Geh rein in die Stube, ich komme gleich. Nein, besser in die Küche, sonst schaust du nur zum Fenster raus.«

Irmi tat wie ihr geheißen, ging in die Küche und setzte ihren Abwasch vom Mittagessen fort. Gerda, die Fleißige, unterstützte sie. Danach, hatte Irmi eigentlich versprochen, wollten sie zusammen Rechnen üben. Aber jetzt war ja Miggi da.

»Du kannst kommen«, rief er von draußen.

Irmi betrat die Stube und hielt erstaunt inne.

»Miggi, das ist ja verrückt. Ist die für mich?«, rief sie aus.

Vor ihr in der Mitte der Stube stand eine strahlend weiße Holzwiege. Selbst Maria hatte sich aufgesetzt, um sie genauer zu betrachten.

»Sie ist wunderschön«, hauchte Irmi. »Danke.«

Gerührt fuhr sie über den Rand.

»Jetzt muss ich nur noch eine Matratze nähen.«

»Ja«, Miggi räusperte sich. »Vielleicht können alle Dufners mal kommen, denn ich möchte was sagen. Und du natürlich.«

»So feierlich?«

»Wie man's nimmt.«

Als die Familie komplett in der Stube erschienen war, holte Miggi zwei Umschläge hervor.

»Einer für dich, Irmi, und einer für die ganze Familie Dufner.« Er machte eine Pause. »Es ist so: Margarete und ich werden heiraten. Und ihr seid natürlich alle eingeladen.«

»Oh Miggi, das ist aber eine Überraschung«, rief Anna erfreut aus. »Wann ist es denn so weit?«

»Am Samstag, dem sechsten September«, erklärte Miggi, »in Freiburg natürlich.«

»Das ist ja schon bald!«

Irmi sagte in dem Trubel, der jetzt einsetzte, gar nichts. Sie war konsterniert. Wieso heirateten denn die zwei auf einmal? Sie öffnete den Umschlag und holte die Karte heraus:

Herzliche Einladung zur Hochzeit von Margarete Bächle und Michael Schocher. 16 Uhr Trauung in der Herz-Jesu-Kirche, danach Empfang im Innenhof der Schreinerei Bächle, ab 19 Uhr Hochzeitsfeier im Goldenen Sternen.

Darunter stand: *Wir freuen uns mit unseren Kindern, Herbert und Gerlinde Bächle und Hans und Ingeborg Schocher.*

Irmi spürte einen Stich. Er tat ziemlich weh.

»Das Datum, Miggi, könnt' schwierig für uns werden, das weißt du ja sicher«, meinte Egon. »Wir würden gerne kommen, aber wenn wir schon wieder ins Öhmd müssen, dann wird das nichts.«

Irmi schaute Egon entsetzt an. Hieß das, sie könnte nicht zur Hochzeit ihres Bruders gehen?

»Ja, ich weiß, es ist kein so geschickter Termin für Bauern, aber es ließ sich nicht anders organisieren«, erklärte Miggi. »Ich hoffe natürlich, dass ihr kommt, und natürlich«, er wandte sich an seine Schwester, »dass du kommst.«

»Das kriegen wir schon irgendwie hin, dass die Irmi geht, aber für uns«, meinte Egon, »weiß ich nicht recht.«

»Für mich ist es sowieso zu anstrengend und sicher auch für Wilhelm«, wandte nun Anna ein, »bis nach Freiburg. Und dann wird vielleicht ja schon das Kind von Maria und Egon da sein oder gerade kommen. Ich denke, wir können auf gar keinen Fall mitgehen, tut mir leid, Miggi.«

»Ja«, sagte Egon, »wir müssen schauen, wie es der Maria geht. Und dann ist da ja noch das Vieh. Also, ich denke, ich werde auch nicht kommen können.«

Miggi schaute enttäuscht, aber zeigte Haltung. »Ja, natürlich, ich habe mir schon gedacht, dass es vielleicht für euch nicht geht.«

»Wir machen es so, Miggi«, Egon drehte sich zu seinem Bruder. »Markus, wie wäre es, wenn du Irmi begleiten würdest? Dann wäre Irmi dabei und die Familie Dufner auch vertreten.«

Markus schaute erst seinen Bruder, dann Irmi an.

»Klar, ich geh gern auf die Hochzeit. Ist doch der Miggi! Keine Sorge, Irmi, ich bring dich nach Freiburg.«

»Wirklich?«, fragte Miggi. »Das wäre ja prima.«

Er sah erleichtert aus.

Wieder fuhr ein Auto vor dem Nonnenfeldhof vor: Die Melkmaschine war da. Eine Woche zuvor waren schon Handwerker gekommen und hatten unter der Stalldecke eine Vakuumleitung und einen Kompressor installiert. Nun kam der Vertreter ins Haus, der ausführlich das Gerät in der Stube erklärte, während Egon, Wilhelm und Maria zuhörten. Er blieb sogar bis zur Melkzeit, um die Bauern richtig anzulernen. Da hielt es selbst Maria nicht mehr auf dem Sofa. Gegen den Protest von Anna stand sie auf und ging mit in den Stall.

»Du auch, Irmi«, sagte Egon und machte eine Handbewegung zur Tür.

»Und du auch, Mama«, erklärte er bestimmt. »Mit der Maschine kannst auch du noch melken ohne Probleme.«

Anna winkte ab.

»Ich bin zu alt dazu, ich bleibe hier und kümmere mich ums Essen.«

»Mama, wirklich.«

»Vielleicht später mal, wenn ihr überzeugt seid. Jetzt will ich nicht.«

Egon sah ein, dass es zwecklos war, aber er bedeutete Irmi, ihm zu folgen. Auch Kurt fand sich im Stall ein. Er stellte sich neben Irmi und versuchte, ihren Blick zu erhaschen, aber diese schaute stur nach vorne zum Vertreter und seiner wunderbaren Melkmaschine. Sie freute sich darauf, nicht mehr mit den Händen melken zu müssen.

Nach seinem Vortrag in der Stube demonstrierte der Vertreter nun am »lebenden Objekt«, wie er sich ausdrückte, wie das Prinzip der Melkmaschine funktionierte. Als erste Kuh wurde die Lena auserkoren, weil sie eine besonders liebe Kuh war, die beim Melken immer schön still stand. Als der Mann den Zitzenbecher ansetzte und die Maschine per einfachem Knopfdruck in Gang setzte, schien die Lena geradezu zu erstarren. Ganz ruhig ließ sie die Prozedur über sich ergehen. Schließlich blickten alle in die Milchkanne.

»Die Milch ist so sauber«, stellte Wilhelm fest.

Der Vertreter hielt eine Ausführung über Kühlschlauch und Kühltank, Egon nickte beflissen und zeigte sich bereit, diesbezüglich bald weitere Investitionen zu tätigen, dann ging es zur nächsten Kuh, zur Gretel.

Die Gretel war anders als die Lena für ihre Unruhe beim Melken bekannt. Irmi hielt stets respektvollen Abstand von dieser Kuh und war froh, wenn jemand anders das Melken übernahm. Meist tat dies Egon, seit Maria nicht mehr melken durfte.

Hier nun versuchte Egon sein Glück und setzte die Zitzenbecher an. Zunächst bewegte sich die Gretel etwas unruhig hin und her, aber kaum lief die Maschine, wurde auch sie ganz ruhig und ließ alles ohne weitere Scherereien über sich ergehen.

Die Hofgemeinschaft war sehr beeindruckt. Jeder durfte an einer Kuh ausprobieren, wie es mit der Melkmaschine funktionierte, selbst Maria ließ sich nicht abhalten, und Wilhelm gab seinen Widerstand auf und kam auf Anhieb mit der Technik zurecht. Sie waren mit der einen Melkmaschine genauso schnell wie sonst zu dritt. Egon strahlte, dass er sich gegen die Zweifler durchgesetzt hatte, und lud den Vertreter zum Abendessen an. Nur Anna blieb ihrer Linie treu und wollte mit der neuen Technik nichts zu tun haben.

Irmi ging mit ihrem Postsparbuch zur Post. Diesmal wollte sie Geld abheben und sich ein passendes, schönes Umstandskleid für Miggis Hochzeit kaufen und dann natürlich ein Geschenk für das Brautpaar. Sie bezweifelte zwar, dass sie beides in Gibach finden würde, aber falls nicht, hatte Markus angeboten, mit ihr an einem Vormittag nach Hinterzarten zu fahren, dort würde sie wohl fündig werden.

Zehn Mark Bargeld besaß Irmi gerade, den Rest hatte sie eingezahlt. Nun wollte sie sich fünfzig weitere Mark holen.

Ein großer Batzen, gewiss, aber für ein schönes Kleid hatte Irmi schon immer gerne ein bisschen mehr ausgegeben, seit sie Geld verdient hatte. Und schließlich heiratete ihr Bruder, der ihr in ihrer Krise in den letzten Monaten bedingungslos beigestanden hatte, da war ein schönes Hochzeitsgeschenk in Irmis Augen mehr als angemessen.

Auf dem Postamt herrschte gerade Hochbetrieb. Irmi stellte sich in die Schlange und versuchte, die Blicke der anwesenden Kunden geflissentlich zu ignorieren. Offensichtlich war sie in Gibach die Sensation, das Mädchen, das von der Stadt aufs Land ging, mit einem unehelichen Kind unter ihrem Herzen.

Sollten sie doch reden.

Sie war froh, als sie endlich an den Schalter treten konnte. Durch eine Glasscheibe getrennt saß ihr eine Frau gegenüber. Irmi schob das Sparbuch durch den kleinen Schlitz.

»Ich hätt' gern fünfzig Mark, bitte.«

Die Frau schaute sie misstrauisch an und blätterte ausführlich in dem Sparbuch. Dann stand sie auf und ging nach hinten zu ihrem Kollegen. Irmi hörte sie leise miteinander sprechen. Sie schwitzte, denn im Postamt war es genauso heiß wie draußen. Und seit sie schwanger war, hatte sie sowieso das Gefühl, ständig in Flammen zu stehen.

Schließlich kehrte die Frau zurück.

»Es tut mir leid«, sagte sie durch die Glasscheibe, »aber ich kann nix auszahlen. Sie sind ja gar nicht volljährig.«

Na und? In Freiburg hatte Irmi doch auch immer Geld bekommen. Aber klar, sie kannte die Angestellten bei der Post dort, zwei wohnten ja direkt in ihrer Nachbarschaft.

»Warum nicht? Es ist doch auf meinen Namen. Es ist mein Konto.«

»Ja schon, aber wenn Sie Geld abheben wollen, dann müssen Sie die Vollmacht Ihres Vaters bringen«, die Postbeamtin schob das Sparbuch zurück zu Irmi, »oder Ihrer Mutter.«

»Die hab ich aber nicht, sie wohnen in Freiburg, und ich brauche das Geld jetzt.«

»Da kann ich nichts machen«, bedauerte die Frau. »Sie müssen eine Vollmacht bringen oder einundzwanzig Jahre alt sein. Beides ist nicht der Fall.«

Sie sah aus, als wäre sie ganz froh, dass eine Glasscheibe sie von ihrer Kundin trennte.

Irmi war so sprachlos, dass sie das Sparbuch packte und ohne ein weiteres Wort kehrtmachte. Sie lief vorbei an der wartenden Schlange und spürte förmlich deren neugierigen Blicke. Verärgert verließ sie das Gebäude und lief weiter, bis es außer Sichtweite war. Dann fing sie vor Wut an zu weinen.

Sollte sie jetzt in dieser Arbeitstracht zu Miggis Hochzeit gehen? Das konnte doch nicht wahr sein! Kein anderes ihrer Kleider passte ihr angesichts ihres Bauches noch. Dessen Umfang war mittlerweile so beträchtlich, dass es nicht einmal mehr möglich war, den Saum aufzutrennen und zu verlängern.

Irmi brauchte eine Weile, bis sie sich beruhigt hatte. Dann machte sie sich auf zur Goldliese. Maria hatte ihr aufgetragen, einiges zu besorgen.

Das schon vertraute Klingeln ertönte, als Irmi die Tür zum Laden aufstieß. Mittlerweile war sie schon mehrmals hier gewesen und fand die Goldliese gar nicht mal so unrecht. Sie war zwar neugierig, und vielleicht war das als Kauffrau im Dorf auch ihre Aufgabe, damit sie ihre Kundinnen auf dem Laufenden halten konnte. Aber die Goldliese war gleichzeitig verständnisvoll und mitfühlend. Mittlerweile war ihr ja längst klar, dass das Gerede einen wahren Kern hatte und Irmi wirklich ein Kind erwartete, und seitdem hatte sich die Goldliese ihr gegenüber immer sehr engagiert gezeigt.

»Ja, Irmi, was gibt's?«, begrüßte die Kauffrau sie. »Du schaust ja ganz schön sauertöpfisch drein. Was ist denn passiert?«

Irmi konnte nicht anders, als ihr die ganze Misere zu erzählen.

»Und jetzt hab ich weder Geld für ein Kleid noch für ein Geschenk für meinen Bruder«, schloss sie.

Die Goldliese schaute sie an und wackelte mit dem Kopf. Das machte sie immer, wenn sie nachdachte. Dann strahlte sie.

»Bin gleich wieder da«, sagte sie und verschwand durch die Hintertür. »Falls jemand kommt, kannst du ja schon mal die Bedienung übernehmen.«

Tatsächlich schaute eine ältere Kundin zur Tür herein, und Irmi bekam schlagartig Lust, wirklich die Verkäuferin zu spielen.

»Sind Sie neu hier?«, fragte die Frau, als Irmi ihr ein Glas Gurken aus dem Regal reichte.

Noch bevor Irmi antworten konnte, tauchte die Goldliese wieder auf.

»Gut machst du das«, meinte sie zufrieden und grinste, »kannst eigentlich hier anfangen.«

Kaum hatte die Kundin das Geschäft verlassen, beugte sich die Goldliese auf ihre verschwörerische Art vor.

»Ich hab ein Kleid für dich, wart kurz.«

Sie lief zur Hintertür, öffnete sie einen Spalt, griff mit dem Arm hindurch und förderte so ein zusammengelegtes Kleid zutage.

»Schau mal, wär das was für dich?«

Die Goldliese hielt das Kleid vor ihren Körper, als wollte sie sehen, ob es ihr passte. Es war ein Umstandskleid, weit geschnitten, die Ärmel kurz, in himmelblauer Farbe mit weißen Punkten. Oben schloss es mit einem Rüschenkragen ab.

Irmis erster Eindruck war zweigeteilt. Es würde passen, das war klar. Aber es wirkte doch etwas altmodisch. Und es würde aus ihr eine Tonne machen, das Kleid hatte keinerlei figurbetonten Schnitt. Sollte es ja auch nicht. Die blaue Farbe mit den Pünktchen – na ja, warum nicht?

»Es sieht toll aus«, sagte sie schließlich, und die Goldliese strahlte noch mehr. »Wo hast du es her?«

»Ist ein altes von mir, von der letzten Schwangerschaft. Da, du kannst es haben. Ich werde es ja sicher nicht mehr brauchen.«

Für einen Moment sah sie traurig aus, hatte sich aber sofort wieder im Griff.

»Ich nehm es gern, sehr gern«, Irmi lächelte. »Vielen Dank. Jetzt hab ich immerhin schon mal etwas anzuziehen. Fehlt nur noch ein Geschenk. Für höchstens zehn Mark.«

»Ja«, die Goldliese überlegte. »Du könntest zu Frau Tritschler gehen, neben der Milchzentrale, das grüne Haus. Die bestickt und häkelt schöne Tischwäsche. Vielleicht hat sie was für dich?«

»Danke, das ist ein guter Hinweis. Das werde ich gleich probieren. Und nochmals vielen Dank für das schöne Kleid.«

Irmi wandte sich zum Gehen. Sie hatte die Türklinke schon in der Hand, die Glocke war bereits ertönt, als die Goldliese ihr noch etwas hinterherrief.

»Und falls du hier arbeiten möchtest – das war ernst gemeint!«

XII.

Maria schrie. Sie schrie so laut, dass Irmi aus dem Schlaf erwachte und sich kerzengrade im Bett aufrichtete. Auch Gerda war wach.

»Was ist denn da los?«, fragte das Mädchen schlaftrunken.

»Weiß nicht, ich geh mal schauen.«

Irmi schwang ihre Beine aus dem Bett und musste sich erst einmal sammeln. Dann lief sie in der stockfinsteren Kammer zum Lichtschalter.

Die schwache Glühbirne an der Decke leuchtete auf. Irmi öffnete die Tür zum Trippel und tastete sich am Gang entlang zum Eingang ins Haus. Direkt daneben lag die Schlafkammer der Bauern und von dort hörte man Maria elendig schreien.

Irmi öffnete die Tür zum Innenflur und blinzelte ins Licht. Sie war nicht die Erste. Anna und Wilhelm standen dort und natürlich Egon. Kurz nach Irmi tauchte auch Markus auf. Maria lag nebenan in der Schlafkammer und hörte nicht auf zu jammern.

»Alles voller Blut«, hörte Irmi Egon sagen.

»Die Hebamme muss kommen, sofort«, sagte Anna. Sie wirkte trotz der Dramatik ganz ruhig. »Ruf du sie an, Irmi.«

Irmi hastete die Treppe hinunter zum schwarzen Telefon. Die Nummer von Josefa hing in großer Schrift direkt daneben. Irmi steckte den Zeigefinger in die Wählscheibe. Bei jeder Zahl surrte die Scheibe gemächlich zurück. Es schien unendlich lang zu dauern, bis die Verbindung aufgebaut und der Klingelton zu hören war. Acht Mal läutete es, bis der Hörer abgenommen wurde.

»Ja?«, fragte Josefa verschlafen am anderen Ende der Leitung.

»Hier ist die Irmi vom Nonnenfeldhof. Die Maria schreit, alles ist voller Blut.«

»Ich komme sofort.«

Die Zeit, bis sie endlich den Lichtschein des Autos wahrnahmen, kam allen ewig vor.

Josefa eilte in die Bauernschlafkammer. Bis auf Anna standen alle anderen draußen im Flur und warteten. Nur kurze Zeit später stieß die Hebamme die Tür auf.

»Maria muss sofort ins Krankenhaus. Schnell! Wir müssen sie in meinen Wagen bringen.«

Irgendwie schaffte Maria es mit Hilfe ihres Mannes und Kurt, die sie beide stützten, die steile Treppe hinab. Ihr Nachthemd war voller roter Flecken und an ihren Beinen rann das Blut herunter. Josefa lief vor und bedeutete ihrem wartenden Mann, mit dem Auto so nah wie möglich ans Haus zu fahren.

Mit vereinten Kräften bugsierten sie Maria auf den Beifahrersitz. Josefa nahm auf dem Rücksitz Platz.

»Los geht's! Wir haben keine Zeit zu verlieren.«

Der Ehemann gab Gas und brauste davon. Egon rannte ins Haus, zog sich eine Jacke an und schnappte sich dann das Motorrad, um seiner Frau zu folgen.

Am nächsten Morgen war Irmi so müde, dass sie es fast nicht schaffte, aufzustehen. Kaum einer auf dem Hof hatte in der Nacht nach Marias Verlegung ins Krankenhaus noch ein Auge zugetan, zu aufwühlend war die Situation gewesen.

Wie es ihr wohl ging, fragte sich Irmi, während sie in der Küche das Feuer anfachte.

Die Küchentür knarrte und Anna erschien.

»Weißt du schon was?«, fragte Irmi.

Anna schüttelte den Kopf.

»Nein, nichts, Egon ist noch nicht zurück. Wir können nur warten.«

Sie griff nach einem Topf.

»Geh du in den Stall, ich mach das hier in der Küche.«

Nach dem Frühstück tauchte Egon auf. Er wirkte sehr erschöpft. Mit einem Seufzen ließ er sich schwer am Tisch nieder.

»Ich brauch einen Schnaps!«

Anna stand auf und holte eine Flasche. Sie stellte ein kleines Glas auf den Tisch und goss es voll. Egon leerte es in einem Zug. Alle schauten ihn ungeduldig an.

»Wie geht es Maria?«, fragte schließlich Wilhelm.

Egon stöhnte auf.

»Das Kind lebt. Die Kleine ist gesund. Aber Maria ... Man wird sehen, sagen die Ärzte.«

Egon machte eine Pause und starrte vor sich hin. Anna goss nach.

»Sie haben alles rausoperiert. Alles. Wenn sie es überhaupt überlebt, wird sie keine Kinder mehr kriegen können.«

Betretenes Schweigen. Egon setzte erneut an und knallte das leergetrunkene Glas wieder auf den Tisch.

»So und jetzt ... jetzt gehen wir aufs Feld, oder?«

Egon betrank sich und ging nicht aufs Feld, sondern legte sich ins Bett. Er war die ganze Nacht im Krankenhausflur auf und ab gelaufen. Während alle anderen ihrem Tagwerk nachgingen, war es nun Anna, die sich auf den Weg in die Freiburger Universitätsklinik machte, um nach Maria zu schauen. Vor dem Abend würde sie sicher nicht zurückkommen, aber sie versprach, sich telefonisch zu melden, sobald sie mehr wüsste.

Irmi war nun zuständig für das Vesper der Männer auf dem Feld, sie kochte das Mittagessen und erledigte den gesamten Abwasch. Sie war unkonzentriert und ließ einen Teller fallen. Er zerbrach in tausend Stücke. Der Anblick von Egon hatte sie sehr mitgenommen. Gewiss war Maria zu Irmi oft nicht sehr freundlich gewesen, aber dass es so schlimm um sie stand … Und würde ihr Ähnliches blühen, wenn ihr Kind auf die Welt kam?

Das Telefon an der Wand im Flur klingelte, als Irmi mit dem Kochen des Abendessens begann. Bis auf die Kinder und sie selbst war keiner im Haus. Irmi nahm den Hörer ab, obwohl ihr das weder zustand noch sie jemals von sich aus auf die Idee gekommen wäre. Aber heute war alles anders.

Anna war am anderen Ende der Leitung.

»Bitte richte Egon aus, dass es Maria den Umständen entsprechend gut geht. Die Kleine kann noch ein paar Tage in der Klinik bleiben, aber dann müssen wir sie holen. Ich nehme jetzt den nächsten Zug zurück.«

Erleichtert legte Irmi den Hörer auf.

XIII.

Nur fünf Tage nach der dramatischen Geburt der kleinen Renate fand die Hochzeit von Miggi und Margarete statt. Irmi war in Sorge, dass es ihr in letzter Minute verwehrt werden könnte, nach Freiburg zum Fest zu fahren, aber der Bauer hielt sein Wort ebenso wie Markus.

»Lass uns mit dem Motorrad bis nach Freiburg fahren und nicht nur bis zum Zug nach Hinterzarten«, schlug er Irmi vor, »dann sind wir unabhängig und können das Fest auch nach dem letzten Zug verlassen. Es dauert halt etwas länger.«

»Macht nichts«, erwiderte Irmi, »das ist eine gute Idee.«

Und so fuhren sie am Samstag gleich nach dem Mittagessen los. Markus in feiner Tracht und Irmi in dem Umstandskleid von der Goldliese setzten sich auf die BMW-R25. In einem Rucksack auf Irmis Rücken waren die Geschenke verstaut. Irmi hatte tatsächlich schöne Tischwäsche gefunden und auch Dufners hatten sich der Idee angeschlossen, sodass es jetzt ein ansehnliches Päckchen ergab.

Eine Weile hatte Irmi mit dem Gedanken gehadert, ob ihre Anwesenheit bei der Hochzeit so eine gute Idee war. Die Gäste würden wahrscheinlich ordentlich gucken. Und wer weiß, wie ihr Vater reagierte, der ja nichts mehr mit ihr zu tun haben wollte? Aber Miggi hatte sie ja ausdrücklich eingeladen, also wollte sie auch kommen. Es würde schon gut werden.

Und so saß Irmi nun hinter Markus auf dem Motorrad und genoss die Fahrt hinab nach Freiburg. Für September war es ein heißer Tag, die hohen Temperaturen des Sommers hatten sich noch nicht wesentlich abgekühlt. Der Wind wehte warm durch ihr Haar und Irmi hielt ihre Arme fest um Markus geschlungen. Zeitig erreichten sie Freiburg; so war es geplant, denn sie wollten noch Maria in der Universitätsklinik besuchen.

Maria lag in einem Zimmer mit fünf anderen Frauen. Bleich sah sie aus, Irmi wusste nicht recht, ob sie sich überhaupt freute, Besuch von den beiden zu bekommen. Von ihrem Neugeborenen war nichts zu sehen.

»Wie geht es dir?«, fragte Markus.

»Wie soll es mir gehen?«, fragte Maria zurück. Sie sah wütend und traurig zugleich aus. »Ich kann keine Kinder mehr bekommen, wie soll es mir da schon gehen?«

»Aber du hast doch schon drei Kinder«, wandte Irmi ein. Sie bereute es sofort, so vorlaut geantwortet zu haben. Denn Maria blickte sie böse an.

»Das sagt die unverheiratete Magd mit dem Bastard im Leib. Du hast ja keine Ahnung!«

Sie drehte den Kopf weg zur Wand.

Irmi war verstört. Was hatte sie jetzt wieder Falsches gesagt? Der Rest des Besuchs verlief schleppend, und so verabschiedeten sich Markus und Irmi bald. Auf dem Weg nach draußen kamen sie am Säuglingszimmer vorbei. Durch eine Glasscheibe sahen sie einen Raum voller Kinderbettchen. Hier irgendwo musste das Neugeborene von Maria und Egon sein.

»Entschuldigen Sie«, hielt Markus eine Schwester auf, »wir wollen Renate Dufner sehen, die Tochter von Maria Dufner.«

Die Schwester schaute ihn misstrauisch an. »Sind Sie ein Verwandter?«

»Der Onkel, ja.«

Die Schwester nickte und ging ins Zimmer. Wenig später erschien sie mit einem Säugling vor der Glasscheibe. Zart und zerbrechlich wirkte die kleine Renate und sah aus, als wollte sie jeden Moment losbrüllen. Markus berührte die Glasscheibe und wirkte nachdenklich. Dann nickte er zum Dank und die Schwester drehte sich wieder um. Irmi dachte daran, dass ihre Mutter ihre Kinder alle zu Hause entbunden hatte. Die Geschwister konnten ihre Schreie hören und jedes Mal war ihnen dabei bang, aber danach lag das Neugeborene im Bett neben der Mutter, warm und geborgen. Hier wirkte der Säugling wie verloren. Und Maria so hilflos und gleichzeitig so zornig.

Irmi war froh, als sie wieder draußen waren. Der Besuch in der Klinik war in jeder Hinsicht frustrierend gewesen.

Jetzt gerieten sie doch in Zeitnot. Als sie den Platz vor der Herz-Jesu-Kirche erreichten, läuteten die Glocken und die Hochzeitsgesellschaft saß schon drinnen. Irmi und Markus hasteten die Stufen hinauf und glitten als letzte durch die Kirchentür. Die Orgel brauste auf. Sie setzten sich in eine der hinteren Bankreihen, hinter allen Gästen. Irmi fühlte sich angesichts ihres Verwandtschaftsgrades fehlplatziert, aber vielleicht war es besser so. Sie sah vorne ihren Bruder stehen, der nervös die Ankunft seiner Braut erwartete. In der ersten Reihe erspähte sie ihre Mutter, ihren Vater, alle Geschwister, die Tanten und den Onkel … Nur sie war weit weg. Auch Christian und Lothar erkannte sie ein paar Reihen weiter vor ihr, von Frau Lehner aber war nichts zu sehen. Gott sei Dank, dachte Irmi.

In der Reihe direkt vor ihr drehte sich Bärbel um, eine ehemalige Schulkameradin von Margarete und Irmi. Irmi grüßte nickend, und Bärbel blickte unverhohlen auf ihren schwangeren Bauch und grinste wissend. Irmi schaute weg.

Nun zog die Braut an der Seite ihres Vaters, Schreinermeister Herbert Bächle, ein. Alle reckten die Hälse

Richtung Kirchentür. Würdevoll schritt Margarete voran und lächelte glücklich. Unwillkürlich musste auch Irmi lächeln. Für einen kleinen Moment trafen sich ihre Blicke, nach einer Sekunde der Überraschung hielten beide ihr Lächeln, bis Margarete ihr Gesicht zur anderen Seite wandte. Schön sah sie aus in ihrem weißen Kleid mit dem bodenlangen Schleier, dachte Irmi ein wenig neidisch, als die Braut direkt an ihr vorbeischritt.

Irmis Blick fiel auf ihr Profil und sie stockte. Margarete war schon immer sehr schlank, fast mager gewesen, aber was war das? Unter ihrem schönen weißen Kleid glaubte Irmi eine Wölbung entdeckt zu haben. Es durchlief sie heiß und kalt. Margarete auch?

Die Stimme des Pfarrers unterbrach ihre Überlegungen. Die Hochzeitsgemeinde stand auf und begann zu beten. Irmi konnte der Trauung nicht folgen, zu sehr irrten die Gedanken in ihrem Kopf hin und her. War das der Grund, warum es mit der Hochzeit auf einmal so schnell gehen musste? Die beiden waren doch schon eine ganze Weile ein Paar. Und noch so jung! Margarete war ja selbst noch nicht volljährig, sondern genau wie Irmi achtzehn Jahre alt.

Das Ja-Wort. Irmi reckte sich, um die Braut erneut im Profil betrachten zu können. Ja, da war ein Bäuchlein zu sehen, glaubte Irmi nun fester. Das durfte doch nicht wahr sein!

Das Brautpaar küsste sich und sah sich glücklich in die Augen. Irmis Hände waren schweißnass und verkrampften sich. Ihr war heiß. Ihr Gesicht brannte und das Herz schlug ihr bis zum Hals. Plötzlich griff Markus mit seiner Hand nach ihrer und hielt sie ganz fest.

Überrascht schaute Irmi ihn an.

»Alles gut«, flüsterte er und schaute sie aufmunternd an.

Er hielt ihre Hand weiter fest, und es beruhigte sie. Wieder spielte die Orgel auf und das Brautpaar schritt gemeinsam Richtung Ausgang, während sich alle von den Sitzen erhoben.

Irmi starrte auf Margaretes Körpermitte, als sie an ihr vorbeizogen. Sie bekam gar nicht mit, dass ihre Eltern direkt dahinter folgten, ihre Geschwister, bis Johann im Vorbeigehen seine Hand nach ihr ausstreckte und erfreut »Hallo Irmi« rief.

Irmi schossen augenblicklich die Tränen in die Augen. Ihre drei Tanten musterten sie erstaunt, das Ehepaar Bächle blickte unverhohlen auf ihren Bauch, genau wie alle anderen, die an ihrer Bankreihe vorbeizogen, so zumindest fühlte es sich für Irmi an. Sie kannte ja fast alle, die sich da in der Kirche versammelt hatten. Es war so erniedrigend.

Gott sei Dank stand Markus hinter ihr wie ein Fels in der Brandung. Ohne ihn, glaubte Irmi, wäre sie einfach umgekippt oder hätte das Gotteshaus sofort verlassen, damit sie ja keiner mehr ansah.

Markus und Irmi gingen als Letzte aus der Kirche. Auf dem Vorplatz ganz oben an der Treppe stand das Brautpaar und brachte sich in Stellung für den Fotografen. Nachdem dieser nach einigen Aufnahmen zufrieden die Hand hob, strömten die Gäste auf Miggi und Margarete nur so zu, um zu gratulieren. Irmi bewegte sich nicht von der Stelle. Sie wollte warten, bis alle fertig waren.

»Hallo Irmi!«

Johann und Hannelore kamen auf sie zu gerannt. Hannelore umarmte sie und Irmi war so gerührt, dass sie ihre kleine Schwester fest an sich zog. Johann drängelte sich dazu.

»Irmi, wo bist du denn die ganze Zeit? Sag mal, bekommst du ein Baby?«

Hannelore hatte ihren Bauch wahrgenommen.

»Ja, Lori, das bekomme ich. Ich bin jetzt im Schwarzwald, weißt du, da, wo auch der Miggi ein paar Jahre gearbeitet hat.«

»Aber warum hast du denn nicht Tschüss gesagt?« Johann blickte sie fragend an.

»Nun … es ging alles schneller als erwartet.«

Jetzt kam auch Klaus, um sie zu begrüßen.

»Hallo Irmi, Mensch, du siehst ja ganz anders aus. Ist das der Vater?« Klaus zeigte auf Markus.

»Nein, das ist Markus vom Nonnenfeldhof. Da wohn' ich jetzt.«

Irmi freute sich riesig, ihre Geschwister zu sehen. Doch bevor sie und Markus überhaupt an das Brautpaar herankamen, setzte sich die ganze Hochzeitsgesellschaft in Gang, um im Innenhof der Schreinerei Bächle zum Sektempfang zusammenzukommen.

Dort angekommen, griff Markus nach einem Sekt- und einem Wasserglas und reichte Irmi Letzteres. Sie trank es in einem Zug leer. Es war so heiß.

»Irmi!«

Miggi hatte sie entdeckt und kam freudestrahlend auf sie zu.

»Und Markus. Wie schön, dass ihr da seid.« Er freute sich ehrlich. »Marga, komm mal her, Irmi ist da.«

Nun kam Margarete hinzu.

»Hallo Irmi«, lächelte sie, »wie geht es dir?«

»Danke, gut. Und dir?« Irmi musterte das Wasserglas in der Hand der Braut. »Alles Gute zu eurer Hochzeit.«

»Danke.«

»Wann ist es denn so weit?«

Margarete und Miggi blickten Irmi erstaunt an. Margarete lachte auf.

»Du bist die Erste, die direkt fragt. Aber ja, es stimmt. Das Kind kommt im Februar.«

»Schön. Meinen Glückwunsch.«

»Und wann ist es bei dir so weit?«, fragte Margarete.

»November«, antwortete Irmi knapp.

»Na dann … dir auch alles Gute.« Die Braut wandte sich zum Gehen. »Kommst du, Miggi? Wir müssen noch mit dem Pfarrer anstoßen. Und mit den Eltern.«

»Ja, gleich. Ich komme gleich.« Miggi schaute etwas überfordert. »Du, Irmi, es tut mir leid. Ich hätte es dir sagen müssen.«

»Kein Problem«, antwortete Irmi, »du kannst ja nichts dafür.«

»Nein … Es passt eigentlich ganz gut. Ich geh jetzt auf die Meisterschule.«

»Prima«, entgegnete Irmi.

»Bitte, Irmi«, Miggi kam näher an seine Schwester heran, »ich freu mich, dass du da bist. Und Markus natürlich. Aber bitte halt dich zurück.«

»Was meinst du damit?«

»Halt dich ein bissle im Hintergrund. Mama und Papa wussten nicht, dass du kommst.«

Irmi war sprachlos.

»Wieso hast du es ihnen nicht gesagt? Wenn der Papa jetzt ausrastet, weil er mich sieht …«

»Wird er nicht, wird er nicht«, beschwichtigte Miggi, »es ist doch meine Hochzeit.«

»Na und?«

Irmi sah ihre Tanten auf sich zukommen, und Miggi nutzte die Gelegenheit, um das Gespräch mit Irmi zu beenden und zu seiner Frau zu gehen.

»Irmi, das ist ja eine schöne Überraschung! Das wussten wir ja gar nicht.«

Leutselig drückte eine Tante nach der anderen Irmi an ihre Brust.

»Wann kommt es denn? Und ist das der Vater? Dein Mann?«

Bevor Irmi antworten konnte, trat Markus vor.

»Ja, ich bin der Vater. Angenehm, Sie kennenzulernen.«

Markus! War er denn verrückt geworden?

»Ja, Irmi, wir wussten das ja gar nicht mit dem Kind. Und dass du geheiratet hast. Du bist ja eine Heimlichtuerin.«

»Nein«, antwortete Markus schnell, »das machen wir aber noch.«

Die Tanten waren ganz aufgeregt.

»Spinnst du?«, flüsterte Irmi Markus ins Ohr.

»Nein, aber eine Lüge kann manchmal sinnvoll sein. Und hier ist sie sinnvoll«, gab er leise zurück und grinste sie an.

»Danke«, antwortete Irmi. Ganz überzeugt war sie allerdings nicht.

Ganz hinten in der Ecke standen Hans und Inge Schocher zusammen und beobachteten ihre älteste Tochter.

»Dass sie sich überhaupt hertraut«, knurrte Hans. Er trank sein Sektglas in einem Zug leer.

»Hans, bitte!«, versuchte Inge zu beschwichtigen. »Es ist doch die Hochzeit ihres Bruders. Natürlich hat Miggi sie eingeladen. Wir hätten es uns denken können.«

»Hat sie denn keine Ehr' im Leib?« Hans Schocher war außer sich. »Natürlich nicht! Nur einen Bastard! Eine Schande. Eine Schande ist sie.«

Er war nicht mehr zu beruhigen. Inge hielt ihn am Arm fest.

»Hans, es ist die Hochzeit unseres Sohnes. Es ist sein Fest. Halt dich zurück.«

»Dann soll sie verschwinden! Sie macht uns zum Gespött der Leute. Wie stehen wir denn jetzt da?«

Hans Schocher beobachtete, wie die Tanten sich um Irmi scharten und zugleich mit dem dünnen jungen Mann sprachen, der Irmi begleitete. Wer sollte das denn sein? Hatte sie jemanden gefunden, der ihre Schande auf sich nahm?

Hans griff zum nächsten vollen Sektglas. Er hörte seine Ohren pfeifen. Unerträglich. Nervös blickte er sich um. Bildete er es sich nur ein oder glotzten alle Anwesenden Irmi an?

Miggi kam vorbei.

»Mama, Papa. Bitte kommt. Wir wollen gemeinsam mit den Bächles anstoßen.«

Mechanisch setzte Hans Schocher sich in Bewegung und folgte seinem Sohn. Über die Schulter schaute er zurück. Da kreuzten sich ihre Blicke. Es kam ihm wie eine Ewigkeit vor. »Hallo« schienen Irmis Lippen zu formen. Der Pfeifton in seinen Ohren wurde noch eine Stufe lauter. Schnell drehte er sich weg.

Herbert Bächle hielt sein Glas hoch.

»Uff d'Kinder.«

»Auf das glückliche Brautpaar!«

Sechs Sektgläser stießen gegeneinander. Wie zuvor leerte Hans das Glas in einem Zug. Wieder blickte er sich um.

Irmi war umringt von ihren drei anderen Geschwistern. Klaus, Hannelore, Johann – alle standen sie da und scherzten mit ihr. Jetzt kamen auch noch Christian und Lothar dazu und schüttelten ihrer dünnen Begleitung die Hand. Hans Schocher spürte, wie die Wallung in seinem Inneren zunahm. Er fühlte sich, als würde er jeden Moment bersten. Inge legte erneut die Hand auf seinen Arm.

»Beruhig dich«, zischte sie.

Wie soll ich mich beruhigen, dachte er. Irmi hat uns alle bloßgestellt mit ihrer Schwangerschaft. Eine Schande für die ganze Familie. Die Leute werden über uns reden. Es ist unerträglich.

»Es ist unerträglich«, sagte er laut zu Inge.

Dann stürmte er los.

Irmi ließ sich gerade von Lothar von dessen Abitur berichten, als sie aus den Augenwinkeln ihren Vater erblickte. Wie ein wilder Stier kam er auf sie zugeschossen.

»Was machst du hier?«, brüllte er.

Mit einem Mal erstarben alle Gespräche um sie herum. Irmi hatte das Gefühl, von tausend Augen angestarrt zu werden.

»Ich bin eingeladen«, antwortete sie mit fester Stimme.

»Du bist eine Schande für die ganze Familie. Und du traust dich her an so einem Tag. Du beschämst deinen Bruder. Verschwinde!«

Irmi starrte ihrem Vater in die Augen. Wie hasserfüllt er sie ansah.

Miggi schob sich zwischen sie.

»Papa, bitte«, er schob seinen Vater weg. »Die Irmi ist eingeladen. Lass sie in Ruhe.«

»Einen Bastard hat sie im Leib. Einen Bastard!«

Hans Schocher schaute Beifall heischend um sich. Aber es herrschten nur Stille und blankes Entsetzen.

Nun kam auch Inge Schocher dazu. Sie versuchte, ihren Mann am Ärmel seiner Anzugjacke fortzuziehen. Er riss sich los.

»Hau ab, hau ab!«, schrie er Irmi an.

Alles um ihn herum drehte sich, und in seinen Ohren pfiff es in nie dagewesenen Höhen. Jetzt griff Miggi nach ihm, Lothar und Christian kamen hinzu, alle schoben und zogen sie an ihm, während er versuchte, sich zu befreien.

Irmi war wie versteinert. Mit Tränen in den Augen sah sie zu, wie die jungen Männer versuchten, ihren Vater ruhigzustellen. Ihre Mutter schaute Irmi traurig an und schüttelte den Kopf. Da spürte sie Markus' Hand auf ihrer Schulter.

»Komm, Irmi«, sagte er, »wir gehen.«

Irmi nickte.

Hals über Kopf verließen sie die Schreinerei und liefen zum Motorrad, das sie an der Herz-Jesu-Kirche stehen gelassen hatten. Markus saß zuerst auf und ließ die Maschine laufen, dann hockte sich Irmi hinter ihn. Mit einem Kavalierstart fuhr Markus an, nur schnell weg hier. Irmi hielt Markus fest umschlungen, und kaum hatten sie Littenweiler verlassen und näherten sich dem Höllental, war es mit Irmis Beherrschung vorbei. Die Tränen liefen unaufhaltsam über ihr Gesicht, und sie presste ihren Kopf fest gegen Markus' Rücken in der Hoffnung, ein wenig Trost zu finden. Bald war seine Jacke ganz durchnässt.

Es war längst noch hell, als sie den Nonnenfeldhof erreichten. Dort wurden sie erstaunt begrüßt.

»Was macht ihr denn schon hier?«, fragte Wilhelm.

Irmi lief wortlos an ihm vorbei. Markus zuckte mit den Schultern.

»War besser so«, meinte er.

Irmi ging in ihre Kammer, zog ihr Umstandskleid aus und schlüpfte in Minas Arbeitstracht. Trotzig betrachtete sie sich in dem kleinen Spiegel an der Wand. Ihre Augen waren vom Weinen ganz verquollen. Irmi griff nach ihren Haaren und flocht sich einen Zopf. Dann band sie ihr Tuch um den Kopf und machte sich auf in den Stall, um wie immer beim Melken zu helfen.

Später am Abend lag Irmi todmüde im Bett. Sie hörte die gleichmäßigen Atemzüge von Gerda. Ihr selbst aber mochte das Einschlafen nicht gelingen, zu aufwühlend war der Tag gewesen.

Immer wieder sah sie ihren Vater vor sich, wie er wie von Sinnen auf sie zugestürmt kam. Wie er sie anschrie und fast angegangen war in seiner Wut, wären die anderen nicht dazwischen gegangen. Ihre Mutter, hilflos dahinter und ihr einen traurigen Blick zuwerfend.

Was hatte sie denn verbrochen? Sie hatte eine Dummheit begangen, für die sie nun teuer bezahlte. Aber war sie deswegen ein schlechter Mensch? Hatte sie zwangsläufig jede Ehre verloren? Und überhaupt – wo war denn der Unterschied zwischen ihr und Miggi? Miggi, gerade volljährig, und Margarete, die wie sie erst achtzehn Jahre alt war, hatten auch unehelich ein Kind gezeugt. Nur bei ihnen schien es in Ordnung zu sein, während sie selbst eine Schande für die ganze Familie sein sollte. Das war doch ungerecht.

Irmi musste schlucken. Sie hätte eigentlich die Hilfe ihrer Eltern benötigt statt deren Wut und Ablehnung. Mit aller Macht versuchte sie, die Tränen zurückzuhalten. Sie spürte, wie ihre Wangen anfingen zu brennen. Sie musste feuerrot im Gesicht sein. Gott sei Dank sah es keiner. Auch ihr ungeborenes Kind war aufgebracht und strampelte in ihr herum.

Was war das nur für ein Gefühl in ihr?

Irmis Herz pochte heftig. Sie versuchte zu greifen, was sie empfand. Sie ging die letzten Monate durch. Die Unfassbarkeit, als Friedhelm Münzer sie ignorierte und abwies. Die machtlose Gewissheit, als sie erfuhr, dass sie in anderen Umständen war. Der Trotz, den sie ihrem Vater entgegenbrachte, als er nach der Nachricht so in Rage geriet. Das Unverständnis, dass ihre eigenen Eltern ihr nicht zu helfen vermochten, ja, sie gar noch vor die Tür setzten. Der Stolz, als sie vor den erstaunten Augen ihres Vorgesetzten kündigte. Die Einsamkeit, die sie in den ersten Tagen auf dem Nonnenfeldhof überfiel. Die Ohnmacht, nur noch eine Magd und keine Direktionssekretärin mehr zu sein. Das Unwohlsein, das sie auf der Hochzeitsfeier ihres Bruders auszuhalten hatte. Wie hatten sie all die Menschen nur angeschaut? Die meisten kannte sie. Aber kaum jemand traute sich, sie anzusprechen oder auch nur aus der Ferne zu grüßen. Als wäre sie eine Aussätzige.

Irmi wusste nun, welches Gefühl sie überfallen hatte und sie so lähmte. Ein Gefühl, das sie bis jetzt noch gut zu ignorieren geschafft hatte, das aber heute mit aller Macht Besitz von ihr genommen hatte. Es würde immer da sein.

Es war die Scham.

XIV.

Hans Schocher torkelte durch die dunklen Gassen. In seiner linken Hand hielt er die fast leere Flasche Kirschwasser fest, die er vor seinem Abgang vom Kuchenbüffet genommen hatte. Eigentlich war das Kirschwasser ja für die Schwarzwälder Kirschtorte gedacht. Wem sie noch nicht stark genug war, hätte nachträufeln können. Aber er hatte die Flasche einfach gegriffen und das Fest verlassen. Auf allgemeinen Wunsch, wie Miggi gesagt hatte.

Die Hochzeitsfeier seines ältesten Sohnes näherte sich im Goldenen Sternen jetzt sicherlich ihrem Höhepunkt. Jetzt waren alle Reden gehalten und die Tanzfläche eröffnet. Ja, so hatten sie sich das vorgestellt, Miggi und Margarete. Ein ganz zwangloses, fröhliches Fest.

Er hatte es versaut. Hans Schocher wusste es, aber er wollte es sich nicht eingestehen. Irmi war es. Sie hatte doch für den Eklat gesorgt, nicht er! Diese Schande. Unehelich schwanger einfach so aufzutauchen. Geschwängert von Friedhelm Münzer, dieser Flachpfeife. Nie wieder wollte er seine Tochter sehen, nie wieder! Sollte sie doch mit ihrem Balg im Schwarzwald bleiben oder wo der Pfeffer wuchs. Ihm doch egal.

Hans war am Münsterplatz angelangt. Erhaben stand das Freiburger Münster in der Dunkelheit vor ihm, fast unbeschadet, während sich um das Gotteshaus herum immer noch Trümmer türmten. Im fahlen Mondlicht betrachtete Hans die Ruinen. Sie waren wie sein Leben. Zerstört. Dieser gottverdammte Krieg hatte alles zerstört. Seine Ehe, seine Kinder, seinen Beruf, seinen Kopf. Dieses elende Pfeifen in seinen Ohren. Er konnte nicht mehr.

Hans nahm den letzten Schluck und ließ die leere Flasche einfach fallen. Es gab ein helles, lautes »Kling«, als sie auf die Pflastersteine fiel und einen Hüpfer machte. Hans schaute erstaunt nach unten. Die Flasche war ganz geblieben.

Schwerfällig ließ sich Hans Schocher auf eine Bank fallen und blickte auf den Münsterturm. Als er und Inge frisch verheiratet waren, waren sie oft hierher gegangen und hatten die Messe besucht. Es hatte sie bestärkt, eine Art Zusammenhalt gegeben. Der war jetzt weg.

»Mach so weiter, Hans, und du kannst gehen«, hatte Inge heute gedroht, nachdem er auf Irmi zugestürmt war und alle ihn wegrissen. Das hatte sie noch nie gewagt. Er war doch der Mann, ihr Mann. Und eine Frau hatte ihrem Ehemann zu gehorchen. Er hatte das Sagen, nicht sie. Das hatte sie bis jetzt immer akzeptiert.

Im tiefsten Innern wusste Hans, dass Inge Recht hatte. Seit Jahren versagte er auf ganzer Linie. Sie verdiente das Geld, neben dem Haushalt und der Kindererziehung. Er war nur noch ein lästiges Anhängsel, das nachts schlaflos herumgeisterte und tagsüber nicht vom Sofa aufstand. Er konnte nicht für seine Familie sorgen. Es war eigentlich kein Wunder, wenn seine eigene Frau ihn verachtete, statt ihn zu lieben und zu ehren.

Nein, so konnte es nicht weitergehen. Er musste etwas machen, eine Arbeit finden, damit wieder er und nicht seine Frau die Familie ernährte. Damit seine Frau wieder stolz auf ihn sein konnte und genug Zeit für den Haushalt und die Kinder haben würde. Nur was sollte er arbeiten, wenn er nachts nicht schlafen konnte und morgens nicht hochkam?

Eine Weile brütete Hans Schocher vor sich hin. Da fiel sein Blick auf das Lieferauto, das direkt neben ihm geparkt war. *Gemüse aus dem Kaiserstuhl*, stand drauf. Hans richtete sich auf. Er spürte, wie ein Ruck durch ihn ging.

Der Freiburger Großmarkt. Das war es! Auf dem Großmarkt wurden für die Geschäfte die Lebensmittel umgeschlagen, und zwar nachts. Das wäre doch genau passend für ihn.

Hans warf die Zigarette, die er sich gerade noch angezündet hatte, weg und stand auf. Schlagartig fühlte er sich nüchtern. Der Großmarkt war gleich um die Ecke am Karlsplatz angesiedelt. Hans lief los und stand keine fünf Minuten später davor.

Der Großmarkt hatte geschlossen. Erst jetzt fiel Hans ein, dass ja Wochenende war. Aber er würde wiederkommen. Gleich am Montag.

XV.

Maria blieb im Krankenhaus und erholte sich langsam, aber das Kind durfte sie dort nicht behalten. Nach zehn Tagen kam Egon mit Renate nach Hause. Sie wirkte zerbrechlich und sie jammerte viel. Irmi nahm sie in den Arm und schaukelte oder trug sie stundenlang herum – so sehr, dass sie fast zu nichts mehr kam. Anna hatte weitestgehend das Kochen übernommen und war wieder die Herrin in der Küche.

Der Rest der Hofgemeinschaft war mit dem Öhmden beschäftigt. Die Felder waren abgeerntet, nun ging es an den zweiten Schnitt. Irmi als Schwangere war davon komplett befreit, sie kümmerte sich ausschließlich um die kleine Renate und ihre größeren Geschwister Magdalena und Primus, und das war mit dem Säugling anstrengend genug. Kaum hielt sie die schreiende Renate auf dem Arm und versuchte sie mit einer Milchflasche zu beruhigen, kam schon Magdalena hinzu und fing an zu quengeln. Hatte sie ihren freien Arm um Magdalena gelegt, folgte sodann Primus, der sich benachteiligt fühlte. Die Kinder hatten ihre Mutter nun schon über zwei Wochen nicht gesehen und sie begannen, Irmi als ihre Ersatzmutter zu betrachten. Das ging so weit, dass die Schlafkammern getauscht wurden. Egon wollte nicht mit den Kindern und schon gar nicht dem Säugling in der Nacht allein sein, also wurde Gerda umquartiert und alle drei Kinder zogen in Irmis Kammer. Während Primus und Magdalena sich das Bett teilten, in dem Gerda geschlafen hatte, lag Renate meist bei Irmi. Die weiße Wiege, die Miggi ihr geschenkt hatte, würde jedenfalls von ihrem eigenen Kind und keinem anderen benutzt werden, das war für Irmi klar. Anna verstand das, und so kam eine andere Wiege in die Schlafkammer der Magd.

Die Nächte waren fortan unruhig, denn Renate schlief höchstens zwei Stunden am Stück, wenn überhaupt. Wenn Irmi Pech hatte, wurden auch noch die beiden anderen wach. Morgens fühlte sie sich gerädert wie nie zuvor in ihrem Leben. Sie war todmüde und sehnte sich danach, einfach mal lange zu schlafen. Erst gegen Ende September, so war zu hören, war mit der Rückkehr Marias zu rechnen. Es erschien Irmi endlos.

Sie waren gerade fertig mit dem Öhmden, als am Sonntag das Auto der Schreinerei Bächle auftauchte. Irmi sah aus dem Stubenfenster heraus ihren Bruder aussteigen, aber während sie ihm sonst entgegengerannt war, hielt sie sich jetzt zurück. Sie spürte, wie ihre Wangen zu brennen anfingen. Was würde Miggi jetzt von ihr denken?

»Hallo, darf ich eintreten?«

Er klopfte gegen die Stubentür und trat ohne weitere Aufforderung ein.

»Miggi!«

»Irmi, wie schön, dich zu sehen.«

Die freundliche Begrüßung beruhigte sie.

»Bist du schon am Üben?« Miggi zeigte auf Renate in ihrem Arm.

»Ja, irgendwie schon. Maria ist immer noch im Krankenhaus.«

»Ja, ich weiß, ich hab sie besucht. Es geht ihr immer noch nicht so gut.«

Oh je, was konnte das bedeuten?

»Ich hab euch was mitgebracht.«

Miggi hielt den Rucksack hoch, in dem Irmi, die Hochzeitsgeschenke verstaut hatte.

Seltsam, dachte Irmi, es war ihr noch gar nicht aufgefallen, dass sie diesen in der Hektik des Aufbruchs liegen gelassen hatten.

»Danke. Ihr habt hoffentlich die Geschenke herausgenommen?«

»Ja, doch, wir haben uns getraut.« Miggi lächelte. »Vielen Dank dafür.«

»Miggi, es tut mir leid, was …«, begann Irmi.

»Nein, mir tut es leid, Irmi. Es war dumm von uns, euch so unvorbereitet aufeinandertreffen zu lassen.« Er zögerte. »Ich hätt' halt nicht gedacht, dass es so schlimm wird.«

»Ich auch nicht«, sagte Irmi leise. »Es tut mir leid, dass ich euch eure Hochzeit vermiest hab.«

»Das warst nicht du, sondern der Papa.«

»Nein, ich war es auch, ich … ich hätt' nicht kommen dürfen.«

»Ja, vielleicht. Aber du bist doch meine Schwester.«

»Ja.«

Eine Weile schwiegen sie. Dann stürmten Magdalena und Primus mit Egon herein.

»Ja, Salli Miggi, wie geht es dir? Noch einmal herzlichen Glückwunsch zu deiner Hochzeit.«

Egon schüttelte dem ehemaligen Hirtenbuben kräftig die Hand und haute ihm auf die Schulter.

»Ist es in Ordnung, wenn ich mit Miggi mal kurz raus zur Bank geh?«, fragte Irmi Egon. »Die Renate nehm ich mit.«

»Ja, mach das.«

Draußen konnte sie in Ruhe sprechen. Irmi hatte eine Milchflasche mitgenommen und hoffte, dass Renate einfach einschlafen würde. Der Säugling hielt sie schon den ganzen Tag auf Trab.

»Wie war der Rest eures Festes?«

»Nun ja«, Miggi lachte kurz auf, aber es klang gequält, »nachdem ihr weg wart, hab ich den Papa rausgeschmissen.«

Irmi schaute ihren Bruder erstaunt an.

»Wirklich, das hast du gemacht? Und die Mama ist geblieben?«

»Ja, sicher, die wollt' selber, dass er verschwindet.«

Irmi konnte es kaum glauben.

»Sie wollt' ihn ganz aus dem Haus werfen, wenn sich jetzt nichts ändert. Insofern hat es auch sein Gutes gehabt.«

»Wieso, was hat sich geändert?«

»Er arbeitet jetzt auf dem Großmarkt. Nachts. Wenn er sowieso nicht schlafen kann. Seitdem geht es besser mit ihm. Aber ist natürlich noch nicht so lange.«

»Und die Mama, was sagt sie?«

»Sie ist traurig, dass ihr nicht miteinander sprechen konntet. Sie hat sich einfach nicht getraut.«

»Hm, und haben dich deine Gäste angesprochen auf unseren Streit?«

»Na ja, die Margarete war ein bissle sauer, aber sie hat ja verstanden, dass ich dich dabeihaben wollte. Und die anderen ...«

Miggi sprach nicht weiter. Irmi spürte das Schamgefühl in sich aufsteigen.

»Ich glaub, sie zerreißen sich schon das Maul«, schloss Miggi.

Irmi hatte einen Kloß im Hals. Miggi legte den Arm um ihre Schulter.

»Sollen sie, Irmi. Was kümmert es uns? Du musst dir nichts vorwerfen.«

Dankbar sah Irmi ihren Bruder an. Aber so einfach war es nicht.

»Ich schäm mich so, Miggi.«

»Ja, ich weiß«, Miggi zog sie an sich. »Aber nicht vor mir, ich bin für dich da.«

Verdammte Tränen. Irmi wusste nicht mehr, wie sie sie aufhalten konnte. Doch sie war unendlich froh, dass ihr Bruder so zu ihr hielt.

Als Maria sechs Wochen nach der Geburt wieder das Haus betrat, erschien es Irmi, als käme eine andere Frau zur Tür herein. Wie verändert sie aussah. Maria wirkte um Jahre gealtert, und in ihrem Gesicht war nur Bitterkeit zu erkennen.

Irmi, mittlerweile selbst hochschwanger, war froh, dass sie nun wenigstens Renate in der Nacht abgeben konnte. Die Kleine schlief immer noch sehr schlecht, und Irmi fühlte sich mehr als gerädert.

Tatsächlich wurde die Wiege ins Bauernschlafzimmer umplatziert. Magdalena und Primus sollten jedoch bei Irmi bleiben. Immerhin, dachte Irmi, die beiden schliefen in der Regel den Schlaf der Gerechten. Gleich in der ersten Nacht erholte sich Irmi so gut wie schon lange nicht mehr. Am nächsten Morgen fiel ihr das Aufstehen deutlich leichter als in den Wochen zuvor.

Als sie herunterkam, stand Anna in der Küche. Von Maria, sonst immer die Erste, war nichts zu sehen. Irmi wunderte sich.

»Die Nacht war sehr unruhig«, sagte Anna nur.

Kann ich mir denken, dachte Irmi. Aber sie behielt es für sich.

Schließlich kam Egon. Er sah erschöpft aus.

»Die Maria will nicht aufstehen, sie hat kaum geschlafen«, sagte er knapp.

Alle übernahmen ihre gewohnten Aufgaben. Maria erschien erst mit Renate in der Stube, als Irmi gerade Anna die Beine neu gewickelt hatte.

»Irmi, nimm du sie mal«, bedeutete sie ihrer Magd knapp. »Ich habe die ganze Nacht kein Auge zugetan. Am besten schläft sie heute Nacht wieder in deiner Kammer.«

Irmi sah erstaunt auf. Ehe sie es sich versah, hatte sie Renate auf dem Arm.

»Aber …«, begann Irmi.

»Ich kann so nicht arbeiten, das Kind macht mich ganz verrückt«, erklärte Maria aufgeregt. »Und ich habe hier Aufgaben zu erledigen. Also nimmst du Renate.«

Irmi schaute hilflos zu Anna, die ihrerseits nur stumm mit den Schultern zuckte.

Also war es wieder an Irmi, sich nachts um den Säugling zu kümmern. Und um Primus und Magdalena, wenn es erforderlich war. Nach drei Nächten war Irmi wieder so übermüdet, dass sie am Morgen verschlief. Sie wachte erst auf, als es längst hell war. Wie spät mochte es sein?

Irmi schwang die Beine über die Bettkante und blickte irritiert um sich. Der Fensterschieber war einen Spalt geöffnet und ließ fahles Licht hinein. Magdalena und Primus schliefen noch tief und fest in ihrem Bett, genau wie Renate. Dankbar schaute Irmi in die Wiege. Sie wusch sich schnell ihr Gesicht und schlüpfte in ihr Kleid. Als sie die Tür zum Trippel aufstieß, wurde ihr klar, dass sie um einiges länger als sonst geschlafen hatte. Tatsächlich war sogar das Frühstück längst beendet.

Irmi traf Maria in der Küche an, die gerade den Abwasch machte. Anna trocknete ab.

»Es tut mir leid, Maria, Anna, ich … ich hab einfach verschlafen.«

Maria warf ihr einen bösen Blick zu und sagte kein Wort.

»Jetzt iss doch erst mal was«, sagte Anna versöhnlich.

»Nein, ich übernehme das Abtrocknen. Setz du dich nur hin.«

Irmi griff nach einem Geschirrtuch. Noch bevor sie den ersten Teller hochnahm, fuhr Maria sie an.

»Was fällt dir ein, einfach das Melken ausfallen zu lassen? Glaubst du, hier kann die Magd schlafen, so lange sie will?«

Irmi schaute die Jungbäuerin verdattert an.

»Ich war die ganze Nacht wach wegen Renate«, gab sie zur Antwort.

»Was soll ich mit einer Magd, die verschläft?«, zischte Maria.

»Es tut mir leid.« Irmi sagte es ungnädig, nicht unterwürfig. »Warum nimmst du nicht dein eigenes Kind?«

»Was fällt dir ein, so mit mir zu reden?«, entgegnete Maria aufgebracht.

»Ruhe!«

Es war Anna. Erstaunt blickten Irmi und Maria sie an. Normalerweise nahm sich Anna sehr zurück, aber jetzt sprang sie Irmi bei.

»So goht's nit, Maria, wie du mit Irmi umgehst. Irmi ist selbst hochschwanger. Sie tut, was sie kann. Und sie kümmert sich nachts um dein Kind, das wäre eigentlich deine Aufgabe. Also lass sie in Ruhe.«

Die Spannung in der Küche war so hoch, dass man sie förmlich greifen konnte. Irmi wagte kaum zu atmen. Schließlich griff Maria mit beiden Händen nach den Tellern im Spülwasser und warf sie auf den Boden. Mit lautem Klirren gingen alle kaputt. Die Scherben flogen in alle Ecken und das Wasser spritzte. Ohne ein weiteres Wort verließ Maria die Küche.

Mit Kehrschaufel und Handbesen kniete Irmi am Boden und fegte die Scherben zusammen. Nebenan in der Stube gab es einen handfesten Streit. Nie hätte Irmi gedacht, dass Anna so laut reden konnte. Sie war außer sich und beschimpfte ihre Schwiegertochter, dass sie sich um ihr kleines Kind selbst kümmern und sich bei der Arbeit besser einbringen sollte. Maria gab wütend zurück, dass sie sich raushalten solle, sonst würde sie dafür sorgen, dass Anna und Wilhelm aus dem Haus verschwänden.

Irmi erhob sich schwerfällig und seufzte. Nie hätte sie für möglich gehalten, dass die Stimmung auf dem Nonnenfeldhof einmal so ins Negative umschwenken würde. Sie dachte an den freundlichen Empfang vor einem halben Jahr. Maria war damals ganz anders gewesen. Jetzt war sie so … deprimiert und hässlich. Jeder wurde von ihr angeraunzt, auch Egon, ihr Mann.

Vier Teller hatte Maria einfach so auf den Boden geworfen. Irmi wäre nie auf so eine Idee gekommen. Jetzt fehlten doch die Teller. Ob es jetzt überhaupt noch genügend tiefe Teller für die tägliche Suppe gab? Mit Schwung schüttete sie die Scherben in den Mülleimer. Dann versah sie den restlichen Abwasch, während nebenan heftig weiter gestritten wurde. Inzwischen war auch Egon dazugekommen. Man hörte, wie er beruhigend auf Maria einredete. Es schien nichts zu nützen.

Irmi ging die Treppe hoch in ihre Kammer, um nach den Kindern zu schauen. Renate schlief immer noch, was für ein Wunder, aber Primus und Magdalena waren wach und saßen im Bett eng beieinander und rührten sich nicht.

»Was ist los mit der Mama und der Oma?«, fragte Primus Irmi mit großen Augen.

»Nichts, es ist alles gut. Na, seid ihr jetzt wach?«

Irmi setzte sich aufs Bett und nahm die zwei in den Arm. Dankbar kuschelten sie sich an sie. Zurzeit schienen sie sich bei Irmi wohler zu fühlen als bei ihrer eigenen Mutter. Vielleicht auch ein Grund, warum Maria so verhärmt war, überlegte Irmi.

Schließlich schlug auch Renate die Augen auf und begann zu quengeln. Irmi nahm sie auf den Arm und ging gemeinsam mit den beiden anderen Kindern die Treppe hinab.

Unten war es still geworden. Irmi zögerte einen Moment und wusste nicht recht, wohin sie gehen sollte. Dann öffnete sie die Tür zur Stube und schaute hinein.

Maria saß zusammengesunken auf dem Sofa und weinte. Sonst war niemand mehr da.

»Maria.«

Irmi setzte sich zu ihr aufs Sofa. Primus und Magdalena blieben im Türrahmen stehen und starrten gebannt auf ihre weinende Mutter.

»Lass mich, mir kann keiner helfen.«

Eine Weile blickte Irmi Maria an, dann stand sie wieder auf.

»In Ordnung.«

Mit den Kindern verließ Irmi die Stube und zog die Tür hinter sich zu.

Die Stimmung blieb die ganzen nächsten Tage angespannt. Maria sah immerzu aus, als würde sie gleich platzen, und jeder versuchte, sie zu schonen, damit es nicht wieder zum Streit kam.

Schließlich tauchte Josefa auf.

»Jetzt goht's dagege'«, Josefa wies auf Irmis Bauch, »hast du immer das Kind auf dem Arm?«

»Oft«, erwiderte Irmi.

»Das ist ja das Problem«, sprang Anna ihr sogleich zur Seite. »Die Maria kümmert sich überhaupt nicht um die Renate, kannst du nicht mal mit ihr sprechen?«

»Mach ich«, Josefa drückte Anna ihren Mantel in die Hand, »aber allein.« Sie hatte schon die Türklinke Richtung Stube in der Hand. »Und danach komm ich zu dir, Irmi.«

Was immer Josefa mit Maria besprach, es schien etwas zu helfen. Maria zeigte sich danach etwas entspannter. In einer Sache war die Hebamme jedoch ganz deutlich gewesen.

»Irmi ist eure Magd, das versteh' ich schon«, sagte sie zu Maria und Anna, »aber es geht nicht, dass sie sich kurz vor ihrer eigenen Niederkunft um drei Kinder, darunter einen Säugling, kümmert. Der Säugling gehört zur Mutter, und das bist nun mal du, Maria.«

Tatsächlich wurden nach dem Besuch der Hebamme Primus und Magdalena in die Schlafkammer von Gerda gebracht, und Renate kam zu ihrer Mutter. Dafür verließ Egon das Ehebett und es schien Maria nur recht zu sein. Außerdem wurde abgemacht, dass sie morgens liegenbleiben durfte und sich Anna oder Irmi um das Frühstück kümmerten. Das hatten sie ja sowieso schon seit Wochen so gemacht.

Auch Irmi war zufrieden, denn nur wenige Wochen vor der Geburt ihres eigenen Kindes schaffte sie es nun wieder, in den Nächten ungestört zu schlafen.

XVI.

Irmis Tochter kam an Allerseelen zur Welt, mitten in der Nacht in der kalten Schlafkammer über dem Stall. Es war eine problemlose Geburt. Am frühen Abend kündigten die ersten Wehen die baldige Niederkunft an, und Anna wich fortan nicht mehr von Irmis Seite. Später kam Josefa hinzu, und Irmi war dankbar für die Unterstützung der beiden Frauen.

Nachdem sie den Säugling abgenabelt, in Decken gehüllt und untersucht hatte, reichte die Hebamme Irmi ihr Kind.

»Gratuliere, du hast ein gesundes Mädchen. Wie soll es denn heißen?«

Irmi blickte ihr Kind so erschöpft wie verzückt an und zögerte keine Sekunde.

»Klara. Sie heißt Klara.«

»Das ist ein schöner Name.«

Die Hebamme hatte sich verabschiedet und versprach, am Nachmittag wiederkommen. Anna legte sich schlafen, aber machte Irmi klar, dass sie sie jederzeit wecken konnte.

Irmi und Klara waren allein. Irmi spürte bedingungslose Liebe. Keine Sekunde reute sie ihr Entschluss, das Kind gegen alle Widerstände ausgetragen zu haben, wenn sie Klara nur anschaute. Es war ihre Tochter, ganz allein. Ihr ganzer Schatz.

Irmi griff nach den kleinen Händen und zählte nach. Ja, jede Hand hatte fünf Finger. Das Kind sah so komplett aus, so perfekt. Irmi fühlte sich glücklich. Wie friedlich Klara auf ihrer Brust lag und schlief. Was konnte es Schöneres geben als ein eigenes Kind?

Am nächsten Vormittag ließ sich Irmi mit Klara in der Stube blicken. Sofort war sie umringt von Primus, Magdalena und Gerda, die das kleine Kind bestaunten. Auch die Männer zeigten sich neugierig und erfreut, ja, Markus nahm die kleine Klara sogar auf den Arm. Selbst Maria konnte sich zu einer näheren Begutachtung und einem Glückwunsch durchringen.

Irmi hatte Glück, dass es November war und die Ernte eingefahren. Jetzt begann eine Zeit mit weniger Arbeit, und ihr wurde bedeutet, dass sie sich im Wochenbett gerne noch etwas schonen könne. In den Stall musste sie nun nicht gehen und für die Kinder hatte man nun Gerda eingeteilt, denn die Hütezeit war beendet. Der Hirtenbub Paul ging wieder zurück zu seiner Familie, aber bei Gerdas Mutter hatte Egon angefragt, ob das Maidle nicht auch über den Winter auf dem Nonnenfeldhof bleiben könne, man könne sie gut gebrauchen, und die Mutter hatte nichts dagegen.

So waren es tatsächlich ruhige Tage, die Irmi nach Klaras Geburt auf dem Hof verlebte. Die Hebamme kam regelmäßig vorbei und schaute nach ihr genauso wie nach Maria. Maria schien sich etwas entspannt zu haben und hatte mittlerweile offenbar etwas mehr Nähe zu ihrem jüngsten Kind entwickelt.

Irmi saß auf dem Sofa und stillte Klara. Am Tisch saßen Wilhelm und Egon, der eine in die Bauernzeitung vertieft, der andere mit Stift und Papier ausgerüstet. Rasch glitten Egons Bleistiftstriche über das Blatt. Schließlich stand er auf und ging auf Irmi zu.

»Da«, sagte er, »für dich.«

Er überreichte Irmi eine Zeichnung in Postkartenformat. Sie zeigte ihre Tochter. Wie so oft war es Egon gelungen, mit wenigen Strichen die Person oder die Situation genau einzufangen. Irmi war gerührt.

»Du, Egon«, fragte sie dann, »kann ich vielleicht noch so eine Zeichnung bekommen? Ich würde gerne eine Geburtsanzeige nach Freiburg schicken.«

»Natürlich.«

Egon setzte sich sofort wieder hin und nahm den Bleistift in die Hand.

Die zweite Zeichnung war genauso gut gelungen wie die erste. Irmi nahm sich einen Stift und schrieb auf die Rückseite:

»Herzlich willkommen auf der Welt. Klara Schocher, geb. 2.11.1952 um 2 Uhr 24, 50 cm, 3220 g. Liebe Grüße, Eure Irmi.«

Dann nahm sie einen Briefumschlag und schrieb die Adresse ihrer Eltern darauf. Die zweite Karte mit demselben Inhalt sollte Miggi erhalten.

Markus bot an, die Briefe zur Post zu bringen.

Miggis Besuch ließ nicht lange auf sich warten. Er hatte ein Geschenk von sich und Margarete und ein Päckchen aus der Klarastraße dabei. Gespannt öffnete Irmi es. Ein Strampler, eine Mütze und warme Schühchen lagen darin, dazu eine Tafel Schokolade, mit besonderem Gruß von ihrem Bruder Klaus. Irmi freute sich. Hannelore und Johann hatten Bilder gemalt und Glückwünsche darauf geschrieben. Auch eine Karte lag bei. Irmi erkannte die Schrift ihrer Mutter. Der Inhalt enttäuschte sie:

»Alles Gute zur Geburt von Klara. Wir hoffen, es geht Dir gut, und wünschen Euch das Allerbeste. Deine Mama.«

Das war alles. Irmi drehte die Karte um, aber sie konnte nirgends die Unterschrift oder einen Gruß ihres Vaters erkennen. Sie war so enttäuscht, dass ihr die Tränen kamen.

»Sei nicht traurig«, Miggi nahm seine Schwester in den Arm. »Der Vater schafft es einfach nicht. Aber ich bin sicher, dass er an dich denkt.«

»Es ist so ungerecht«, schluchzte Irmi, »wenn dein Kind auf die Welt kommt, macht er eine Flasche Sekt auf. Und ich bin eine Schande.«

»Du bist keine Schande, hör auf, es dir einzureden«, antwortete Miggi entschieden. Aber in seinem Innern wusste er, dass es genau so war, wie Irmi es beschrieben hatte.

Drei Wochen nach der Geburt fühlte sich Irmi kräftig genug, um zum Amt nach Gibach zu gehen und Klara dort zu melden. Zudem wollte sie mit dem Pfarrer sprechen, denn sie wünschte sich, dass Klara bald getauft würde. Renate war im Oktober in einem Sonntagsgottesdienst getauft worden, danach war die Familie Dufner ins Gasthaus gegangen, während Irmi, Kurt und die beiden Hütekinder auf dem Hof blieben. Irmi wollte keine große Veranstaltung, aber sie wollte ihr Kind unter Gottes Schutz stellen, und Miggi würde sicher nicht Nein sagen, wenn sie ihn fragte, ob er Pate werden wollte.

Es passte gut, dass Egon mit dem Pferdefuhrwerk Richtung Gibach fuhr und Irmi mit Klara mitnehmen konnte. Auch Anna wollte in den Ort und war ebenfalls dabei.

Es hatte geschneit und eine dünne Schneedecke bedeckte den Weg. In Gibach angekommen versprach Egon, die Frauen in spätestens zwei Stunden wieder abzuholen. Als Treffpunkt wurde die Goldliese ausgemacht, dann müssten sie nicht im Kalten warten. Irmi freute sich schon, der Kauffrau ihre Tochter zu zeigen.

»Ich geh zum Friedhof, Irmi«, sagte Anna, »du kannst dorthin kommen, sonst treffen wir uns bei der Goldliese.«

»Einverstanden.«

Irmis erster Gang führte sie zum Rathaus. Sie nahm die wenigen Stufen zum Haupteingang hinauf und klopfte im Sekretariat an.

»Guten Tag. Ich möchte die Geburt meiner Tochter anmelden.«

»Einen Moment bitte. Der Herr Amtsvorsteher Schätzle hat noch ein Telefonat, aber dann ist er für Sie da. Nehmen Sie doch Platz.«

Die Sekretärin lächelte freundlich und zeigte auf die Stühle im Gang.

»Wie heißt sie denn?«

»Klara.«

»Süß. Sie sind vom Nonnenfeldhof, gell?«

»Ja, genau.«

Wusste hier denn jeder, wer sie war?

Irmi wartete etwa zehn Minuten, bis die Tür des Amtsvorstehers aufging und er sie zu sich hineinrief.

Herr Amtsvorsteher Adolf Schätzle war etwa Mitte fünfzig, etwas beleibt und hatte eine sehr tiefe Stimme. Freundlich blickte er Irmi und ihr Kind an.

»So, wen haben wir denn da?«

»Ich möchte mein Kind anmelden.«

Der Amtsvorsteher spannte mühevoll ein Blatt Papier in seine Schreibmaschine. Es juckte Irmi in den Fingern, ihm dabei zu helfen. Als er so weit war, schaute er auf.

»Ihr Name?«

»Irmgard Schocher.«

Umständlich begann er mit zwei Fingern zu tippen.

»Geburtstag?«

»Fünfter Dezember neunzehnhundertdreiunddreißig.«

»Familienstand?«

»Ledig.«

»Ach so.«

Herr Schätzle blickte von seiner Schreibmaschine auf und über den Rand seiner Brille zu Irmi.

»Das ist natürlich eine besondere Situation. Wenn Sie nicht verheiratet sind und dazu noch minderjährig, dann wissen Sie, dass Sie einen Amtsvormund brauchen.«

»Ich brauche keinen Vormund. Ich komme gut zurecht«, erwiderte Irmi selbstbewusst. Ihr war natürlich allzu klar, dass sie einen Vormund für Klara bekommen würde.

»Es muss ja jemand das Kind vertreten können, das dürfen Sie nicht. Wer ist denn der Vater?«

Ehe Irmi antworten konnte, klingelte das Telefon und der Amtsvorsteher nahm ab.

»Ja?«

Während er sprach, wanderte Irmis Blick über dessen Schreibtisch. Sie liebte den Geruch der Amtsstube, es erinnerte sie an die Lebensfürsorge. All die Papiere, die Stifte, die ordentlich in einer Schale lagen.

Ihr Blick blieb an einem Stapel hängen. Den Schriftzug auf dem obersten Papier erkannte sie sofort. Es war ein Schreiben der Lebensfürsorge. Irmi versuchte, etwas genauer drauf zu schauen, ohne dass der telefonierende Amtsvorsteher sie für neugierig halten würde. Aber er hatte sich mit seinem Drehstuhl abgewandt, sodass keine Gefahr bestand.

Irmi reckte den Hals. Am Schriftbild erkannte sie sofort, dass der Brief auf ihrer alten Schreibmaschine geschrieben worden war. Das große M wirkte immer ein wenig verwaschen, egal wie fest man die Taste drückte. Wer den Brief wohl getippt hatte? Vielleicht ihre Nachfolgerin?

Auch die Unterschrift kannte Irmi nur allzu gut. Es war der Schriftzug von Friedhelm Münzer. Irmi spürte, wie ihre Wangen rot wurden und die Scham erneut von ihr Besitz ergriff. Jetzt saß sie hier mit seiner Tochter.

Herr Schätzle ließ lautstark den Telefonhörer auf die Gabel fallen.

»So, wo waren wir? Ach ja, Vormundschaft. Also, die übernimmt natürlich das Amt, also in dem Fall ich.«

Irmi machte große Augen. Das sollte ihr Vormund sein?

»Und was ist überhaupt mit dem Vater? Den können wir hier in die Geburtsurkunde mit eintragen. Vielleicht bekommen Sie von ihm ja etwas Unterhalt, wenn er nicht Ihren Lebenswandel zu Ihrem Nachteil verwendet.«

Welchen Lebenswandel? Irmi verstand die Welt nicht mehr.

»Aber dafür brauchen wir eine andere Bestätigung.«

Obwohl die Geburtsurkunde noch nicht fertig ausgefüllt war, riss Herr Schätzle sie geräuschvoll aus der Walze und spannte nun ein schlichtes Briefpapier mit dem Kopf der Gemeinde Gibach ein.

»Also, dann schreiben wir jetzt mal auf«, Herr Schätzle tippte beherzt mit seinen zwei Fingern los. »Es erscheint vor mir, Amtsvorsteher Adolf Schätzle, Fräulein Irmgard Schocher, Magd auf dem Nonnenfeldhof, Gibach, und erklärt, Doppelpunkt.«

Der Amtsvorsteher blickte Irmi erwartungsvoll an.

»Na, dann erzählen Sie mal.«

»Was?«

»Na, wann und wie ist das Kind entstanden? Also, ich kann es mir denken«, er lehnte sich über den Schreibtisch, »man sagt ja nicht umsonst: Kriegt e Maidle im November e Kind, het sie begangen an Fasnacht e Sünd'.«

Er lachte laut.

Irmi schaute ihr Gegenüber wütend an.

»Wenn Sie es so genau wissen, dann schreiben Sie es doch hin.«

Der Amtsvorsteher tippte los.

»Ich hatte an Fasnacht einmaligen Geschlechtsverkehr mit …«, Herr Schätzle schaute Irmi durchdringend an, »mit wem?«

Irmis Wangen brannten wie Feuer. Sie musste tiefrot im Gesicht sein. Ihr Blick fiel erneut auf das Schreiben der Lebensfürsorge mit den zackigen Linien von Friedhelm Münzers Unterschrift.

Sie hob den Kopf.

»Nein«, sagte sie mit fester Stimme. »Es geht niemanden an, was passiert ist und wer der Vater ist. Der Name ist unwichtig. Können wir jetzt die Geburtsurkunde weiter ausfüllen?«

Mit Geburtsurkunde und Vormundschaftsurkunde in der Hand verließ Irmi wütend das Rathaus. Selten hatte sie sich so gedemütigt gefühlt. Meinte der Amtsvorsteher wirklich, dass sie schriftlich erklären würde, wie Klara zustande gekommen war? Da verzichtete sie lieber auf eventuellen Unterhalt vom Münzer. Und der Schätzle war jetzt der Vormund ihrer Tochter und konnte alles bestimmen. Es war unvorstellbar.

Irmi lief die wenigen Meter vom Rathaus zur Kirche. Klara, die sie mit einem umgebundenen Tuch vor sich fixiert hatte, schlief die ganze Zeit friedlich an ihrer Brust.

Irmi läutete an der Tür des Pfarrhauses, das direkt neben der Kirche stand. Nach einer Weile hörte sie das Schlurfen von müden Schritten, bis schließlich die Tür geöffnet wurde. Pfarrer Anselm Matt steckte seinen Kopf durch den Türspalt.

»Ja, bitte?«

»Guten Tag, ich bin Irmi Schocher. Ich möchte mein Kind taufen lassen.«

Die Tür öffnete sich nun weit.

»Kommen Sie nur rein.«

Der Pfarrer schlurfte vorweg Richtung Dienstzimmer und bat sie einzutreten.

»Hübsches Kind. Wie heißt es denn?«

»Klara. Sie ist jetzt drei Wochen alt.«

»Dann wird es Zeit. Moment, ich muss kurz alles aufschreiben.«

Es begann wie zuvor in der Amtsstube. Anselm Matt schrieb jedoch mit der Hand, nicht mit der Schreibmaschine.

»Wie heißt Ihr Mann?«

»Ich bin nicht verheiratet.«

Der Pfarrer hob erstaunt seine Augenbrauen.

»Ein uneheliches Kind. Wer ist denn der Vormund?«

»Der Amtsvorsteher Schätzle. Aber ich möchte es doch nur taufen lassen.«

Der Pfarrer zauderte.

»Wo arbeitest du? Auf dem Nonnenfeldhof. Nun, ich kann hochkommen und dort führen wir die Taufe durch.«

»Ich möchte gerne, dass Klara in der Kirche getauft wird. Wie alle anderen Kinder auch.«

»Alle anderen Kinder«, die Stimme des Gottesmannes wurde jetzt schneidend, »sind aber keine Bankerte und werden in anständige Verhältnisse geboren.«

Irmi war so verdattert, dass sie nichts zu antworten wusste.

»Sieh mal«, der Pfarrer versuchte es jetzt wieder freundlich, »natürlich muss deine Tochter in die Gemeinschaft Gottes aufgenommen werden. Aber wir können es nicht vor der Gemeinde tun. Für uneheliche Kinder ist das unangemessen.«

»Ist denn mein Kind das einzig uneheliche auf dieser Welt, in diesem Ort?«, fragte Irmi nun entmutigt.

Das Lächeln von Anselm Matt fror ein.

»Also, jetzt redest du mal mit den Dufners und dann machen wir eine schöne Tauffeier da oben am Hof. Und sag Anna und Wilhelm einen schönen Gruß von mir.«

Mit diesen Worten schob er Irmi aus der Tür, bevor diese noch etwas sagen konnte.

War Irmi nach dem Besuch im Rathaus noch wütend gewesen, so war sie jetzt verzweifelt. Wie wurde sie überhaupt behandelt? Und ihre Tochter, die für alles nichts konnte? Tränen liefen Irmi über die Wangen, als sie das quietschende Friedhofstor öffnete und nach Anna Ausschau hielt. Sie entdeckte sie am Südende des Friedhofs, gedankenversunken auf einer Bank sitzend. Irmi trat an sie heran.

»Du holst dir noch den Tod, wenn du hier so lange sitzest«, sagte sie.

Anna schaute hoch und sah die Tränen in Irmis Gesicht.

»Ja, Kind, was haben sie denn mit dir gemacht? Komm, setz dich.«

»Sie behandeln mich wie den letzten Dreck«, schluchzte Irmi, als sie neben Anna Platz genommen hatte.

»Wer tut das?«

»Alle, der Amtsvorsteher, der Pfarrer. Als hätte die Klara die Krätze. Ich darf nicht über mein eigenes Kind bestimmen, sondern muss das dem Schätzle überlassen. Ich darf mein Kind nicht in der Kirche taufen lassen.«

Beim letzten Satz heulte Irmi laut auf.

»Hat das der Matt gesagt?«

»Ja, hat er. Und einen schönen Gruß soll ich ausrichten.«

»Ist der noch ganz bei Trost?«, entrüstete sich nun Anna. »Er will dein Kind nicht taufen?«

»Doch, aber nur auf dem Hof, nicht in der Kirche. Und es ist kein anständiges Kind.«

»Diese Pfaffen haben doch alle keine Ahnung vom Leben«, empörte sich Anna. »Was kann das Kind dafür? Da schau, Irmi, drei Kinder hab ich früh verloren. Nur eine Mutter weiß, was das bedeutet. Und er sagt, dein Kind ist nicht recht. Das kann doch nicht Gottes Wille sein.«

Durch einen Schleier von Tränen betrachtete Irmi die Grabstätte vor ihnen. Wilhelms Eltern lagen dort und auch seine Schwester, alle drei schon lange tot. Doch da standen noch weitere Namen: *Johanna 9.6.1922 – 25.3.1923, Matthias 28.11.1918 – 1944, verschollen in Rußland, Wilhelmine »Mina« 24.1.1928 – 17.10.1945.*

Irmi wusste nicht, dass Anna und Wilhelm ein Kind noch im ersten Lebensjahr hatten zu Grabe tragen müssen. Aber sie glaubte, den unendlichen Schmerz, der Anna befallen hatte, zu verstehen.

»Schau, Irmi«, Anna zeigte auf Minas Grabstein, »bevor die Franzosen kamen, also die Marokkaner, da war alles gut. Da war die Mina das fröhlichste und reinste Maidle, das man sich vorstellen konnt'. Der Miggi hat dir sicher von ihr erzählt.«

»Nicht viel«, gab Irmi zu. »Er wollte nicht über sie sprechen. Ich weiß nur, dass sie gestorben ist, aber nicht, warum.«

»Die Marokkaner kamen zum Hof, und wir haben uns versteckt. Dorothea und ich oben, in der Truhe. Mina hat sie selbst zugemacht. Und dann ist sie in den Stiegenkasten. Dort haben sie sie gefunden.«

Anna schluckte und Irmi stockte der Atem. Das hatte Miggi nie erzählt.

»Wir wissen nicht, wie viele Männer es waren. Sie hat so geschrien. Danach war Mina nicht mehr dieselbe. Sie hat nicht mehr gesprochen. Kein Wort. Sie hat nicht mehr gelacht. Sie lebte und war doch tot.«

Anna drehte sich zu Irmi um und sprach sie jetzt direkt an.

»Sie war schwanger, weißt du. Ohne ihr Zutun. Es war nicht ihre Schuld! Sie hat es sich nicht ausgesucht und sie hat es ganz sicher niemals gewollt. Sie hat sich so geschämt. Sie kann doch kein schwarzes Kind kriegen, hat sie gesagt. Und dann hat sie sich aufgehängt. Oben, auf der Tenne. Der Miggi hat sie gefunden.«

Irmi wusste nicht, was sie sagen sollte, so entsetzt war sie. Jetzt verstand sie, was Miggi mit diesem Hof verband und warum er damals Hals über Kopf wieder nach Hause kam.

»Und jetzt erzählt der Pfarrer dir, dein Kind sei unanständig. Was weiß der schon.«

Mit einem Ruck stand Anna auf.

»Komm, Irmi, wir gehen zur Goldliese, uns aufwärmen. Und dass die Mina in anderen Umständen war, das weiß niemand. Nur ich und jetzt du. Und so soll es auch bleiben, verstanden?«

1953

XVII.

Der Frühsommer zeigte sich von seiner schönsten Seite. Der Bauerngarten blühte in seiner ganzen Pracht und die Bienen summten vor dem Haus. Drinnen putzte Irmi in Rekordgeschwindigkeit die Böden und die Fenster. Gleich musste sie das Mittagessen vorbereiten.

Den ganzen Vormittag schon ließ Irmi das Radio laufen, und die Moderatoren überboten sich vor Aufregung angesichts der bevorstehenden Krönung der englischen Königin. Mit einer goldenen Kutsche sollte sie durch London gefahren werden! Diese Kutsche wollte Irmi nur zu gern sehen. Der Elektro Dischinger unten in Gibach hatte angekündigt, einen Fernseher so ins Schaufenster zu stellen, dass man das Ereignis von der Straße aus verfolgen konnte. So hatte es die Goldliese erzählt, und die wusste immer alles. Aber so wie es aussah, würde es wohl kaum möglich sein, den Nonnenfeldhof zu verlassen, dafür war gerade zu viel zu tun, immerhin stand die Heuernte kurz bevor.

Irmi sah Anna mit der Hacke in ihrem Bauerngarten arbeiten. Eigentlich wäre es gut, wenn sie der Altbäuerin etwas unter die Arme greifen könnte, aber das war nicht möglich. Neben ihrer Hausarbeit hielt Irmi stets ein

Auge auf die vier Kinder. Während Renate und Klara im Laufstall sicher waren und dort vergnügt mit Rassel und Kuscheltier hantierten, waren Primus und Magdalena deutlich aktiver, sodass man immer gut auf sie achten musste. Sie waren jetzt fünf und vier Jahre alt und hatten nur Flausen im Kopf. Gerda lebte immer noch bei ihnen auf dem Hof und nahm Irmi viel Arbeit mit den Kindern ab, aber jetzt war sie wieder mit Paul, der Anfang Mai zurückgekehrt war, mit dem Vieh auf der Weide.

Egon und Maria würden heute den ganzen Tag nicht da sein. Ein wichtiger Termin in Freiburg, hatte Egon gesagt, während Maria den Kopf gesenkt hielt. Keiner wusste etwas Genaueres, aber Irmi vermutete, dass es um einen Arzttermin ging, der ihr peinlich war. Na ja, was ging es Irmi an, sie war ja nur die Magd. Aber durch das enge Zusammenleben auf dem Hof ließ es sich gar nicht vermeiden, dass Irmi manche Dinge mitbekam. Zumal sie sich ja hauptsächlich um die Kinder der Jungbauern kümmerte, vor allem um Renate.

So wusste hier jeder, dass Egon längst auf Dauer das Ehebett verlassen hatte und lieber in einer der Gesindekammern schlief, die nur von außen über den Trippel zu erreichen waren. Warum er das tat? Irmi konnte nur mutmaßen, aber dass es um die Ehe seit Renates Geburt nicht zum Besten stand, war nicht zu übersehen. Maria hatte sich bis jetzt nicht mehr gefangen, sondern war griesgrämig und verbittert. Zur ehelichen Pflicht ließ sie sich sicher nicht hinreißen, zumal sie es ja offenkundig nicht verwinden konnte, dass sie keine Kinder mehr würde haben können. Das Paar, das früher so harmonisch auf Irmi gewirkt hatte, stritt sich jetzt öfter. Ob andere das mitbekamen, schien vor allem Maria egal zu sein. Sie wurde schnell aggressiv, und schon mehrfach war es mittlerweile vorgekommen, dass sie Sachen einfach fallen ließ oder sie sogar nach jemanden warf. Auch Irmi war nach der Geschichte mit den Tellern vor einem halben Jahr noch einmal Zielscheibe eines solchen Ausfalls geworden, Maria hatte scheinbar grundlos zwei Kochlöffel nach ihr geschleudert, und einer von ihnen war nur knapp an Irmis Ohr vorbeigeflogen. Danach griff Egon ein, und zu guter Letzt saß Maria weinend allein in der Stube. Egon entschuldigte sich bei Irmi für seine Frau, während Maria die Angelegenheit nie wieder erwähnte, vielmehr schon nach kurzer Zeit wieder wütete. Es war eine Belastung.

Egon litt. Wer das nicht sah, war blind. Aber gegen die zunehmende Streitsucht Marias wusste keiner etwas zu unternehmen. Alle duckten sich sprichwörtlich, wenn sie in Rage geriet, und hofften, dass sie sich bald wieder fangen würde. Irmi, Kurt, die Hütekinder, Egon, Primus und Magdalena, ja selbst Anna und Wilhelm – alle versuchten, Maria nicht zu reizen und ihr aus dem Weg zu gehen.

Einzig Markus schien kein Problem mit ihr zu haben, oder Maria musste sich an ihm nicht abarbeiten.

Aus dem Laufstall ertönte Geschrei. Irmi, die sich gerade an den verrußten Küchenfenstern zu schaffen gemacht hatte, eilte in die Stube. Renate lag weinend auf dem Bauch und kam nicht mehr von der Stelle. Auch Klara hatte sich umgedreht und stemmte nun ihre Ärmchen hoch. Sie lachte Irmi an. Irmi hob Renate aus dem Laufstall und tröstete sie. Prompt wollte auch Klara zu ihrer Mutter. Immerhin, Magdalena und Primus ließen sich in ihrem Spiel mit dem von Markus selbst gezimmerten Kaufmannsladen nicht unterbrechen.

Irmi setzte sich aufs Sofa und hielt beide Säuglinge in den Armen. Renate war zwar zwei Monate älter als Klara, aber in ihrer Entwicklung nicht wesentlich weiter. Sie war immer noch das zarte, jammernde Kind, das viel Zuwendung brauchte. Wenn es Maria damit zu viel wurde, tauchte sie einfach den Schnuller ins Honigglas und steckte ihn Renate in den Mund, die dann sofort genüsslich zu saugen begann. Wenn das auf Dauer auch nichts brachte, griff sie zu härteren Maßnahmen. Dann wickelte sie ein kleines, in Schnaps getränktes Säckchen mit etwas Honig um den Schnuller. Das funktionierte garantiert und Renate schlief für ein paar Stunden ruhig und zufrieden. Besonders nachts verschaffte sich Maria so Ruhe, und alle Warnungen, vor allem von Annas

Seite, dass dies keine Dauerlösung sei, schlug sie in den Wind.

Gott sei Dank war Klara ein gut zu habendes Kind, dachte Irmi wieder einmal, als sie versuchte, Renate zu beruhigen. Sie dachte etwas wehmütig an ihr Wochenende in Freiburg vor drei Wochen zurück. Miggi hatte sie zu sich eingeladen. Er und Margarete hatten im Februar einen Sohn, Lorenz, bekommen, und es war die Gelegenheit, dass alle mal zusammenkamen. Zwei Nächte schlief Irmi in Miggis alter Gesellenkammer und fühlte sich wie in einem Schloss. Was für ein Luxus im Vergleich zu ihrer Unterkunft auf dem alten Nonnenfeldhof. Margarete und Irmi kamen überraschend gut miteinander aus und hatten Freude daran, ihre Kinder die ganze Zeit zu beobachten. Miggis Schwiegereltern, die ihn längst als Nachfolger in der Schreinerei sahen, waren zu Irmi sehr freundlich und stellten keine unangenehmen Fragen oder ließen sich sonst etwas anmerken. Auch die restlichen Geschwister von Irmi und Miggi tauchten auf und freuten sich, Irmi und Klara zu sehen. Nur Hans Schocher hatte kategorisch abgelehnt, dazuzukommen, und gleich auch für seine Frau mitgesprochen. Wenn sie denn hätte kommen wollen – und davon war Miggi überzeugt –, dann hatte sie sich nicht getraut, sich gegen ihren Mann durchzusetzen. Irmi war darüber sehr traurig, aber ansonsten genoss sie die Zeit in Freiburg in vollen Zügen. Abends saß sie mit

Miggi zusammen und sie beratschlagten, wie es für Irmi weitergehen könnte. Zu gerne wäre sie sofort wieder nach Freiburg gekommen, aber den Geschwistern fiel keine Möglichkeit ein, wo Irmi mit Klara unterkommen und gleichzeitig ihren Lebensunterhalt verdienen könnte.

»Halt noch ein bisschen durch«, riet Miggi, »irgendwann wird es schon eine Lösung geben. So lange musst du noch ein bissle Geduld haben da oben.«

Ja, so sah es wohl aus, aber Irmi hatte sich längst entschieden, sich darüber nicht mehr allzu trübe Gedanken zu machen. Irgendwann würde sich ein Weg auftun, sie spürte es förmlich.

Anna kam zur Stube hinein.

»Gib mir die Renate, dann kannst du in die Küche gehen.«

»Ich bereite noch zwei Flaschen Milch vor, wahrscheinlich hat Renate Hunger, und Klara will sicher auch gleich was trinken.«

Irmi überreichte der Altbäuerin Renate, steckte Klara zurück in den Laufstall, was diese mit etwas Gemecker quittierte, und verschwand in der Küche.

Als Egon und Maria am Abend aus Freiburg zurückkehrten, hielt Maria den Kopf noch immer gesenkt. Sie verabschiedete sich sofort und zog sich in ihre Schlafkammer zurück. Noch vor dem Abendessen, was Irmi ziemlich merkwürdig fand. Während sie in der Küche stand und die Suppe für das Nachtessen zubereitete, sprach Egon mit seinen Eltern in der Stube. Zu hören gab es nichts, aber was ging es Irmi auch an.

Zwei Tage später saß Irmi nach dem Abendessen draußen auf der Bank. Es war ein milder Abend. Klara schlief schon und Irmi genoss die Ruhe und den Ausblick auf die umgebenden Berge im Sonnenuntergang.

»Darf ich mich setzen?«

Irmi hatte Markus gar nicht kommen gehört.

»Ja, natürlich.«

»Sie haben unten die Schiffschaukeln wieder aufgebaut. Du sinnst doch sicher auf eine Revanche, oder etwa nicht?«

Irmi lachte.

»Gerne. Wenn du die Herausforderung annimmst.«

»Selbstverständlich.« Markus blickte in den Himmel. »Wenn wir Glück haben, regnet es noch ein bisschen, dann verschiebt sich die Heuernte, und wir können am Sonntag los.«

»Aber was mach ich mit Klara?«

»Entweder du nimmst sie mit oder sie bleibt hier. Meine Mutter hat sicher nichts dagegen. Und Maria bestimmt auch nicht.«

Bei dem Gedanken, Klara alleine bei Maria zu lassen, schauderte es Irmi, aber sie willigte ein.

Ihr schönstes Kleid passte wieder! Nie zuvor war Irmi so glücklich gewesen, das Kleid anzuziehen. Endlich mal wieder raus aus der immergleichen Arbeitstracht. Irmi frisierte sorgfältig ihr Haar und legte sogar ein bisschen Lippenstift auf. Er war schon fast eingetrocknet, nachdem Irmi ihn fast ein Jahr gar nicht mehr benutzt hatte, aber es ging noch.

Markus lächelte breit, als sie zur Tür hinauskam, und bot ihr sogar seine Hand an, um die Treppe hinabzusteigen.

Es war das erste Mal, dass Irmi von Klara getrennt sein würde, und so sehr sie sich darauf freute, ein paar unbeschwerte Stunden mit Markus zu verbringen, so unwohl fühlte sie sich bei dem Gedanken, Klara in der Obhut von Anna und Maria zu lassen. Aber irgendwann musste sie ja mal loslassen, dachte Irmi, als sie sich hinter Markus auf das Motorrad setzte. Und sie konnte ja froh sein, dass sie als Magd überhaupt ihr Kind dort lassen konnte.

In Gibach war es trubelig, und Irmi vergaß darüber ihre sorgenvollen Gedanken. Nach Monaten der Abgeschiedenheit auf dem Nonnenfeldhof genoss sie es, unter Leuten zu sein. Es herrschte eine fröhliche, ausgelassene Stimmung auf dem Fest, die ansteckend auf Irmi wirkte. Markus kaufte Zuckerwatte, an der sie gemeinsam zupften. Sie trafen auf Kurt, der wieder eine Bierflasche in der Hand hielt und mit der Magd vom Hinterbachhof zusammenstand. Auch die Goldliese kreuzte mit ihren Kindern den Weg und freute sich, Markus und Irmi zusammen zu sehen. Sie solle mal wieder auf einen Kaffee im Laden vorbeischauen, rief sie Irmi noch hinterher.

Schließlich erreichten sie die Schiffschaukeln. Markus zahlte und jeder bestieg eine Gondel. Irmi holte kräftig Schwung und stellte fest, dass es viel besser ging als vor einem Jahr, als sie schwanger gewesen war. Höher und höher schaukelte sie und sah, dass Markus es ihr gleichtat. Ob einer von ihnen höher hinauskam als der andere? Irmi vermochte es nicht zu sagen.

Lachend verlangsamten sie ihre Fahrt und einigten sich auf ein Unentschieden.

»Tanzen wir?«, fragte Markus und hielt Irmi den Arm hin.

»Ja!«

Fröhlich kehrten sie vier Stunden später auf den Nonnenfeldhof zurück, rechtzeitig, damit Irmi noch beim Melken im Stall helfen konnte.

In der Stube waren nur drei Kinder. Gerda hielt Renate auf den Arm und spielte mit Magdalena und Primus.

»Wo ist Klara?«, fragte Irmi Maria, die gerade auf dem Weg zum Stall war.

»Oben, in deiner Kammer im Bett«, erwiderte Maria ungerührt und ging weiter.

Irmi eilte die Treppe hoch und in ihre Kammer. Tatsächlich, da lag Klara in ihrer weißen Wiege mit dem Schnuller im Mund und schlief ganz friedlich. Normalerweise schlief sie doch nie um diese Zeit, wunderte sich Irmi. Da sah sie, dass um den Schnuller herum ein Säckchen gewickelt war.

Das durfte doch nicht wahr sein, dachte Irmi und zog den Schnuller sofort heraus. Sie schnupperte dran und bemerkte sofort den Alkoholgeruch.

Irmi wurde wütend. Es mochte üblich sein, dass man auf diese Art Kinder beruhigte, aber Irmi wollte davon nichts wissen. Es konnte doch nicht gut sein, so kleinen Säuglingen ständig Alkohol zu geben. Irmi zog sich um und ging in den Stall. Dort stellte sie Maria zur Rede.

»Es war nicht abgemacht, dass du Klara mit einem Schnapssäckle ins Bett steckst.«

»Beruhig' dich, sie hat so rumgemeckert und da hab ich das halt gemacht. Ich hab keine Zeit, mich ausführlich nur um deine Tochter zu kümmern.«

»Ich möchte das für mein Kind nicht.«

»Dann musst du eben hierbleiben und dich nicht vergnügen gehen.« Maria schaute Irmi eiskalt an. »Sei froh, dass wir uns überhaupt gekümmert haben. Schließlich bist du hier die Magd und nicht ich.«

Das saß. Irmi drehte sich wortlos um. Nie wieder lass ich Klara allein, schwor sie sich, als sie die Zitzenbecher an der ersten Kuh anbrachte.

Beide Frauen ignorierten sich im Stall, so gut sie konnten. Auch später in der Stube am Tisch zog es Irmi vor, die Jungbäuerin nicht anzuschauen. Sie war jetzt traurig. Der Tag war so unbeschwert und wunderbar gewesen, Markus und sie hatten so viel Spaß gehabt, und nun war ihr alle Leichtigkeit genommen.

»Der Hinterbachhof bietet jetzt Zimmer für Fremde an«, erzählte Kurt unvermittelt, während er an seinem Brot kaute. Offensichtlich trug das Bier, das er wieder in großen Mengen getrunken hatte, dazu bei, dass er redselig wurde.

Egon schaute auf.

»Das ist ja interessant«, meinte er, »wie viele Zimmer sind es denn?«

»Drei, mit Frühstück und Abendessen. Die Gertrud sagt, sie haben immer Gäste. Sie kümmert sich jetzt mehr um die als um die Küh'.« Kurt lachte.

»Die müssen es ja gewaltig nötig haben, wenn sie Fremde aufnehmen, die hier Urlaub machen wollen«, sagte Maria abschätzig. »Also, mir kommen ganz bestimmt keine Urlauber ins Haus. Wir sind ein Bauernhof und kein Hotel.«

Zu dir will auch keiner, dachte Irmi, die sich immer noch nicht ganz abgeregt hatte. Sie selbst hätte sicherlich viel mehr Lust, sich um Gäste als um Kühe zu kümmern.

»So abwegig find ich das nicht«, erwiderte Egon. »Dann könnte man das Geld, das man damit verdient, nehmen und zum Beispiel in einen Schlepper investieren. Mit Heuwender. Überlegt mal, wie leicht uns dann das Heuen fiele.«

»Du immer mit deinem Fortschritt«, warf Wilhelm ein.

»Erstmal müsste man sowieso im Haus ordentlich renovieren«, gab Anna zu bedenken. »Was das kostet.«

»Wieso nicht?«, fragte Egon. »Dann hätte man zumindest mal eine Einkommensquelle mehr und wäre nicht so von Milch und Getreide abhängig.«

»Hier kommen keine Fremden rein«, beendete Maria barsch die Diskussion, und Egon zog es wie alle anderen vor, zu schweigen.

XVIII.

Die Heuernte hatte begonnen. Wieder waren Mähder aus dem Tal nach oben gekommen, um zu unterstützen. Die Tage waren trocken und sehr heiß. Irmi stand mit den anderen Frauen in einer Reihe und verzettelte die Scharen. Hin und her, Heugabel hoch und wieder runter. Es war anstrengend, und sie hatte fortwährend Durst.

Neben Irmi arbeitete Maria. Sie wirkte wie besessen. Irmi hatte den Eindruck, dass sie doppelt so schnell schaffte wie sie selbst, wodurch Irmi sich noch mehr anstrengte. Seit Tagen ging das jetzt schon so. Irmi war froh, wenn das Heuen endlich vorbei war. Zur Mittagszeit war sie es, die zum Hof zurücklief und das Essen holte, was bedeutete, dass sie schwer bepackt wieder den Berg hinauflaufen musste. Auf die Kinder passte zurzeit Gerda auf, die ihr auch half, das Vesper zu richten.

Plötzlich merkte Irmi, wie Maria neben ihr wegsackte. Ihre Heugabel fiel direkt in Irmis Richtung. Maria lag auf dem Boden und hatte die Augen geschlossen.

»Maria? Maria, was ist mit dir?«, fragte Irmi und beugte sich zur Jungbäuerin hinunter. Sie antwortete nicht.

Schon hatten es die anderen bemerkt und unterbrachen ihre Arbeit. Egon kam in schnellen Schritten heran.

»Maria, antworte doch!« Egon tätschelte ihre Wangen und drehte sich zu Markus um. »Komm, sie muss in den Schatten.«

Gemeinsam hoben die Brüder Maria hoch und trugen sie zu dem Baum, unter dem auch ihr Wasservorrat in Flaschen gelagert war. Egon nahm eine und befeuchtete Marias Stirn und Wangen. Irmi griff nach ihren Beinen und hob sie hoch.

»Soll ich einen Arzt rufen?«, fragte einer der Mähder.

»Keinen Arzt«, Maria war zu sich gekommen und antwortete ganz schwach. Ihre Augen flackerten. »Es geht schon wieder.«

Egon begann eine Diskussion mit den umstehenden Männern, was nun zu tun sei. Keiner bekam mit, dass Maria weitersprach. Irmi, die Beine der Jungbäuerin in den Händen und auf ihren Oberschenkeln abgestützt, beugte sich zu ihr herunter.

»Was sagst du?«

»Ich will nur schlafen. Schlafen. Seit Wochen hab ich nicht mehr geschlafen. Die ganze Nacht lieg ich wach. Ich will doch nur einmal schlafen können.«

Dann schloss sie wieder die Augen und die Männer entschieden, den noch fast leeren Heuwagen nicht weiter zu beladen, sondern Maria darauf zu betten und zum Hof zu bringen.

Dort angekommen, legten sie Maria in ihr Bett und Anna entschied, bei ihr zu bleiben. Sie wählte die Nummer von Doktor Sauter. Seine Frau nahm ab und versprach, ihren Mann vorbeizuschicken.

Maria lag im Bett, und ihr Gesicht fing an zu glühen. Als am späten Nachmittag endlich der Doktor eintraf, hatte sie hohes Fieber.

»Sie fantasiert schon«, teilte Anna dem Arzt mit.

Doktor Sauter maß Fieber und hörte Maria ab. Dann zog er sein Stethoskop von den Ohren und wiegte den Kopf.

»Ich nehme an, sie hat einen gehörigen Sonnenstich. Oder sie ist schlicht überarbeitet. Sie sollte sich mehr schonen.«

Weiter empfahl er Wadenwickel und kündigte an, am nächsten Tag noch einmal vorbeizuschauen.

Über eine Woche brauchte Maria, bis sie wieder auf den Beinen war. Irmi hatte noch ihren Satz, dass sie nicht schlafen könne, im Ohr. Wenn sie da nicht übertrieben hatte, dann schien sie jetzt wirklich den fehlenden Schlaf nachzuholen.

Die Heuernte ging ohne Maria zu Ende, und ihr Fehlen erforderte von den anderen noch mehr Einsatz. Sie hatten Glück, denn erst am letzten Tag, als sie in der glühenden

Hitze alles Heu eingefahren hatten, zogen Wolken auf, es donnerte kräftig, und der Himmel öffnete seine Schleusen.

Irmi holte sich frisches Wasser für die Waschschüssel in ihrer Kammer und wusch sich gründlich Schweiß und Heustaub ab. Sie war froh, dass das Heuen jetzt vorbei war. Aber die Verschnaufpause würde nicht lang währen, denn bald ging es mit der Getreideernte weiter.

Klara lag schon in ihrer Wiege und schlief ruhig. Irmi beugte sich über sie und betrachtete ihre Tochter. Ein Glücksgefühl überkam sie. Was hatte sie nur für ein schönes, liebes Kind.

Irmi öffnete den Fensterschieber und atmete tief durch. Wie rein und klar die Luft jetzt war nach all diesen stickigen Tagen. Sie entschied, den Schieber offen zu lassen, und legte sich ins Bett.

In der Nacht schlief sie unruhig, ohne sich allerdings erklären zu können, warum. Irgendwann glaubte sie unbekannte Geräusche zu hören, die nicht aus dem Stall zu kommen schienen. Irmi setzte sich auf und spitzte die Ohren. Irgendjemand lief den Trippel auf und ab.

Irmi war beunruhigt. Wer sollte dort mitten in der Nacht herumgeistern? Es war seltsam. Nach einer Weile entschied sie sich, nachzuschauen. Wenn es ein Einbrecher ist, kann ich ja immer noch laut schreien, dachte sie. Sie stieg aus dem Bett und schlich zur Tür.

Mit einem Ruck zog sie an der Klinke, dass die Tür nur so knarrte, und schaute blitzschnell heraus.

Im fahlen Licht des nahenden Sommermorgens sah sie Maria auf dem Trippel stehen. Beide Frauen fuhren vor Schreck zusammen.

»Mein Gott, Irmi«, schimpfte Maria mit leiser Stimme los, »was machst du, mich so zu erschrecken.«

»Was machst du hier? Ich dachte, du seist ein Einbrecher«, entgegnete Irmi.

Sie merkte trotz des geringen Lichts, wie alle Spannung aus der Jungbäuerin wich und sie förmlich zusammensackte.

»Ich kann nicht schlafen«, sagte Maria verzweifelt. »Seit Tagen schon kann ich wieder nicht schlafen.«

Egon hatte die nächste Neuanschaffung für den Nonnenfeldhof getätigt. Zwischen der Außenküchentür und dem Stall stand nun ein elektrischer Futtermischer. Er sah aus wie ein großer Trichter. Oben konnte man Runkelrüben und Küchenabfälle hineinwerfen, und unten kam alles schön kleingehäckselt wieder heraus. Die Masse nutzte man als Schweinefutter. Das war eine kostengünstige Verwertung, denn Egon wollte die Schweinezucht etwas vorantreiben und mehr Tiere halten.

Die Hofbewohner fanden schnell Gefallen an dem Gerät und kippten ordentlich Material oben hinein.

Leider waren die Häckselmesser der Menge oft nicht gewachsen, sodass es häufiger Verstopfungen und Verklemmungen gab. Es war dann Kurt, der sich stolz daranmachte, die Störung zu beheben.

So war es auch an diesem Vormittag. Kurt kam mit dem Schraubendreher und machte sich an die Arbeit. Irmi, die mit ihrem Küchenabfalleimer den Stau hervorgerufen hatte, bot ihre Hilfe an, aber Kurt winkte ab.

Irmi machte sich in der Küche daran, die Kartoffeln für den Dämpfer zu waschen. Maria stand neben ihr am Küchentisch und schnitt Gemüse für das Mittagessen.

Der Motor außen sprang wieder an. Kurz darauf gab es einen markerschütternden Schrei.

Irmi und Maria sahen sich erschrocken an. Nach ein paar Sekunden begriff Irmi.

»Kurt«, rief sie und eilte nach draußen. Maria folgte sofort.

Der Motor surrte und Kurt schrie aus Leibeskräften. Überall spritzte Blut. Maria rannte zur Steckdose und riss das Kabel heraus.

Das Motorengeräusch verstummte, aber Kurt brüllte weiter.

»Meine Hand, oh Gott, meine Hand!«

Irmi hatte Kurt erreicht. Sie blickte in den Trichter. Zwischen all den Blutlachen lagen Fetzen von Kurts rechter Hand, die immer noch in den Schneidemessern feststeckte.

»Nicht ziehen, nicht bewegen«, hielt sie ihn spontan an. »Kann denn mal jemand kommen und das Ding umdrehen? Hilfe!«

Mittlerweile waren auch Egon und Markus herbeigeeilt. Gemeinsam nahmen sie den Häcksler hoch, während Irmi und Maria Kurt hielten, der zu Boden sackte. Er war ohnmächtig geworden. Nun kam auch Wilhelm hinzu.

»Ich hab den Arzt schon angerufen. Er kommt so schnell er kann. Wir müssen den Arm abbinden.« In der Hand hielt er schon einen Ledergurt. »Schnell, Maria, hol Verbandszeug.«

Maria verschwand und Irmi hockte sich nun alleine auf den Boden und legte Kurts Kopf in ihren Schoß, während die Männer sich an seinem Arm zu schaffen machten. Kurt war immer noch ohnmächtig und kreidebleich im Gesicht, auf seiner Stirn bildeten sich Schweißtropfen.

»Halt durch, Kurt«, Irmi streichelte seine Wangen, »gleich kommt Hilfe.«

Sie schaute sich um, denn sie wollte nicht länger das Blutbad und die zerfetzte Hand sehen müssen. Schließlich erschien Maria mit dem Verbandszeug. Die Männer versuchten, die Schneidemesser samt Hand vom Trichter zu befreien.

Als schließlich Doktor Sauter und ein Rettungswagen kamen, hatten sie diesen Teil schon geschafft. Kurt wurde mitsamt der Schneidemesser in den Krankenwagen gebracht, der mit Blaulicht und lautem Geheul vom Hof fuhr.

Irmi schaute sich und die anderen Hofbewohner an. Alle waren blutverspritzt, vor allem Egon und Markus. Irmi ging Richtung Misthaufen und übergab sich. Danach setzte sie in der Küche heißes Wasser auf, um die Wäsche zu waschen.

Kurt überlebte, aber er verlor seine rechte Hand. Als Knecht würde er nicht mehr infrage kommen, meinte Egon betroffen, nachdem er ihn einige Tage später im Krankenhaus besucht hatte. Irgendwann tauchte Kurts Mutter auf und räumte weinend die Knechtskammer auf, um seine wenigen Habseligkeiten mitzunehmen. Irmi half ihr beim Packen und fühlte sich schlecht dabei. Kurt war durch ein technisches Gerät auf dem Hof zu Schaden gekommen und jetzt war kein Platz mehr für ihn. Zu allem Überfluss war es Irmi, die zuletzt etwas in den Trichter geworfen und so den Stau verursacht hatte. Sie hatte also zumindest ein bisschen Schuld daran, oder?

Dass Kurt auf dem Hof fehlte, merkte man auf dem Feld, im Stall, aber auch am Tisch. Er mochte etwas einfältig gewesen sein, aber doch ein rechter Kerl, den Irmi jetzt vermisste.

Nach Einfuhr der Ernte mit Hilfe von Tagelöhnern und in Anbetracht des fehlenden Knechtes dachte Egon ernsthaft über den Kauf eines Schleppers nach. Er war sich unsicher, wie er diesen am besten finanzieren konnte, und sprach deshalb eines Abends Irmi an, ob sie ihm helfen konnte, etwas durchzurechnen.

Irmi freute sich über das Vertrauen und machte sich eifrig an die Aufgabe. Sie saß am Stubentisch und rechnete. Wie immer, wenn sie so etwas tat, fühlte sie sich wie beflügelt.

»Ich hab übrigens noch was für dich, Irmi«, sagte Egon und setzte sich neben sie. Er schob ihr eine neue Zeichnung zu. Sie zeigte Klara mit einem strahlenden Lachen. Irmi war verzückt.

»Danke, Egon, das ist ja wunderschön«, freute sie sich.

Am liebsten hätte sie ihn umarmt. Regelmäßig versorgte Egon Irmi mit Bildern von Klara. Es gab kein einziges Foto von Irmis Tochter, dafür aber sehr viele Zeichnungen.

Maria saß auf dem Sofa und hatte neben sich den Nähkorb aufgeklappt. Sie flickte eine Arbeitshose von Egon. Dass die beiden so vertraut am Stubentisch saßen, schien ihr nicht zu behagen, und sie schaute fortwährend misstrauisch zu ihnen hinüber.

Jetzt schob Irmi Egon ihre Berechnung zu und erläuterte ihm ihre Gedankengänge. Maria schäumte. Wie Egon Irmi hofierte und ansah … Sie konnte es nicht ertragen.

»Jetzt weiß ich, was du nachts immer machst«, rief sie ihrer Magd unvermittelt vom Sofa zu.

Irmi und Egon schauten verdutzt auf.

»Was meinst du?«, fragte Irmi.

»Du steckst beim Egon in der Kammer. Natürlich! Und zu mir kommt er nicht mehr.«

Irmi schaute Maria irritiert an und schüttelte den Kopf.

»Du bist ja verrückt«, sagte sie.

»Und jetzt willst du mich noch beleidigen!«

»Spinnst du jetzt völlig, Maria?«, ging Egon dazwischen.

»Sei still! Du bist es doch, der hier von Kammer zu Kammer zieht«, entgegnete Maria aufgebracht.

Irmi erhob sich vom Tisch.

»Ich glaub, es ist besser, wenn ich den Raum verlass.«

Sie setzte sich Richtung Stubentür in Bewegung. Im selben Moment sprang Maria auf und griff nach der großen Schneiderschere. Mit einem Satz war sie bei Irmi, die die Tür schon fast erreicht hatte, und hielt ihr die Spitze der Schere an die Brust.

»Lass meinen Mann in Ruhe«, fauchte sie.

Irmi schaute die Jungbäuerin verwundert an. Trotz der Schere an ihrem Körper wurde sie nicht panisch. Instinktiv merkte sie, dass das Maria noch viel mehr reizen würde.

»Lass mich gehen, bitte«, sagte sie ganz ruhig.

»Maria, lass die Schere fallen«, brüllte Egon. »Du bist ja irr!«

Er und Markus standen unmittelbar neben Maria, bereit, sofort einzugreifen. Maria drückte die Schere noch stärker gegen Irmis Mieder. Die Schere rutschte etwas nach oben und verfing sich in der Bluse. »Ratsch« machte es und ein kleiner Riss zog sich durch den Stoff. Irmi spürte, dass auch ihre Haut eine Schramme abbekommen hatte.

»Ich hab es doch die ganze Zeit geahnt, dass ihr zwei unter einer Decke steckt. Verlass den Hof, aber sofort! Ich will dich dreckige Magd mit deinem Bastard nicht mehr sehen!«, brüllte sie.

»Maria, red nicht so einen Unsinn und lass die Irmi in Ruh'«, beschwor Egon sie.

»Lass gut sein, Egon«, sagte nun Irmi. Sie hatte das Gefühl, dass ihr soeben eine Entscheidung abgenommen worden war. Vielleicht war es richtig so.

»Ich gehe. Kein Problem. Ich gehe sofort. Du kannst die Schere runternehmen.«

Offensichtlich war Maria selbst überrascht von Irmis Antwort und ließ die Schere sinken. Diesen Moment nutzten Egon und Markus, um zuzugreifen und Maria von Irmi wegzuziehen und ihr die Schere aus der Hand zu schlagen.

Irmi drehte sich um und griff nach der Türklinke.

»Irmi«, rief Egon hinterher, »bitte bleib. Die Maria meint es nicht so.«

»Ich mein es genauso«, widersprach Maria ihrem Mann heulend. »Die Hure soll verschwinden.«

»Ich bleib sicher nicht«, erklärte Irmi und machte sich auf den Weg in ihre Kammer.

Klara schlief bereits tief und fest in der weißen Wiege, als Irmi anfing, ihre Sachen zu packen. Als Erstes zog sie ihre Arbeitstracht aus und breitete sie auf dem Bett aus. Sie betrachtete den Riss in der Bluse. Es tat ihr leid für Anna, dass sie ihn nicht flicken konnte. Aber mit Minas alter Kleidung würde sie den Hof nicht verlassen. Überhaupt tat es ihr leid um Anna und auch um Egon, dass sie jetzt gehen musste, aber ihr blieb keine Wahl. Sie würden schon Ersatz finden. Mit dieser Verrückten wollte sie nicht länger unter einem Dach wohnen. Bis hierher hörte sie Maria wie von Sinnen heulen und brüllen. Der arme Egon.

Irmi schlüpfte in ihr altes Kleid, das sie getragen hatte, als sie das erste Mal ihren Fuß über die Türschwelle des Nonnenfeldhofes setzte. Dann klappte sie den Koffer auf dem Bett auf und legte alles ordentlich hinein. Sie hatte in der Zwischenzeit doch einiges mehr an Kleidung, vor allem die Sachen von Klara, aber es würde schon passen. Sie war fast fertig mit dem Packen, als es an ihrer Kammertür klopfte.

»Wer ist da?«

»Markus.«

Irmi ließ ihn herein.

»Wohin wirst du gehen zu dieser Uhrzeit?«, fragte er.

»Zur Goldliese. Und dann seh ich weiter.«

»Ich begleit' dich.«

»Das musst du nicht.«

»Wie willst du Kind und Koffer gleichzeitig tragen? Ich helf dir.«

»Danke, Markus. Das stimmt wahrscheinlich.«

Irmi reichte ihm den Koffer und nahm Klara aus der Wiege.

»Wir können los.«

Unten im Gang standen Anna, Wilhelm und Egon.

»Irmi, es tut mir leid«, begann Egon, »ich gäb was drum, wenn du bleiben würdest.«

»Nein, mein Entschluss steht fest. Danke für alles.«

Egon drückte ihr als letzten Lohn einen Fünfzigmarkschein in die Hand.

»Wenn du etwas brauchst … Du bist hier immer willkommen.«

Glaub ich nicht, dachte Irmi, hielt aber den Mund. Besonders traf sie der Abschied von Anna, die sehr unglücklich aussah.

»Was wird jetzt aus dir und Klara, mein Kind?«, flüsterte sie ihr ins Ohr.

»Ich komm schon klar.«

Mit diesen Worten verließ Irmi den Nonnenfeldhof, der anderthalb Jahre ihr Zuhause gewesen war.

Markus folgte ihr mit dem Koffer, und schweigend gingen sie in der Dämmerung den Weg hinunter nach Gibach.

Irmi hielt die schlafende Klara fest in beiden Armen, aber bevor sie auch nur die Hälfte des Weges geschafft hatten, schmerzten ihre Schultern heftig und ihre Arme waren fast taub.

»Lass uns kurz anhalten, bitte.«

»Ich nehm Klara«, sagte Markus, »nimm du den Koffer, das ist leichter.«

Irmi zögerte einen Moment, reichte Markus dann aber ihre Tochter. Er hielt sie wie selbstverständlich fest, und sie konnten ihren Weg nach Gibach fortsetzen.

Markus brachte Irmi bis vor Goldlieses Haustür und überreichte ihr Klara.

»Und wenn sie jetzt Nein sagt?«, fragte Markus.

»Das tut sie schon nicht. Ich danke dir. Du kannst ruhig wieder hochlaufen.«

»Sicher?«

»Ja, ganz sicher.«

Markus schaute sie zweifelnd an, aber wandte sich dann zum Gehen. Irmi sah sehr bestimmt aus, und sie wollte nicht klingeln, bevor Markus aus ihrem Blickfeld verschwunden war.

»Ach … Markus?«

»Ja?« Er drehte sich hoffnungsvoll um.

»Kannst du mir irgendwann die weiße Wiege bringen? Sie ist doch das Einzige, was ich für Klara habe.«

»Natürlich.«

Erleichtert sah Irmi ihm nach. Dann klingelte sie.

Irmi hatte sich nicht getäuscht. Die Goldliese blickte sie an und verstand sofort, dass etwas geschehen sein musste.

»Komm rein.«

Die Goldliese wohnte direkt über ihrem Laden. Irmi fand es gleich einladend. Allerdings fiel ihr auf, dass die Goldliese es mit der Ordnung in ihrer Wohnung nicht so genau nahm wie im Laden.

»Es gibt eine Kammer unterm Dach für Angestellte. Die kannst du haben. Und jetzt erzähl doch mal, was treibt dich her? Muss ja mordsmäßig was gewesen sein, wenn du noch im Dunkeln allein mit Kind durch den Wald läufst.«

Jetzt kamen Irmi die Tränen.

»Die Maria wird langsam verrückt«, sagte sie und erzählte jede Einzelheit.

Die Goldliese wiegte ihren Kopf hin und her, wie sie es zu tun pflegte, wenn sie zuhörte.

»Die arme Maria, der geht es sicher gar nicht gut«, meinte sie dann, und Irmi schaute sie überrascht an. »Ja, ich mein', der ganze Druck … Der tut das sicher schon leid, dass du weg bist.«

»Glaub ich nicht«, erwiderte Irmi, »aber für Anna ist es hart.«

»Jetzt richten wir erst mal deine Kammer und dann sehen wir weiter. Du kannst mich auf jeden Fall ein bisschen im Laden unterstützen, ich weiß vor lauter Arbeit nicht, wo mir der Kopf steht, und die Kinder kann ich ja auch nicht die ganze Zeit anstellen.«

»Gern.«

Die Kammer war einfach, aber gegenüber ihrer Kammer über dem Stall mit dem Schieber vor dem Fenster ein echter Fortschritt. Während die Goldliese Bettwäsche holen ging, sah Irmi sich um. Ein Bett, ein Schrank, ein kleiner Tisch und ein Stuhl. Sogar ein Waschbecken gab es. Aber wenn jetzt noch eine Wiege dazukäme, dann war das Zimmer auch schon voll. Es kam Irmi dennoch luxuriös vor. Sie fühlte sich gleich heimisch.

»Vielleicht hab ich auf dem Speicher noch ein Kinderbettle irgendwo stehen«, meinte die Goldliese, während sie das Bettlaken über der Matratze ausbreitete. »Aber da ist kein Licht. Heut' Nacht musst du Klara eben mit ins Bett nehmen.«

»Danke, der Markus bringt irgendwann Klaras Wiege«, erwiderte Irmi. »Und das Bett reicht uns zweien voll und ganz.«

»Na, dann schlaft mal gut. Ich muss morgen früh raus, aber du kannst dich gern erstmal ausschlafen, und dann kommst irgendwann. Gute Nacht.«

»Gute Nacht.«

Endlich war Irmi allein. Sie legte Klara, die mittlerweile aufgewacht war und mit verschlafenen Augen um sich sah, in das frisch bezogene Bett und setzte sich erschöpft daneben. Sie konnte gar nicht glauben, wie dieser Tag endete. Heute Morgen hätte sie fast noch gewettet, ein paar Jahre als Magd auf dem Nonnenfeldhof zu arbeiten, und jetzt war sie bei der Goldliese unterm Dach. Sie spürte, wie die Tränen wieder in ihr hochstiegen. Maria täte ihr leid, hatte die Goldliese gesagt. Sie hatte ja keine Ahnung, was für eine Verrückte das war. Irmi schüttelte sich. Nie wieder wollte sie Maria sehen, nie wieder!

Am nächsten Morgen weckte Klara Irmi früh. Sie war sicher irritiert, wo sie jetzt war, dachte Irmi, während sie ihre Tochter stillte. Dann stand sie auf und blickte aus dem Fenster. Ein neuer Herbsttag brach sich Bahn und Irmi betrachtete die Hauptstraße von Gibach im fahlen Morgenlicht. Schräg gegenüber lag der Dorfbrunnen, dahinter das Rathaus, wohin sie immer gehen musste, wenn sie eine Entscheidung für Klara fällen wollte und dafür den Segen ihres Amtsvormundes brauchte.

Klara lag zufrieden auf dem Bett und gurrte, während sich Irmi am Waschbecken mit eiskaltem Wasser wusch. Sie freute sich, heute ein modernes Kleid und Nylonstrümpfe anzuziehen und nicht die Arbeitstracht mit Mieder und langen Wollstrümpfen. Kein Gang in den Schweinestall und dann zum Kühemelken. Keine verqualmte Küche.

Die Goldliese war längst aufgestanden und saß mit ihren Kindern beim Frühstück.

»Irmi, guten Morgen«, rief sie erfreut, »komm zu uns.«

Interessiert betrachteten Rita und Erwin, wer sich mit an den Frühstückstisch setzte.

»Was machst du hier?«, fragte Erwin.

»Die Irmi ist unsere neue Verkaufshilfe«, antwortete ihre Mutter. »Du, Rita, kannst dich nach der Schule um Klara kümmern, dann kann die Irmi mir tüchtig helfen, und ich brauch euch nicht. Aber jetzt los, ihr kommt sonst zu spät.«

Die beiden standen auf und schnappten sich ihre Schulranzen und ihre Mutter brachte sie bis zur Tür.

»So, Irmi, trink du mal in Ruhe deinen Kaffee aus und komm an, ich geh jetzt runter in den Laden und schließ auf.«

Tatsächlich hatte sich vor dem Laden schon eine lange Schlange gebildet. Irmi beeilte sich mit dem Frühstück, räumte dann ab, spülte und lief schließlich mit Klara hinunter, um der Goldliese irgendwie behilflich zu sein.

Aber wohin mit Klara? Die war mit ihren elf Monaten so quirlig, dass Irmi sie höchstens in einem Laufstall alleine lassen konnte.

Sie überlegten eine Weile und bauten schließlich aus einem umgedrehten Tisch, den sie mit den Beinen zuerst im Zwischenraum zwischen Verkaufsraum und Lager an die Wand lehnten, und mehreren Kisten einen sicheren Laufstall für Klara. So hatte Irmi Klara von einem Großteil des Ladens aus im Blick. Klara schien ihre neue Umgebung zu gefallen. Sie zog sich regelmäßig hoch und lief sogar an den Tischbeinen entlang und strahlte Irmi und die Goldliese an, wenn sie vorbeikamen.

Irmi war erstaunt, wie viel am Morgen in dem Laden los war.

»Ich sollt' noch viel früher aufmachen, wenn's ging. Die Arbeiter von der Uhrenfabrik würden sich ihre belegten Brötchen auch schon um sechs holen«, erklärte die Goldliese. »Aber das schaff ich allein nicht. Da kommen sie halt zur ersten Frühstückspause. Da, die Brötchen hat der Bäcker schon gebracht. Du kannst sie mit Butter beschmieren und schön belegen. Kannst du vor dem Lager bei Klara machen.«

Irmi bekam eine Schürze, dann legte sie los. Bis zur Mittagszeit machte sie keine Pause, außer, um Klara etwas zu essen zu geben. Hand in Hand ging es mit der Goldliese, und die Arbeit und der Kontakt mit den Kunden machten Irmi großen Spaß. Über Mittag war der Laden zweieinhalb Stunden geschlossen, und die zwei Frauen machten sich zusammen daran, ein Mittagessen zu kochen. Währenddessen stand das Mundwerk der Goldliese nicht still, sie erklärte Irmi haarklein alles, was sie im Laden zu beachten hatte, bis Irmi der Kopf nur so schwirrte. Doch sie war glücklich. Bei der Goldliese konnte sie sich zu Hause fühlen.

Drei Tage später klingelte es während der Mittagspause unten an der Haustür. Die Goldliese schaute zum Fenster hinaus.

»Ist für dich, Irmi, geh mal runter.«

Draußen stand Markus und hatte die auseinandergebaute Wiege gebracht.

»Oh Markus, wie lieb von dir. Hast du sie den ganzen Weg getragen?«

Markus strahlte sie an.

»Klar. Ist ja handlich. Ich hab sie aufs Motorrad gepackt und bin hergefahren.«

»Komm rein.«

»Ich bau sie dir gleich auf, wenn du möchtest«, bot Markus oben in der Küche an.

»Jetzt trink erst mal einen Kaffee«, antwortete die Goldliese. »Da. Ich geh schon mal runter. Lasst euch Zeit.« Sie zwinkerte Irmi zu und ließ die beiden allein.

»Wie geht es oben?«, fragte Irmi.

»Alle lassen dich grüßen. Wir vermissen dich.« Markus grinste schief und machte eine lange Pause. »Du könntest wiederkommen«, meinte er schließlich, »die Maria ist weg.«

»Wie weg?«

»Ist abgeholt worden. Nach Emmendingen. Kommt so schnell nicht wieder.«

Irmi schwieg betroffen. Sie wusste natürlich, dass mit Emmendingen die psychiatrische Anstalt gemeint war.

»Und jetzt?«

»Jetzt ist niemand da«, antwortete Markus. »Gott sei Dank sind wir mit Ernte und Öhmden fertig. Meine Mutter muss nach den Kindern schauen und sie kann doch nicht mehr so gut, das weißt du ja selbst. Gerda hilft. Aber wir sind viel zu wenige. Wir würden uns alle freuen, wenn du wiederkommst.«

Irmi schaute Markus lange nachdenklich an. Ganz still war es in der Küche, nur die Uhr hörte man ticken. Dann räusperte sich Irmi.

»Nein«, sagte sie, »es ist zu spät. Ich komme nicht zurück. Es tut mir leid wegen Anna. Es tut mir leid für Egon. Aber hier ist es besser für mich. Die Goldliese hat mir Arbeit im Laden angeboten.«

»Ist das dein letztes Wort?«

»Ja.«

»Schade. Gut, dann …«

Markus machte sich auf zu gehen. Irmi griff nach seiner Hand.

»Kommst du trotzdem mal wieder vorbei?«

»Bestimmt«, antwortete Markus.

Dann ging er.

Es tat Irmi leid, dass sie Markus so enttäuschen musste, und ihr fiel erst jetzt richtig auf, wie gut sie ihn leiden konnte. Auch Anna vermisste sie, aber den Rest … Nein, bei der Goldliese gefiel es ihr viel besser, und das nicht nur wegen der sehr viel angenehmeren Arbeit. Die Kauffrau gab ihr das Gefühl, überaus willkommen zu sein, und das hatte ihr Maria ja schon nach kurzer Zeit nun wirklich nicht mehr vermittelt.

Auch die Arbeit im Laden gefiel Irmi ausnehmend gut. Sie liebte es, die Kunden zu bedienen und die einzelnen Beträge der Waren in die Kasse einzutippen. Der Laden war ein Umschlagplatz für Informationen, die Kunden, meist natürlich Frauen, ließen sich gerne auf ein Schwätzle ein oder trugen den neuesten Tratsch ins Geschäft hinein. Die Atmosphäre war offen und freundlich und das lag sicher zum größten Teil an der Herzlichkeit – und Redseligkeit – der Betreiberin, der Goldliese.

Wie diese aber bis jetzt das Geschäft ganz allein betreiben konnte, wunderte Irmi von Anfang an. Kaum hatte man den Ladenbereich verlassen, schellte auch schon die Glocke und der nächste Kunde kam. Richtig zur Ruhe kam man nur, sobald geschlossen war, am Abend oder zur Mittagszeit. Doch dann galt es, eine Mahlzeit auf den Tisch zu stellen, damit die Kinder nach der Schule und die beiden Frauen selbst etwas zu essen bekamen. Außerdem mussten am Abend, nachdem die Tür abgeschlossen war, wieder die Regale aufgefüllt werden. Am Freitagabend wurde dazu noch ordentlich geputzt.

Der straffe Arbeitsablauf hatte seinen Preis, und der spiegelte sich in Goldlieses Wohnung wider. Ihre Küche hätte so manche Hausfrau sicher nur mit Naserümpfen betreten, denn die Goldliese ließ den Abwasch auch gerne mal etwas länger stehen. Nun war es an Irmi, dieser Situation Herr zu werden.

Im Wohnzimmer stand ein Schreibtisch, auf dem sich die Papiere nur so stapelten.

»Ich sollt' ein bisschen mehr an der Buchhaltung machen«, meinte die Goldliese mit hilflosem Blick auf das Papierchaos.

Irmis Interesse erwachte augenblicklich.

»Ich nehm dir das gerne ab«, bot sie an.

»Wirklich?« Goldlieses Gesicht hellte sich auf. »Sehr gut. Du kannst sofort anfangen. Hier ist die Geldkassette. Eigentlich sollt' ich jeden Abend nachzählen, aber das schaff ich nicht. Hier ist das Kassenbuch. Da muss man jeden Abend die Tageseinnahmen eintragen.« Sie seufzte. »Und die Ausgaben natürlich auch.«

Sie reichte Irmi ein schwarzgebundenes Buch. Irmi öffnete es interessiert. Der letzte Eintrag war über eine Woche her, noch bevor Irmi zu ihr gekommen war.

»Was ist das?« Irmi deutete auf einen Spieß, auf den unzählige Zettel gesteckt waren.

»Oh je. Das sind die Leut', die anschreiben lassen. Zeig mal her.«

Die Goldliese griff nach dem Spieß und zog alle Zettel ab.

»Tja, die Erna, die wollt' eigentlich letzte Woche vorbeigekommen sein … Da fragen wir mal nach. Bei der Frau Trischler sollt' auch noch was gehen, den bewahren wir mal auf. Die Alwine … Der Zettel kann weg.«

Energisch zerknüllte die Goldliese den Zettel und warf ihn in den übervollen Papierkorb neben dem Schreibtisch.

»Warum kann der weg?«, fragte Irmi.

Die Goldliese blickte kurz auf.

»Die hat eh nix, was soll ich da noch holen?«, fragte sie und machte weiter mit ihrer Durchsicht. »Der Herr Greininger, hm, der hat eigentlich Geld, den erinnern wir beim nächsten Einkauf. Und schau mal da, die Maria, die schuldet mir noch ganze fünfundsiebzig Mark!«

Die Goldliese blickte Irmi belustigt an. »Das liegt daran, dass sie zuletzt immer nur dich geschickt hat. Was ja gut war.« Sie lachte.

»Schreib dem Nonnenfeldhof doch eine Rechnung und schick sie mit der Post. Dann wird der Egon schon reagieren«, schlug Irmi vor.

»Meinst du? Das wären ja ganz neue Methoden. Aber eigentlich hast du Recht. Es läppert sich ganz ordentlich. Schreibst du die Rechnung?«

Irmi war in ihrem Element. Jeden Abend nahm sie sich fortan eine oder zwei Stunden Zeit und schaffte es tatsächlich, die Buchhaltung in Ordnung zu bringen. Mit dem größten Vergnügen zählte sie die Tageseinnahmen zusammen und trug sie feinsäuberlich ins Buch ein. Unbezahlte Rechnungen legte sie nach Datum auf einen Stapel und später der Goldliese vor. Und sie schrieb Rechnungen mit genauen Auflistungen an die säumigen Zahler. Die Goldliese zeigte sich sehr beeindruckt von der hohen Summe der Außenstände.

»Mensch, Irmi, du bist dein Geld wirklich wert. Ich hätte nie gedacht, dass die Leut' hier mir so viel Geld schulden«, rief sie aus. »Du machst dich wirklich unentbehrlich.«

Irmi hörte das gern. Denn sie hatte hier ihr Zuhause gefunden und hoffte, dass dies noch lange so bleiben würde. Die zwei Frauen kamen gut zurecht, und mit Erwin und Rita verstand sich Irmi bestens. Rita war ganz vernarrt in Klara und kümmerte sich so liebevoll wie zuverlässig um sie, was es Irmi leichter machte, im Laden zu arbeiten.

Zu Weihnachten waren Irmi und Klara selbstverständlich dabei. Gemeinsam gingen sie in die Kirche, in der Pfarrer Matt, der Irmi nur eine Haustaufe auf dem Nonnenfeldhof für ihre Tochter gestattet hatte, den Weihnachtsgottesdienst hielt. Die Kirche war bis auf den letzten Platz gefüllt, die Besucher standen sogar. Irmi reckte den Hals und sah sich um. Mittlerweile kannte sie sehr viele Gesichter, und so mancher nickte ihr zu.

Natürlich entdeckte sie auch Familie Dufner vom Nonnenfeldhof. Markus lächelte erfreut und stieß seine Mutter an und deutete in Irmis Richtung. Doch Irmi war sich sicher, dass Anna mit ihren trüben Augen sie nicht erkennen konnte. Gleich nach dem Gottesdienst fing sie die Hofbewohner ab.

»Frohe Weihnachten euch allen.«

»Ja, Maidle, wie schön, dich mal wieder zu sehen. Wie goht's dir?«, fragte Anna zurück. »Ich wär so froh, du wärst wieder da«, schob sie bedauernd hinterher.

»Ich würde dir auch gerne helfen, Anna«, antwortete Irmi. »Wo ist denn Maria?«

Anna deutete an, dass Irmi mit ihrem Ohr näher kommen sollte.

»Immer noch in Emmendingen«, raunte sie.

Das hätte Irmi nicht erwartet.

»Na ja, es geht ihr wohl schon besser, heißt es«, meinte Anna, »aber ohne sie ist es wirklich viel Arbeit. Und für die Kinder ist es auch schlimm.«

»Das stimmt wohl«, meinte Irmi und stellte fest, dass Egon und Renate gar nicht zu sehen waren.

»Der Egon ist mit der Kleinen oben geblieben«, meinte Anna, »und die neue Magd auch«, fügte sie noch vielsagend hinzu.

Sie wünschten sich ein frohes Fest und verabschiedeten sich. Irmi gab Anna das Versprechen, in den nächsten Tagen mal zu Besuch zu kommen. Sie freute sich, dass die Altbäuerin in ihr mehr sah als nur die ehemalige Magd.

Zurück in der Wohnung genossen Irmi, die Goldliese und die Kinder ein gutes Essen, dann sangen sie vor dem Weihnachtsbaum und packten Geschenke aus. Die Goldliese jedoch wirkte auf einmal sehr traurig.

»Ist etwas, Liese?«, fragte Irmi.

»Nein, nein«, antwortete die Goldliese, »alles in Ordnung.«

Irmi war sich nicht sicher, denn sie sah Tränen in den Augen der anderen, und es war Rita, die schließlich eine Antwort gab.

»So ein schönes Fest«, flüsterte sie Irmi ins Ohr, »und jedes Jahr sitzt die Mama dort und weint wegen dem

Papa. Dabei ist der jetzt doch schon neun Jahre weg. So lange, wie der Erwin auf der Welt ist. Der kennt ihn gar nicht.«

Irmi stand betroffen auf und umarmte ihre Freundin, die hemmungslos zu weinen begann.

1954

XIX.

»Wir sollten den Arbeitern auch einen heißen Kaffee anbieten«, überlegte Irmi.

Es war Mitte Februar und eiskalt. Das Thermometer zeigte minus zehn Grad an, und das schon seit Wochen.

»Gute Idee«, fand die Goldliese, »aber wo sollen sie ihn trinken, ohne dass sie den anderen Kunden im Weg stehen und alles verschütten?«

»Man könnte vor dem Fenster einen schmalen Stehtisch anbringen«, schlug Irmi vor. »Dann trinken sie den Kaffee am Rand und können noch dazu aus dem Fenster schauen. Ich kann meinen Bruder fragen, vielleicht baut Miggi uns so einen Tisch.«

»Sehr gute Idee«, erwiderte die Goldliese, »frag ihn.«

Die Frauen nahmen Maß und Irmi gab Miggi die Werte telefonisch durch. Miggi versprach, sich zu kümmern, und eine Woche später kam er sonntags mit Margarete und Lorenz im Lieferwagen der Schreinerei Bächle nach Gibach. Markus war gerade zu Besuch bei Irmi.

Während Miggi mit Unterstützung von Markus den Tisch im Laden installierte, tranken Irmi, die Goldliese und Margarete gemeinsam Kaffee in der Küche. Später kamen Miggi und Markus hinzu, und sie verbrachten einen vergnüglichen Sonntagnachmittag. Alle verstanden sich gut. Irmi fühlte sich glücklich.

Irmi hatte das richtige Näschen bewiesen. Der neue Kaffeeausschank erwies sich sofort als Renner. Sie machten jetzt früher auf, um sieben Uhr. Schon anderthalb Stunden vorher standen beide Frauen auf und begannen mit den Vorbereitungen, damit sie schon eine stattliche Zahl an belegten Brötchen ausgeben und mehrere Liter Kaffee in Isolierkannen abfüllen konnten. Dann blieb Irmi alleine im Laden, während die Goldliese ihre Kinder weckte und mit ihnen frühstückte. Auch um Klara kümmerte sie sich am Morgen. Dann tauschten sie, und Irmi ging nach oben zu Klara und aß etwas.

Irmi schloss auf und ließ die ersten wartenden Arbeiter hinein. Es war noch dunkel und nach wie vor sehr kalt, sodass die wartenden Männer sich dick eingemummt hatten und kaum zu erkennen waren.

Fünf belegte Brötchen und fünf Becher Kaffee sowie drei Bild-Zeitungen hatte Irmi schon ausgegeben, als die nächste Bestellung kam.

»Was darf's sein?«

Sie schaute kaum auf, zu beschäftigt war sie.

»Ein Schinkenweckle und einen Kaffee, bitte.«

Irmi erkannte die Stimme sofort. Sie hob den Kopf.

»Kurt! Was machst du hier?«

Der ehemalige Knecht vom Nonnenfeldhof lächelte sie an.

»Ich bin jetzt jeden Morgen hier in Gibach. Ich trag die Zeitungen aus. Heute ist mein erster Arbeitstag. Den großen Packen da hab ich vor eure Tür gelegt.«

Er zog den rechten Handschuh aus und wies stolz auf die Zeitungen neben ihr. Irmi sah auf die verstümmelte Hand. Bis auf den Daumen waren alle Finger weg, unzählige Narben durchzogen den Stumpf.

»Ich schreib jetzt mit links«, meinte Kurt lakonisch, »Gott sei Dank muss ich nicht viel schreiben. Kann keiner lesen.«

»Kurt, es tut mir so leid, was passiert ist. Ich hätte die Reste nicht in den Häcksler werfen dürfen.«

»Mach dir keine Sorgen«, beruhigte Kurt sie, »wenn du es nicht gemacht hättest, wäre es jemand anders gewesen. Ich Depp hätt' einfach den Stecker ziehen müssen. Ich bin also ganz allein schuld.«

Er biss in sein Brötchen und kaute ausgiebig.

»Aber warum bist du hier«, fragte er mit vollem Mund, »keine Lust mehr auf den Nonnenfeldhof?«

»Nein, wirklich nicht. Mit Maria, das ging nicht mehr. Hier im Laden gefällt es mir sehr.«

»Das ist doch gut. Warst da oben eh fehl am Platz.« Kurt nahm einen Schluck Kaffee aus seinem Becher. »Und Markus?«

»Er kommt manchmal vorbei. Wieso fragst du?«

»Denen war es doch egal, was passiert ist. Aber was soll's, ich komm zurecht. Eine kleine Unfallrente gibt es immerhin, und jetzt hab ich ja das Zeitungsaustragen. Ich wohn dahinten«, Kurt wies mit seiner verstümmelten Hand in die linke Richtung, »am Ortsausgang Richtung Hinterzarten. Wir sehen uns jetzt also öfter.«

»Das ist schön«, erwiderte Irmi ehrlich.

Als er mit seiner linken Hand nach Münzen in seiner Jackentasche fischte, hielt Irmi ihn auf.

»Lass gut sein, Kurt, heute bist du eingeladen.«

Markus kam regelmäßig zu Irmi. In den Wintermonaten, als wenig Arbeit anstand, nutzte er jede Gelegenheit und besuchte sie unten in Gibach, vor allem am Sonntag, wenn Irmi nicht arbeiten musste. Nach dem Kirchgang kehrte er gar nicht mehr auf den Hof zurück, sondern ging direkt zu Irmi. Die Goldliese lud ihn fast immer zum Mittagessen ein, und danach gingen Irmi und Markus mit Klara spazieren oder spielten zusammen mit Rita und Erwin Spiele im Wohnzimmer. Jetzt im tiefen Winter hatte er einen Schlitten mitgebracht, der lang genug war, um zu dritt den Hang hinunter zu sausen. Sie hatten großen Spaß, und auch Goldlieses Kinder kamen mit ihren Schlitten dazu.

Markus tat die frische Luft sichtlich gut. Seit er an Tuberkulose erkrankt war, hielt er sich am liebsten im Freien auf, die Wärme der Stube und die verrauchte Luft im Bauernhaus bekamen ihm nicht. Aber noch mehr als die schlechte Luft störte ihn die gesamte Atmosphäre auf dem Hof. Seinem Hof.

Wäre der Krieg nicht gewesen, dann hieße der rechtmäßige Besitzer des Nonnenfeldhofes jetzt nicht Egon, sondern Markus. Denn er war der Jüngste, der Hofengel, der den Hof bekam. So war er erzogen worden, und er hätte das Zeug dazu gehabt, das wusste jeder. Aber es sollte ja anders kommen, und ihm blieb nur diese verdammte TB, die ihm nun das Atmen schwermachte. Lange hatte es ja sogar so ausgesehen, als würde er gar nicht überleben. Markus wollte nicht jammern, dazu war er nicht der Typ. Aber dass er noch sonderlich Lust hatte, auf dem Nonnenfeldhof unter seinem Bruder zu arbeiten, konnte man auch nicht sagen. Schuld daran war vor allem Maria. Seit sie auf den Hof eingeheiratet hatte, sorgte sie dafür, dass jeder wusste, wer das Sagen hatte. Selbst ihren Ehemann hatte sie voll im Griff. Seit der Zeit der Schwangerschaft und der Geburt von Renate war sie unerträglich. Ständig gab es Geschrei. Maria war völlig unberechenbar, man konnte nur sehen, dass man einen großen Bogen um sie machte. Selbst der Aufenthalt in Emmendingen hatte das nicht ändern können.

Sein Bruder tat Markus leid. Egon kam da nicht mehr raus. Er gab sich alle Mühe, es Maria recht zu machen. Seine einzige Flucht bestand darin, nachts die neue Magd in ihrem Bett zu besuchen. Markus fragte sich, ob Egon nicht ahnte, dass es jeder wusste, oder ob es ihm egal war. Er sagte nichts und Anna und Wilhelm auch nicht. Und wenn Maria es wusste, dann hatte sie es wohl akzeptiert. In jedem Fall war ihre Laune fast immer schlecht, und darunter hatten alle zu leiden, auch Markus und seine Eltern.

»Schön wär's, wir hätten ein eigenes Libding, also außerhalb«, hatte Anna unlängst geseufzt, und seine Mutter klagte selten.

Ja, ein eigenes Leibgeding für die Altbauern. Oder ein eigener Hof für ihn. Das wäre es. Vielleicht käme dann auch Irmi zurück.

Schneller, als Markus dachte, ergab sich die Möglichkeit dazu.

XX.

Der Großhändler hatte einen neuen Fahrer. Friedrich Kleiser hieß er, und er kam jetzt jeden Montag und jeden Donnerstag und brachte Dosenwurst, Maggi, Zigaretten, Spirituosen, Kaffee, Klopapier und dergleichen. Er war Mitte dreißig, groß und kräftig, immer fröhlich und zupackend. Irmi freute sich, ihn zu sehen und ihm die Ware abzunehmen, denn meist hatte er einen lustigen Spruch parat und sorgte bei allen für gute Laune.

Nach einer Weile fiel Irmi auf, dass die Goldliese immer ein bisschen schneller war als sie, wenn Friedrich Kleiser auf seiner Runde bei ihnen Halt machte.

»Bleib du mal im Laden, ich mach das schon«, rief sie dann Irmi zu und war schon am Lieferwagen.

Heute reckte Irmi den Hals und konnte deutlich sehen, dass der Abstand zwischen der Goldliese und dem Fahrer geringer war, als es bei anderen Lieferanten der Fall war. Gleichzeitig hörte sie das glockenreine, fröhliche Lachen der Goldliese. Schließlich kam die Kauffrau kurz in den Laden und goss zwei Becher Kaffee ein.

»Magst du schon mal anfangen?«, fragte sie Irmi. »Ich komm sofort.«

Schon war sie verschwunden. Seufzend drückte Irmi Klara ein Stück Brot in die Hand und fing an, die Montagslieferung auszupacken. Sie überlegte, was sie daran so störte, dass die Goldliese draußen stand und mit Friedrich Kleiser herumschäkerte. Sie selbst hatte kein Interesse an dem Fahrer. Er sah zwar fesch aus, aber war ihr viel zu alt und eigentlich auch nicht ihr Typ. Aber die Goldliese war ganz eingenommen von ihm. Verdient hätte sie ein bisschen Glück ja.

Am Donnerstag wiederholte sich das Spiel, und eine Woche später verschwand die Goldliese mit dem Fahrer in ihrer Wohnung. Und am Donnerstag drauf wieder. Offensichtlich hatte Friedrich Kleiser an diesen Tagen kein besonders straffes Lieferprogramm, denn am Montag ging es nie nach oben. Wenn die Goldliese dann wieder in den Laden kam, glaubte Irmi, glühende Wangen zu sehen, und ihre Arbeitgeberin und Freundin lächelte selig.

Als die Bäume ausschlugen und die Temperaturen stiegen, stellte die Goldliese Friedrich ihren Kindern vor. Er kam am Samstag zum Kaffee und er blieb gleich bis Sonntagabend. Erwin und Rita eroberte Friedrich mit seiner lockeren Art im Sturm. Irmi bot er das Du an.

In der Nacht lag Irmi wach in ihrer Kammer und hörte unfreiwillig die Geräusche aus Goldlieses Schlafzimmer unter ihr. Irmi spürte ein dumpfes Gefühl im Bauch. Sie war eifersüchtig.

Markus war stolz. Vor ihm auf dem Hof stand ein VW-Käfer, sein eigener. Der Haberer wollte ihn loswerden und hatte Markus einen wirklich guten Preis gemacht. Gleich am Sonntagnachmittag würde Markus nun Irmi damit überraschen und sie zu einem Ausflug einladen. Vielleicht sogar runter bis nach Freiburg? Das würde ihr bestimmt gefallen. Oder zum Titisee, da war es auch immer schön.

Irmi war in der Tat überrascht und erfreut, als Markus mit dem roten Wagen vorfuhr.

»Das ist ja wunderbar«, sagte sie und klatschte in die Hände.

»Wohin soll es gehen? Vielleicht an den Titisee?«

»Gerne«, antwortete Irmi. »Lass uns gleich gehen, ich mache nur noch Klara fertig.«

Markus wunderte sich, dass Irmi ihn an der Haustür stehen ließ. Normalerweise ging er immer mit nach oben und ließ sich von der Goldliese sogleich einen Kaffee einschenken. Nun ja, sie würden eben am Titisee einen trinken. Das Wetter war herrlich, bestimmt konnte man am Ufer draußen sitzen.

Markus nahm gegenüber dem Laden auf einer Bank Platz. Von hier aus blickte er direkt aufs Geschäft und die Wohnung darüber. Im Küchenfenster konnte er die Goldliese erkennen und daneben einen Mann. War er der Grund, warum Irmi ihn draußen stehenließ?

»Wer ist das?«, fragte Markus mit Blick aufs Fenster, als Irmi und Klara zu ihm kamen.

»Lieses neuer Galan«, antwortete Irmi beiläufig. »Geht es los?«

Markus schaute Irmi verwundert an. Was war da? Er glaubte etwas zu spüren. Irmi wirkte irgendwie durcheinander und traurig. Er witterte seine Chance.

Am Titisee fanden sie einen schönen Terrassenplatz mit Aussicht. Sie bestellten Kaffee und Bienenstich und für Klara einen Kakao.

»Ist alles in Ordnung, Irmi?«, fragte Markus. »Du siehst so unzufrieden aus. Wer ist denn der neue Galan?«

»Der Lieferant. Kommt jeden Montag und Donnerstag. Und jetzt auch jedes Wochenende.«

Irmi schaute betrübt. Klara saß im Hochstuhl mit Markus' Autoschlüssel in der Hand und spielte damit, während sie zufrieden vor sich hinbrabbelte.

»Das ist doch schön für die Liese«, meinte Markus. »Sie hat es ja wirklich nicht leicht gehabt in den letzten Jahren. Gönn es ihr.«

Er lachte Irmi an.

»Ja, schon, aber …«, Irmi wirkte unsicher, »ich möcht' nicht, dass sich da was ändert. Wir sind so gut eingespielt und …«

»Dinge ändern sich nun mal. Man kann die Zeit nicht anhalten. Sei nicht so hart zu ihr, Irmi. Auch für dich wird sich noch viel verändern. Oder willst du etwa hinter der Theke alt werden?«

»Warum nicht?« Irmi schaute Markus fest in die Augen. »Ich mag es da. Oder hast du etwa einen anderen Vorschlag?«

»Vielleicht.«

»Nämlich? Auf den Nonnenfeldhof kriegt mich keiner mehr zurück.«

»Davon red' ich ja gar nicht.«

»Wovon denn dann?«, fragte Irmi gereizt. Sie wusste, dass sie ungerecht zu Markus war. Er konnte ja wirklich nichts für ihre schlechte Laune.

Klara hieb nun fröhlich mit dem Autoschlüssel auf den Tisch und machte ordentlich Lärm. Markus zog ihr den Schlüssel aus der Hand, was sie mit Geheul quittierte. Irmi nahm ihre Tochter auf den Arm und schaute Markus trotzig an.

»Der Schindelmaierhof ist frei«, sagte Markus.

Er meinte den Nachbarhof. Bis vor Kurzem hatte dort noch eine alte Frau gelebt. Irmi hatte sie manchmal gesehen. Sie sah verhärmt aus und war sehr unfreundlich gewesen, sodass Irmi immer froh war, wenn sie ihr möglichst nicht begegnete.

»Die alte Schindelmaierin ist gestorben und jetzt gibt es keine Erben. Ihre Söhne sind alle drei im Krieg gefallen.«

»Was hat das mit mir zu tun?«, fragte Irmi.

»Mit dir erstmal nichts«, erwiderte Markus, »aber der Neffe hat ihn uns angeboten. Für einen guten Preis. Ich könnt' ihn kriegen. Mein Erbe sozusagen. Den Hof mit Stall und dem Land. Dreißig Hektar, die Hälfte davon Wald.«

»Das klingt doch wunderbar. Das wäre nur gerecht. Warum zögerst du?«

»Ich brauch eine Frau dazu.«

Markus blickte Irmi auffordernd an.

»Eine Bäuerin? Ich?« Irmi schüttelte den Kopf. »Tut mir leid, Markus, aber du fragst die Falsche. Ich bin keine Bäuerin, gewiss nicht.«

»Du warst eine sehr gute Magd. Du wärst eine großartige Bäuerin.«

»Ich will aber keine Bäuerin sein, versteh das doch. Such dir eine andere Frau.«

Irmi sah richtig böse aus, und Markus zog es vor, das Thema fallen zu lassen. Der Rest ihres Ausfluges verlief schweigend.

Als Markus Irmi und Klara wieder in Gibach absetzte und sie das Auto verlassen wollte, griff er nach ihrer Hand.

»Darf ich noch mal fragen? Also, könntest du nicht wenigstens noch einmal drüber nachdenken?«

Irmi blickte Markus ins Gesicht. Er sah traurig aus. Sicher hatte er sich mehr von dem Ausflug erwartet.

»Gut. Ich versprech dir, ich überleg's mir noch mal.« Sie stieg aus und griff nach Klara. »Danke für den Ausflug. Bis bald.«

Markus winkte und fuhr los. Irmi blieb zurück und schaute dem roten Käfer nach. Sie war wütend und traurig zugleich. Sie hasste sich dafür, dass sie so unfreundlich gewesen war. Hatte Markus ihr nicht gerade so etwas wie einen Heiratsantrag gemacht?

Friedrichs Auto stand immer noch vor dem Laden. Irmi entschied, mit Klara noch ein wenig durch den Ort zu laufen. Neben der Schule gab es eine Schaukel, die Klara sehr liebte. Dort könnte sie ihre Tochter draufsetzen und noch etwas nachdenken.

Zurück auf einen Hof – Markus hatte wohl nicht verstanden, dass sie damit gar nichts am Hut hatte. Sie war keine Bäuerin und erst recht keine Magd. Sie konnte rechnen, schreiben, bedienen, organisieren – und all das um ein Vielfaches besser als Kühe melken. So leid es ihr tat, aber Markus musste sich eine andere Bäuerin suchen. Da gab es bestimmt genug Auswahl in Gibach, wenn er jetzt Hofbesitzer sein würde. Aber sie kam sicher nicht infrage.

Die nächsten Wochen ließ Markus nichts von sich hören. Drei Sonntage verstrichen, ohne dass er vorbeischaute. Irmi wurde langsam nervös. Sie tröstete sich mit dem Gedanken, dass er jetzt sicher mit Heuen beschäftigt war, andererseits wusste sie von ihm, dass Egon den Schlepper samt Ladewagen längst angeschafft hatte, die Heuernte also viel schneller vonstattenging. Hatte sie ihn für immer vergrault? Sie stellte fest, dass es ihr etwas ausmachte. Ja, sie vermisste ihn.

Die Wochenenden ohne Markus waren schwierig für Irmi, denn Friedrich war die ganze Zeit anwesend, und die Goldliese schwebte auf Wolke sieben. Sie kicherte in einem fort und hing sprichwörtlich an seinen Lippen. Irmi war genervt. Aber wenn sie ehrlich war, war sie einfach nur unglücklich, dass Friedrich in ihren Frauenhaushalt eingedrungen war und, wenn auch unbeabsichtigt, ihre enge Bande zerstört hatte.

Und jetzt blieb Markus auch noch weg. Irmi war froh, wenn die Wochenenden vorbei waren und sie wieder in den Laden durfte. Das lenkte wenigstens ab und sie bekam von den Verliebten nicht so viel mit.

Am Montagvormittag hatte Friedrich Kleiser gerade wie üblich seine Ware abgeliefert und war nach einem Kaffee weitergefahren, als die Goldliese Irmi ansprach.

»Wo war eigentlich Markus in der letzten Zeit?«, fragte sie.

»Keine Ahnung. Er hat sich nicht gemeldet.«

»Hattet ihr Streit?«

»Nicht direkt.«

»Also doch.«

»Ich räum dann mal die Ware weg«, sagte Irmi und packte den erstbesten Karton. Sie hasste es, Rede und Antwort zu stehen.

»Was ist denn nun mit Markus?« Die Goldliese ließ nicht locker. »Ich habe vielleicht gerade nur Augen für Friedrich, aber das heißt nicht, dass ich doof bin.«

Da musste Irmi schmunzeln. Sie drehte sich zur Goldliese um.

»Markus will, dass ich mit ihm auf den Schindelmaierhof ziehe.«

Einen Augenblick wirkte die Goldliese perplex.

»Aber das ist doch ganz wunderbar«, rief sie dann aus. »Warum zögerst du?«

»Weil ich nicht Bäuerin sein will.«

»Dann mach dort doch was anderes.«

»Ich möchte gerne hierbleiben.«

Seltsamerweise reagierte die Goldliese erst mit Verzögerung auf Irmis letzte Äußerung.

»Kann ich gut verstehen«, meinte sie dann, »du machst dich ja auch unentbehrlich.«

Es klang längst nicht mehr so überzeugt wie noch vor ein paar Monaten.

Anna saß in der Kapelle, ihrem Lieblingsplatz auf dem ganzen Hof. Hier hatte sie ihre Ruhe, hier konnte sie nachdenken, und hier fühlte sie sich geborgen. Seit Marias Persönlichkeit sich binnen kurzer Zeit so drastisch verändert hatte, zog sich Anna noch mehr als zuvor hierher zurück, denn hier spürte sie nicht das, was sie Marias »eisigen Schatten« nannte. Marias Verhalten zog sie alle in den Bann, auf negative Weise. Man musste kämpfen und strampeln, um da herauszukommen. Die Kapelle half Anna dabei.

Sie starrte das Jesuskreuz an und fragte sich, warum in ihrer Welt alles schieflief. Vor über dreißig Jahren war sie hierher auf den Nonnenfeldhof gekommen, und all die Jahre war es recht. Es gab schwere Zeiten, Tod, Krieg, gewiss, aber sie standen zusammen, als Familie. Da gab es keine Niedertracht. Jetzt schlug Maria mit Wucht eine Schneise zwischen alle Hofbewohner, und sie tat es wahrscheinlich nicht einmal mit Absicht. Und Egon ließ sie gewähren und stieg stattdessen zur Magd ins Bett. Nicht sehr christlich. Wer wollte es ihm verdenken? Sicherlich keiner. Nur, wer wollte unter diesen Umständen hier noch wohnen? Sie und Wilhelm jedenfalls nicht mehr, das hatten sie schon besprochen.

Daher setzten die beiden all ihre Hoffnung in Markus. Ihren vorgesehenen Nachfolger hatten sie damals vielleicht allzu fahrlässig aus der Pflicht entlassen und statt seiner Egon den Hof übergeben. So, wie Markus damals beieinander war, war es die richtige Entscheidung gewesen – seit Jahren redete sich Anna das jetzt ein und sah doch, dass sich Markus beim Arbeiten kaum weniger ins Zeug legte als jeder andere auch. Nur in den Stall ging er nicht so gern, aber sonst? Er hätte den Schindelmaierhof mehr als verdient, darin waren Anna und Wilhelm sich einig. Natürlich fanden sie die Idee gut, dass er Irmi fragte. Aber dass sie Nein sagen würde … Sie war halt ein Maidle aus der Stadt, wusste nicht zu schätzen, was Markus ihr da antrug, redete Anna sich ein.

Anna wäre so froh, wenn Irmi wieder um sie wäre. Irmi und Mina – für Anna waren sie fast gleich. Seit Irmi auf dem Hof gewesen war, hatte der Schmerz um Mina nachgelassen. Umso stärker war er nun zurückgekommen.

Anna seufzte laut, erhob sich und sprach das Jesuskreuz direkt an: »Wenn sie keine Bäuerin sein will, dann muss man eben was anderes aus dem Schindelmaierhof machen.«

Sie hatte auch schon eine Idee.

Am nächsten Sonntag tauchte Markus wieder auf. Irmi freute sich riesig und fiel ihm sogar um den Hals.

»Hast du mich etwa vermisst?«

»Ehrlich gesagt, ja.«

»Komm, wir fahren ein Stück. Meinst du, Rita kann ein bisschen auf Klara aufpassen?«

»Bestimmt.«

»Dann komm mal mit.«

Sie nahmen im Käfer Platz, und Markus fuhr den Berg hinauf. Irmi fürchtete, dass Markus sie zum Nonnenfeldhof bringen würde, und sie wollte unter keinen Umständen Maria begegnen.

»Ich geh nicht zum Nonnenfeldhof«, sagte sie vorsorglich.

»Das weiß ich doch«, antwortete Markus. »Dorthin gehen wir nicht. Wir gehen zum Schindelmaierhof. Jetzt mach doch nicht so ein Gesicht«, fügte er hinzu, als sich Irmis Miene verfinsterte.

Markus hielt an und sah Irmi ernst an.

»Schau es dir wenigstens einmal an. Ganz unvoreingenommen. So, als wäre es gar kein Bauernhof. Um mehr bitte ich dich nicht.«

Irmi überlegte eine Weile. Schließlich willigte sie ein, und sie setzten ihren Weg fort.

Sie passierten den Nonnenfeldhof und winkten Anna aus dem Auto zu, die im Garten schaffte. Dann ging es den Weg ein Stück weiter nach oben.

Der Schindelmaierhof sah aus wie der Nonnenfeldhof, nur ein bisschen kleiner. Er schien genauso alt und genauso gebaut zu sein. Markus steckte einen Schlüssel ins Schloss und die Haustür ließ sich quietschend öffnen.

Der altbekannte Rauch schlug Irmi entgegen. Sie spürte eine innere Abwehr. Sie blickte in die Stube, die durch die Fenster über Eck erstaunlich hell wirkte. Die Rauchküche war schwarz, aber das war ja nicht verwunderlich. Neben der Küche gab es noch ein ebenfalls sehr helles Stüble und eine kleine Schlafkammer.

»Schau«, sagte Markus, »oben gibt es auch einige Kammern.«

Sie liefen ins obere Stockwerk. Alles war schon ziemlich heruntergekommen, der Hof musste sicher gründlich auf Vordermann gebracht werden. Was das wohl kosten würde, fragte sich Irmi.

Auch die Tenne inspizierten sie. Irmi blickte nach oben und entdeckte einen Ochsenkopf unter dem undichten Dach, den Beschützer des Hauses. Schließlich der Stall. Er war kleiner als der vom Nonnenfeldhof.

»Egon und ich würden uns die Landwirtschaft teilen, zusammenarbeiten. Aber aus dem Haus, da kann man was draus machen. Ferien auf dem Land, auf dem Bauernhof. Romantikurlaub in der Schwarzwaldpension. So was in der Art. Die Leute aus der Stadt lieben doch den Schwarzwald.«

Markus schaute Irmi gespannt an.

»Du könntest die Pension betreiben. Dein eigenes Hotel. Und für uns wäre immer noch Platz genug.«

Irmi glaubte, nicht recht gehört zu haben.

»Meinst du das ernst?«

»Natürlich. Ich hab schon verstanden, dass du keinen Bauern heiraten willst. Aber ich möcht' … gern mit dir zusammenleben.« Markus drehte sich zu ihr und sah ihr in die Augen. »Für immer.«

Irmi spürte ein Rauschen in ihren Ohren. Sie konnte kaum einen klaren Gedanken fassen. Hatte er das wirklich gesagt? Sie wusste nicht, was sie tun sollte.

»Darf ich noch etwas darüber nachdenken?«

Markus seufzte. Er hatte sich diesen entscheidenden Moment in seinem Leben anders vorgestellt.

»Was gibt es da nachzudenken? Von mir aus. Aber nur nicht so lange.«

Verwirrt betrat Irmi die Wohnung und nahm Rita ihre Tochter ab. Die Goldliese und Friedrich spielten gerade mit Erwin Mensch-ärgere-dich-nicht im Wohnzimmer, als Irmi dazutrat. Die Goldliese schaute nur kurz auf.

»Willst du mitspielen?«, fragte sie.

»Nein, ich denk, ich geh mit Klara ein wenig raus«, antwortete Irmi.

Draußen atmete sie tief durch. Sie konnte nicht glauben, was Markus ihr da angetragen hatte. Eine Pension. Ein Leben an seiner Seite. Im Schwarzwald. Wollte sie das?

Es gab viel schlechtere Männer als Markus, das wusste Irmi. Er war ein rechter Kerl. Und die Auswahl war ja nicht sehr groß. Dazu kam: Wer wollte schon ein Fräulein Mutter mit ihrem unehelichen Kind haben?

Markus ging sehr nett mit Klara um, und Klara mochte ihn. Er würde einen guten Vater für sie abgeben, da war sich Irmi sicher. Aber da oben leben? Andererseits – Klara einen Vater vorenthalten?

Immer wieder hielt Klara an und nahm Stöckle und Steinle in ihre kleinen Hände. Irmi wurde ungeduldig. Es ging ihr viel zu langsam.

»Komm, Klara, wie beeilen uns ein bissle«, sagte sie zu ihrer Tochter und hob sie hoch.

Wenn sie nur wüsste, was sie machen sollte.

Die Goldliese schloss die Tür ab.

»So, Feierabend. Heut war aber auch viel los, meine Güte.« Sie schnaufte. »Ich bin ganz erschlagen.«

Irmi hatte bereits mit dem Auffüllen der Regale begonnen. Sie sah erstaunt auf.

»Geht es dir nicht gut?«, fragte sie.

»Doch, doch, alles bestens«, antwortete die Goldliese. »Du, ich geh schon mal hoch und richte das Abendessen, und später reden wir mal, ja?«

Misstrauisch sah Irmi ihrer Arbeitgeberin hinterher. Sie hatte ein dumpfes Gefühl im Bauch.

Die Goldliese machte den Abwasch fertig und Irmi hatte sich der Buchhaltung zugewandt. Klara lag schon im Bett und nun zählte Irmi wie jeden Abend die Tageseinnahmen. Schließlich kam die Goldliese zu ihr. Sie hatte beiden einen Likör eingeschenkt.

»Prost, Irmi.«

»Prost, Liese.«

Sie nahmen beide einen Schluck.

»Was ist mit Markus?«, fragte die Goldliese unumwunden.

Irmi war sich nicht sicher, ob sie der Goldliese von der neuesten Entwicklung berichten sollte. Irgendwie befürchtete sie einen Nachteil. Schließlich sprach sie doch.

»Der Markus meint, ich könnt auf dem Schindelmaierhof eine Pension aufmachen. Und ihn heiraten.«

»Das ist ja wunderbar, Irmi. Zögerst du etwa? Was könnte dir Besseres passieren?«, rief die Goldliese entzückt aus. »Du hast das Zeug dazu. Du bist so eine Patente. Und der Markus ist ein guter Mann, einen besseren kannst du dir kaum wünschen. Hast du etwa Nein gesagt?«

»Nein, ich hab gesagt, ich muss drüber nachdenken.«

»Und?«

Irmi stockte.

»Ich würde gerne hier im Laden bleiben. Die Arbeit gefällt mir gut. Und bei dir gefällt es mir.«

Die Goldliese antwortete nicht gleich. Sie blickte Irmi lange ins Gesicht. Irmi fürchtete sich vor ihrer Antwort.

»Weißt du, Irmi, das Leben geht immer weiter. Dinge ändern sich. Dinge werden sich auch hier verändern …« Sie machte wieder eine lange Pause, bevor sie weitersprach. »Ich bin schwanger.«

Irmi dachte, sie hörte nicht recht.

»Das … das … ist ja wunderbar«, antwortete sie schließlich verdattert.

Die Goldliese lächelte.

»Nun ja. Sicher. Der Friedrich will mich heiraten. Dann machen wir das Geschäft zusammen. Er wird hier einziehen. Dann beginnt hier auch ein neues Leben, weißt du. Also, das heißt, wenn es für dich woanders auch weitergeht, dann passt es eigentlich ganz gut.«

Irmi schaute sie mit großen Augen an.

»Ist das ein Rausschmiss?«

Verlegen lachte die Goldliese auf.

»Nein, um Gottes Willen. Du bist doch meine beste Kraft«, scherzte sie. »Nein, ich setz dich doch nicht auf die Straße. Ich sag nur, du solltest nach Alternativen Ausschau halten.«

»Verstehe.«

Sie wollte nicht glauben, was die Goldliese da sagte.

»Und wann kommt es?«

»Im April. Und vorher wollen wir noch heiraten. So im kleinen Kreis. Die Kinder freuen sich.«

»Das ist schön, ich gratuliere dir. Der Friedrich ist auch ein guter Mann.«

»Ja, das stimmt. Schön, dass du das sagst«, strahlte die Goldliese nun. Doch plötzlich gingen ihre Mundwinkel nach unten. »Es gibt nur ein Problem.«

»Nämlich?«

»Ich muss meinen Mann für tot erklären lassen.« Nun sah die Goldliese sehr traurig aus. »All die Jahre wollt ich es nicht und hab immer gehofft, dass er wiederkommt, aber ich glaub, jetzt kommt er wirklich nicht mehr.«

»Hm, die Wahrscheinlichkeit ist nicht sehr hoch.«

Nun kamen der Goldliese die Tränen.

»Ich hoff, er kann mir verzeihen. Es ist doch auch für unsere Kinder besser.«

»Ganz bestimmt. Er will sicher, dass es dir gut geht. Er hätt' sicher nicht gewollt, dass du allein bleibst.« Irmi nahm die Goldliese tröstend in den Arm. »Wenn du möchtest, begleite ich dich zum Rathaus.«

»Das würdest du tun?«, fragte die Goldliese dankbar und schniefte. »Du, ich muss dich noch was fragen: Möchtest du meine Trauzeugin sein?«

Irmi lief den Berg hinauf. Sie hätte auch zum Telefonhörer greifen können, aber sie wollte sich nicht ankündigen oder einen Termin ausmachen. Sie wollte Markus überraschen. Sie hoffte nur, dass er sie rechtzeitig sehen würde, damit sie Maria nicht begegnen musste.

Es war ein schöner Altweibersommertag. Die Sonne schien durch die Bäume, die sich bereitmachten, ihre Blätter abzugeben, und die Luft war klar. Das Laufen tat Irmi gut. Mit kräftigen Schritten strebte sie nach oben. Die ganze Nacht hatte sie wachgelegen und nachgedacht. Sie musste erst einmal verdauen, was die Goldliese ihr da am Abend erzählt hatte. Die Goldliese, die gestern gleichzeitig so glücklich und traurig aussah, hatte Irmi aus ihrem sicher geglaubten Nest geschubst. Nun musste Irmi sich entscheiden.

Sie hatte Glück. Als hätte er auf sie gewartet, kam Markus ihr entgegen.

»Komm, Markus«, sagte sie statt einer Begrüßung, »lass uns nochmal zum Schindelmaierhof gehen.«

Markus folgte hocherfreut. Hatte Irmi ihre Meinung geändert?

Schließlich standen sie vor dem alten Hof.

»Möchtest du Kühe haben?«, fragte Irmi, den Blick fest auf das Haus geheftet.

»Nicht unbedingt.«

»Und Schweine?«

»Hm, vielleicht.«

»Ich möchte keine Rauchküche mehr.«

»Ich auch nicht.« Markus sagte es aus tiefstem Herzen.
»Wie viele Gästezimmer gibt das Haus her?«
»Fünf oder sechs vielleicht? Oder sieben?«
»Und auch Platz für uns?«
Markus sah sie belustigt von der Seite an.
»Das sowieso.«
Erst jetzt drehte sich Irmi zu Markus um.
»Also gut. Dann machen wir das.«
Markus strahlte. »Du sagst Ja?«
»Ja.«

1955

XXI.

Irmi hatte es eilig. In zwei Tagen würden sie und Markus heiraten und es gab noch viel vorzubereiten. Nicht, dass es eine große Hochzeit werden würde an diesem Februarsamstag. Im allerkleinsten Kreis würden sie sich standesamtlich von Amtsvorsteher Adolf Schätzle trauen lassen. Nur das Brautpaar, Egon ohne Maria – das war Irmis Bedingung gewesen –, Anna und Wilhelm, Dorothea, Miggi und Margarete, die Goldliese und Friedrich. Und natürlich Klara. Trauzeugen waren Miggi und die Goldliese, so wie Irmi im Dezember die Trauzeugin der Goldliese gewesen war. Nach dem Standesamt ging es ins Gasthaus zum Ochsen zu Mittag und danach zum Kaffeetrinken zur Goldliese. Irmi und Markus waren der Meinung, dass es ausreichend war, denn schließlich feierten sie nicht das, was man hier eine »rechte Hochzeit« nannte. Warum also sollten sie den Kreis vergrößern?

Irmi hatte lange überlegt, ob sie außer Miggi jemanden aus ihrer Familie einladen sollte. Natürlich hätte sie für ihr Leben gern ihre Geschwister und ihre Eltern dabeigehabt. Aber selbst als die Schochers von der Hochzeit hörten – Miggi sagte es ihnen –, blieb jede Reaktion aus, vom Vater und selbst von der Mutter. Irmi war maßlos enttäuscht. Sie hatte daher entschieden, nur Miggi mit Frau einzuladen. Wie lange wollte ihr Vater sie noch schneiden? Es tat so weh, dass Irmi nicht mehr darüber nachdenken wollte.

Irmi hatte darauf bestanden, erst zu heiraten, nachdem sie einundzwanzig Jahre alt geworden war. Um nichts in der Welt wollte sie dafür noch die Erlaubnis ihrer Eltern einholen. Mit der Heirat würde Markus Klara adoptieren und somit ihr rechtmäßiger Vater werden. Amtsvorsteher Schätzle hatte Irmi damit nichts mehr zu sagen, worüber sie sehr froh war.

Kaum hatte Irmi Markus' Antrag akzeptiert, ging es schon mit den Umbauarbeiten am Schindelmaierhof los. Die Bank gewährte einen großzügigen Kredit. Irmi übernahm die Kostenkontrolle und ihr wurde ganz schwindelig, wenn sie all die Rechnungen zusammenzählte. Gott sei Dank hatte Miggi versprochen, ihnen beim Innenausbau zu helfen. Sie wollten sich beeilen und schon zum Sommer die ersten Gäste begrüßen. Das Land würden Egon und Markus gemeinsam bewirtschaften, sie hatten sich geeinigt und alles schriftlich festgehalten.

Noch am Tag der Hochzeit würden Irmi und Markus auf den Schindelmaierhof ziehen. Ihr Schlafzimmer und Klaras Zimmer waren fertig, auch die Küche war modernisiert und hell geworden, das Haus hatte einen Abzug bekommen. Den Rest wollten sie nun Stück für Stück machen, während sie dort schon wohnten. Wo hätten sie auch sonst hingehen sollen? Der Nonnenfeldhof kam für Irmi nicht infrage, solange Maria dort war, und bei der Goldliese standen die Zeichen seit der Hochzeit mit Friedrich auf Abschied. Friedrich war jetzt der Herr im Hause, und es wehte ein anderer Wind, der Irmi den Abschied erleichterte. Ihre Frauenwirtschaft, wie sie es immer genannt hatten, war vorüber, und Irmi trauerte ihr nach, denn nie zuvor in ihrem Leben hatte sie sich so frei gefühlt.

Aber jetzt galt es, den Blick nach vorn zu richten, und Irmi freute sich auf ihr gemeinsames Leben mit Markus. Sie hatten in den letzten Monaten viel Zeit miteinander verbracht und sich gut verstanden, hatten Zärtlichkeiten ausgetauscht und es genossen, aber jede weitere Annäherung hatte sich Irmi bis jetzt verbeten, und Markus war verständnisvoll. Wenn die Leute schon nicht sahen, dass sie »recht« war, dann sollte es zumindest ihr Bräutigam wissen.

Jetzt packte Irmi die letzten Dinge, bügelte das Kleid, dass sie extra für Klara genäht hatte, und strich über das ihre. Für ihr Hochzeitskleid war sie zu Dorothea nach Donaueschingen gefahren und hatte es mit ihr zusammen ausgesucht. Es war ein schlichter Traum in Weiß mit raffiniertem Kragen. Sie hoffte, dass es Markus gefallen würde.

Der Tag ihrer Heirat war bewölkt und kalt, auf den Straßen lag Schnee, aber was machte das schon?

»Komm, Klara, heute machen wir dich und mich ganz hübsch, denn heute ist unsere Hochzeit«, sagte Irmi zu ihrer zweijährigen Tochter.

»Hochzeit«, wiederholte Klara juchzend und klatschte in die Hände. Die ganzen letzten Wochen fiel ständig dieses Wort, und sie erwartete sicher etwas sehr Schönes davon.

Miggi hatte einen Fotoapparat mitgebracht und knipste fast einen ganzen Film voll. Nach einem Begrüßungskaffee im Laden, der heute aus gegebenem Anlass geschlossen blieb, lief die versammelte kleine Hochzeitsgesellschaft zum Rathaus.

Adolf Schätzle gab sich große Mühe und sprach freundliche Worte, die sich Irmi vor Aufregung aber nicht merken konnte. Alle klatschten, als das Brautpaar sich küsste, Anna liefen vor Rührung die Tränen. Dann stellte sich die Hochzeitsgesellschaft auf, und Amtsvorsteher Schätzle schoss das Erinnerungsfoto. Schließlich ging es zum Mittagessen in den Ochsen. Es schmeckte wunderbar, und ständig kam jemand an ihren Tisch, um zu gratulieren, denn sowohl Markus vom Nonnenfeldhof als auch Irmi aus dem Lebensmittelgeschäft der Elisabeth Goldinger, jetzt Kleiser, waren in Gibach wohlbekannt.

Für die Kaffeetafel hatten die Goldliese und Irmi am Vortag vier Kuchen gebacken. Die Stimmung war ausgelassen und fröhlich, und am Spätnachmittag ging wieder jeder seiner Wege – Egon, Wilhelm und Anna auf den Nonnenfeldhof in den Stall, Miggi und Margarete zurück nach Freiburg. Irmi und Markus verstauten ihre Geschenke und den Brautstrauß im Käfer.

Die hochschwangere Goldliese kam zu Irmi und überreichte ihr einen Umschlag.

»Da, für dich«, sagte sie und hatte Tränen in den Augen. »Du warst meine beste Kraft, und du bist meine beste Freundin. Ich wünsche euch alles Gute.«

Auch Irmis Augen wurden feucht. Wie gut hatte ihr die Goldliese getan und wie wohl hatte sie sich bei ihr gefühlt. Auch wenn es kein Abschied für immer war, waren beide Frauen sehr traurig.

Schließlich fuhren Markus und Irmi mit Klara in ihr neues Heim, den Schindelmaierhof. Markus schloss die Tür auf, die sich immer noch quietschend öffnete.

»Willkommen in unserem Heim, Frau Dufner«, erklärte er förmlich und machte eine einladende Handbewegung. »Die Tür öle ich gleich morgen«, schob er lachend hinterher, dann hob er seine Frau hoch und trug sie über die Schwelle.

Sie richteten sich ein, zeigten Klara ihr neues Reich, räumten hin und her. Schließlich, als Klara tief und fest schlief, zog Markus seine Frau ins Schlafzimmer. Verlegen standen sie sich vor ihrem neuen Ehebett gegenüber und sagten nichts, ehe Markus am Reißverschluss von Irmis Kleid zu nesteln begann. Etwas genieren taten sie sich schon, aber das sollte sich schnell geben.

Eine Woche nach der Hochzeit erreichte Irmi ein Brief. Er trug keinen Absender, aber die Adresse war per Hand auf den Umschlag geschrieben worden, und Irmi meinte, die Schrift wohl zu erkennen. Gespannt riss sie den Brief auf.

Er enthielt einen Scheck. Irmi zog ihn heraus und bekam große Augen. *Einm. fin. Zahlung f. Kindesunterh., 27 Mon., an Irmgard Dufner, geb. Schocher*, stand dort als Betreff unter Friedhelm Münzers Namen und daneben die Zahl *1000, in Worten: tausend.*

Irmi stieß einen Freudenschrei aus. Wie konnte das sein? Woher wusste Friedhelm Münzer, wie ihr Nachname nun lautete, und woher kannte er ihre Adresse? Und wieso schickte er jetzt auf einmal Geld, wo er doch nicht einmal etwas von seinem Kind wusste, geschweige denn als Vater eingetragen worden war?

Da konnte ja nur Miggi dahinterstecken. Irmi rief ihn sofort an.

Miggi war so überrascht wie seine Schwester.

»Ich weiß von nichts, Irmi, das kannst du mir glauben. Ich hab da nix gemacht, ich dachte auch, das wäre in deinem Sinne.«

Verwirrt legte Irmi den Hörer auf. Das konnte doch nicht sein. Als Markus vorbeikam, zeigte sie ihm den Scheck.

»Das kann eigentlich nur einer gemacht haben, Irmi, überleg doch mal«, meinte er.

»Wer soll das sein, um Himmels willen?«

»Na, dein Vater natürlich.«

»Meinst du wirklich?«

Irmi konnte kaum glauben, dass ihr Vater, der so lange nichts mit ihr zu tun haben wollte, das für sie getan hatte. Aber er wusste ja, wer der Kindsvater war, und gerade das hatte ihn ja so in Rage gebracht. Vielleicht stimmte es wirklich? Und wenn es ihr Vater gewesen war – was hatte er unternommen, dass Friedhelm Münzer sich zu dieser Zahlung hatte hinreißen lassen? Oder wollte der Münzer sich etwa freikaufen von seiner Verantwortung?

Irmi löste ihren Blick vom Scheck und sah ihren Mann nachdenklich an.

»Soll ich das Geld überhaupt annehmen, Markus?«

Markus legte seine Hand auf die Schulter seiner Frau und blickte ihr in die Augen.

»Das ist deine Entscheidung«, sagte er, »da werd' ich dir nicht hineinreden.«

Er wandte sich zum Gehen. An der Tür blieb Markus noch einmal stehen und drehte sich um.

»Aber warum solltest du es nicht annehmen?«

Ja, warum eigentlich nicht? Irmi schaute ihren Mann dankbar an. Die tausend Mark würden sie für ihre Pension jedenfalls gut gebrauchen können.

XXII.

Irmi stand schon früh in der Küche und bereitete das Frühstück vor. Das Morgenlicht schien durch die Fenster, und es deutete sich an, dass es wieder ein schöner Sommertag werden würde. Seit Wochen war es heiß und trocken. Den Bauern war es schon zu viel davon. Die Urlauber fanden es prima.

Seit drei Wochen betrieben Irmi und Markus nun ihre »Pension Schindelmaierhof«. Noch waren sie mit dem Umbau ihres Hauses nicht ganz fertig, aber fünf der geplanten sechs Gästezimmer hatten sie schon hergerichtet, zwei Bäder hatten sie einbauen lassen, eines im Erdgeschoss, das vorwiegend sie selbst nutzten, und eines im ersten Stock für die Touristen. Damit waren sie sehr modern im Vergleich zu anderen Bauernhöfen, die Fremdenzimmer anboten. Darüber hinaus hatten sie das Stüble für sich selbst eingerichtet und auch eine Leibgedingkammer, denn für Irmi und Markus war es selbstverständlich, dass Anna und Wilhelm fortan bei ihnen wohnten. Die Altvorderen hatten gerne zugesagt, und Anna war von der Idee mit den Gästezimmern so angetan, dass sie Irmi voller Tatkraft unterstützte. Vor allem in der Küche war Anna eine große Hilfe, denn Irmi bot Frühstück und Abendessen an, und meist war es Anna, die abends kochte.

Irmi hatte nicht gedacht, dass die neue Aufgabe ihr so viel Spaß machen würde. Hatte sie am Anfang noch ihrer Zeit im Lebensmittelgeschäft hinterhergetrauert, so wurde ihr bald klar, dass sie hier den richtigen Ersatz gefunden hatte. Mit großem Engagement machte sie sich an die Einrichtung der Zimmer und der Stube, in der das Essen gereicht wurde und es ein gemütliches Sofa zum Entspannen gab. Sie hatte Möbel und Stoffe ausgesucht, die Vorhänge selbst genäht, obwohl sie Nähen eigentlich hasste. Sie hatte große Töpfe angeschafft, Handtücher, Bettwäsche und schönes Geschirr. Sogar eine Waschmaschine, um der anfallenden Wäsche Herr zu werden.

Draußen hatten Irmi und Markus eine Liegewiese gesät, Blumenrabatten angelegt und Gartenmöbel angeschafft, damit die Gäste in der Sonne liegen und sich entspannen konnten. Natürlich gab es auch einen Gemüsegarten, noch von der Schindelmaierin, in dem Anna tagelang das Unkraut entfernt hatte. Jetzt stand er in voller Pracht.

Markus vertraute seiner Frau und ließ Irmi freie Hand in ihren Entscheidungen. Irmi wusste das sehr zu schätzen, schließlich gab es genug Ehemänner, die das Leben ihrer Frauen kontrollierten. Da konnte sie mehr als zufrieden sein. Überhaupt verstanden sie sich gut, sehr gut sogar. Markus hatte ihre Idee, mit einem Teil des Geldes von Friedhelm Münzer den Führerschein zu machen, sofort unterstützt, und seit einigen Wochen war Irmi nun oft mit dem Käfer unterwegs und besorgte alle Einkäufe für die Pension eigenständig. Das hatte auch den großen Vorzug, dass Irmi regelmäßig bei der Goldliese vorbeischauen konnte, die schon wenige Wochen nach der Geburt ihres Sohnes wieder im Laden stand.

Markus hatte ein paar Tiere angeschafft, drei Schweine und drei Ziegen, die im modernisierten Stall untergebracht waren. Auch einen Hühnerstall gab es, und Irmis Gäste lobten die frischen Frühstückseier über die Maßen.

Gerade hatten sie vier der Zimmer belegt. Es waren zwei Ehepaare, die Kaminskis und die Böhlers, sowie eine Familie mit zwei Kindern, die Zimmermanns. Alle Gäste kamen aus Nordrhein-Westfalen. Dort hatte Irmi in den Zeitungen besonders viele Anzeigen geschaltet. Sogar ein kleines Faltblatt mit Informationen über den Hof hatte sie drucken lassen und an die Fremdenverkehrsämter geschickt. Die Luft im Ruhrgebiet, so hörte man ja, war so schlecht, dass die Leute von dort gerne in die Berge fuhren.

Die Töchter der Zimmermanns waren zwölf und vierzehn Jahre alt und spielten gerne mit Klara. Die Eltern wiederum waren ganz vernarrt in die landwirtschaftliche Arbeit. Irmi und Markus hätten gedacht, dass Urlauber ihre Zeit lieber im Liegestuhl beim Lesen oder Nichtstun verbrachten, aber dem war nicht so. Die Zimmermanns kamen aus Unna und wohnten dort in einer kleinen Etagenwohnung. Sie fanden es das Größte, im Stall mitzuhelfen und die Schweine zu füttern. Gerne gingen sie zusammen mit Markus und Egon aufs Feld und fuhren auf dem Schlepper mit. Darüber konnte Irmi nur den Kopf schütteln.

Auch Frau Kaminski wusste offenbar nicht so recht, was Urlaub sein sollte. Sie tauchte täglich in Irmis Küche auf und wollte helfen. Nachdem Irmi sie zunächst ohne Erfolg herauskomplimentiert hatte, meinte Anna, dass es doch eigentlich die Küchenmagd sparen würde, wenn die Gäste gerne mithalfen. So gab Irmi ihren Widerstand auf und ließ Frau Kaminski und auch Frau Böhler, die offensichtlich nichts verpassen wollte, in die Küche. Anna gefiel das und sie genoss es, mit den Frauen zu schwätzen. Und tatsächlich waren sie eine große Hilfe.

Nun brachte Irmi die frischen Brötchen und das vorgestern selbst gebackene Bauernbrot vom Nonnenfeldhof auf die Tische. Sie servierte Marmelade und Schnittkäse, dazu hausgemachten Schinken, Eier und selbstgemachte Butter. Nie hätten sie etwas Besseres gegessen als hier im Schwarzwald, wurde ihr fortwährend von ihren Gästen versichert, und Irmi hörte es gern.

Gleich würden sie kommen. Die Kaminskis und Zimmermanns erschienen immer zur gleichen Zeit am Frühstückstisch, da konnte man die Uhr nach stellen. Nur die Böhlers schliefen gerne etwas länger.

»Sagen Sie mal, Frau Dufner«, Frau Kaminski kaute an ihrem Brot und deutete gegen das Sonnenlicht, »wie oft müssen Sie eigentlich Fenster putzen?«

Irmi spürte, wie ihre Wangen heiß wurden. War es ihren Gästen etwa nicht sauber genug?

»Äh, ich hab sie, glaub ich, geputzt, genau bevor Sie gekommen sind«, flunkerte Irmi. Kaminskis waren schon zehn Tage bei ihnen, aber Irmi wusste genau, dass sie sie einen Tag vor der Eröffnung der Pension vor drei Wochen geputzt hatte. Frau Kaminski hatte auch ein bisschen Recht: Wenn die Sonne hineinschien, sahen die Fenster schon wieder etwas dreckig aus.

»Ich frag ja nur, weil bei uns in Mülheim putze ich sie mindestens zweimal in der Woche. Ich könnte sie jeden Tag putzen, so dreckig ist die Luft im Ruhrpott. Also, wenn Sie möchten, putze ich Ihre Fenster gern. Ich bin es ja nicht anders gewöhnt.«

Sie lachte und schaute zu ihrem Mann, als erwartete sie Zustimmung. Sie bekam sie.

»Wenn du meinst, mein Täubchen«, sagte Herr Kaminski gutmütig in seinem starken rheinländischen Dialekt, »dann mach dat ruhig. Ich setz mich erstma' in den Garten.«

Frau Kaminski strahlte.

»Gleich nach dem Frühstück kann ich anfangen, was meinen Sie?«

»Sehr gerne«, antwortete Irmi lachend. Innerlich dachte sie, dass die Urlauber aus dem Ruhrgebiet ja schon ein bisschen verrückt waren.

Inge Schocher saß in Freiburg an ihrem Küchentisch und schaute aus dem Fenster. In der Wohnung unter dem Dach staute sich die Hitze und ließ sie jetzt schon schwitzen, dabei war es noch nicht einmal neun Uhr morgens. Kaum auszuhalten waren diese Temperaturen.

Auf dem Küchentisch lag ein Faltblatt, das auf der Vorderseite einen schönen alten Schwarzwaldhof zeigte. Miggi hatte es gestern Mittag vorbeigebracht. *Willkommen auf dem Schindelmaierhof,* stand oben drüber. Wieder und wieder schaute Inge das Faltblatt an. Wehmut überkam sie.

Seit drei Jahren hatte sie ihre älteste Tochter schon nicht mehr gesehen. Ihre Enkelin noch nie. Nur über Miggi wusste sie, was Irmi so machte. Dass sie jetzt verheiratet war mit dem Dufnersohn, den Miggi so schätzte. Dass sie zusammen eine Pension aufgemacht hatten. Damit hatte Irmi schon mehr in ihrem jungen Leben erreicht als sie, ihre Eltern.

Dass Hans aber auch so stur und bockig sein musste! Wieder und wieder redete sie auf ihn ein, dass sie doch auf Irmi zugehen sollten. Zuletzt zu ihrer Hochzeit. Das war doch verrückt, dass sie da nicht dabei waren. Aber was sollte alles Lamentieren, Irmi hatte den Stolz und die Sturheit ihres Vaters geerbt und ihre Eltern gar nicht erst zu ihrer Hochzeit eingeladen. Warum sollte sie auch, so wie wir sie behandelt haben, dachte Inge bitter. Sie schämte sich. Sehr sogar. Aber sie wusste nicht, wie sie gegen ihren Mann bestehen sollte. Er war ja schließlich derjenige, der das Sagen hatte. Sie hatte es nur selten geschafft, sich dagegen durchzusetzen. Früher gab es diese Probleme gar nicht, da waren sie sich stets einig gewesen. Erst seit er aus Russland zurück war, war er so komisch. Sie traute sich schlicht nicht, sich gegen ihn aufzulehnen. Er war unberechenbar.

Immerhin, seit er regelmäßig auf dem Großmarkt schaffte, ging es besser mit ihm. Nicht nur, dass sie sich bei diesen Arbeitszeiten vorzüglich aus dem Weg gehen konnten – Hans Schocher arbeitete immer in der Nacht und schlief bis in den Nachmittag –, nein, er war prinzipiell wieder ausgeglichener geworden und schien nicht mehr so mit seinen Dämonen zu kämpfen. Sie kamen so weit zurecht, auch das Geld reichte. Nur der Streit mit Irmi lag Inge schwer im Magen. Das musste sich irgendwie ändern.

Inge entschied, Hans das Faltblatt nicht zu zeigen. Sie hatte eine andere Idee.

Der August war so heiß wie der Juli. Langsam wurde es wirklich unangenehm, dachte Irmi, als sie am Morgen in der Küche stand und den Kaffee aufsetzte. Ihr war schlecht. Sie trank sehr gerne Kaffee, aber seit zwei Wochen konnte sie den Geruch nicht ertragen, geschweige denn ihn trinken. Die Übelkeit hatte natürlich ihren Grund, dessen war sich Irmi mittlerweile sicher, und gestern Abend im Bett hatte sie Markus gesagt, dass sie schwanger war. Wie er sich gefreut hatte! Irmi musste lächeln, wenn sie daran dachte. Im März, schätzte Irmi, würde es so weit sein.

Die Kaminskis, Böhlers und Zimmermanns waren inzwischen abgereist und neue Gäste gekommen. Drei Zimmer waren schon belegt, und heute würde Irmi noch in Hinterzarten das Ehepaar Degowski aus Gelsenkirchen vom Zug abholen. Morgen kam dann eine vierköpfige Familie aus Freiburg für eine Woche zu Besuch. Damit sie untergebracht werden konnte, hatten Irmi und Markus sich mit der Fertigstellung des letzten Gästezimmers beeilt. Miggi war von Freitag bis Sonntag bei ihnen gewesen, ohne seine Hilfe hätten sie es nie geschafft.

Die Freiburger Gäste kamen über seine Vermittlung. Familie Steiner, Kunden von ihm, sagte er, nette Leute.

Vollbelegung, dachte Irmi stolz. Sie und Markus waren mit dem Start ihrer Pension mehr als zufrieden. Wenn es so weiterging, konnten sie ihren Kredit vielleicht schneller als geplant abbezahlen. Auf der anderen

Seite brauchten sie jetzt sicherlich bald eine Magd als Hilfe für die Pension, spätestens, wenn das neue Kind da sein würde.

Irmi öffnete die Küchentür und trat nach draußen. Wie warm es schon war, selbst hier oben auf der Höhe. Wann würde es endlich abkühlen?

Irmi blickte sich um und genoss die Sicht auf die umgebenden Berge. Dann schaute sie zum Nonnenfeldhof hinunter. Dort stand ein Krankenwagen vor der Tür.

»Markus«, rief sie ins Haus. »Schau mal, der Arzt ist auf dem Nonnenfeldhof.«

Markus trat zu ihr und kniff die Augen zusammen, um im Sonnenlicht besser sehen zu können.

»Seltsam«, meinte er, »hoffentlich nichts Arges. Ich geh gleich mal runter.«

Markus kam erst zurück, als Irmis Gäste alle schon gefrühstückt hatten. Irmi saß mit Klara, Anna und Wilhelm am Küchentisch. Markus sah besorgt aus.

»Sie haben Maria wieder mitgenommen. Akute Psychose, meint der Arzt.« Er schüttelte den Kopf. »Die kommt so schnell nicht wieder.«

Am Nachmittag setzte sich Irmi in den Käfer und fuhr nach Hinterzarten. Pünktlich stand sie am Bahnhof, als der Zug einfuhr. Viele Menschen stiegen aus, es war Ferienzeit und Urlaub im Schwarzwald sehr beliebt.

Irmi erkannte ihre Gäste nicht gleich und schaute sich suchend um.

Ein hagerer Mann in abgewetzter Kleidung sprach sie an.

»Entschuldigen Sie. Fahren Sie nach Gibach?«, fragte er.

Irmi blickte ihn überrascht an. Er hatte tief eingefallene Wangen und sah erschöpft und ausgemergelt aus. Ein Kriegsheimkehrer, dachte sie.

»Ja, aber ich hab leider keinen Platz im Wagen. Ich bekomme Gäste. Aber vielleicht dahinten …«

In diesem Moment wurde sie von ihren Gästen entdeckt.

»Frau Dufner, ja? Ach, das ist ja großartig, dass Sie uns abholen und so pünktlich sind. Es ist ja so schön hier …«

Das Ehepaar Degowski nahm Irmi gleich in Beschlag, und Irmi sah den Mann in Richtung Ausgang davongehen. Es tat ihr leid, dass sie ihn enttäuscht hatte, aber es gab sicher jemanden, der ihn mitnehmen konnte.

Irmi kam allerdings nicht weiter dazu, länger darüber nachzudenken, denn Herr und Frau Degowski redeten die ganze Fahrt ununterbrochen. Beim Anblick des Schindelmaierhofes gerieten sie in wahre Begeisterungsstürme. Nachdem Irmi ihnen ihr Zimmer und das Bad gezeigt hatte, war sie so erschöpft, dass sie sich im Stüble aufs Sofa legen musste.

XXIII.

Inge hatte es geschafft, Hans zu überreden. Eine Woche Ferien im Schwarzwald, mit Johann und Hannelore, das wär doch mal was. Es dauerte eine Weile, bis Hans die Idee gut fand. Erst war es ihm zu teuer, dann zu lang – was sollte man da denn die ganze Zeit machen? Dazu kam, dass ihm davor graute, aus seinem fein austarierten Alltag aus Nachtarbeit und Schlafen am Tage auszuscheren, denn nichts fürchtete er mehr als Schlaflosigkeit und die Rückkehr der Tyrannen in seinem Kopf.

Aber Inge hatte ihn regelrecht bekniet. Für die Familie wäre es gut, mal etwas zusammen zu unternehmen. Urlaub – so etwas hatten sie überhaupt noch nie gemacht, während die Ersten um sie herum jetzt sogar schon davon redeten, nach Italien fahren zu wollen. Wandern im Schwarzwald wäre doch schön, das würde allen guttun. Und sie würde sich um die ganze Organisation kümmern.

Schließlich willigte Hans ein. Noch nie war seine Frau in einer Sache so hartnäckig gewesen, fand er. Und je länger er darüber nachdachte, desto besser gefiel ihm Inges Vorschlag tatsächlich. Vielleicht würde es sie auch als Paar wieder näher zusammenzubringen. Inge hielt nach wie vor Abstand zu ihm, und er gäbe was drum, wenn sich das änderte. Warum also nicht in den Urlaub fahren?

Miggi bot an, sie alle vier zur ihrer Unterkunft in die Nähe von Hinterzarten zu fahren, und so starteten sie am späten Vormittag. Zu fünft war es in Miggis neuem Opel sehr eng, hinten hatten sie die Taschen auf ihren Schoß platziert, aber was sollte es, es dauerte ja nicht lang, und sie freuten sich. Hannelore und Johann waren richtig aufgeregt, es war schließlich der erste Urlaub ihres Lebens, und die zwei waren jetzt auch schon vierzehn und zwölf Jahre alt.

Miggi saß am Steuer, Hans Schocher neben ihm auf dem Beifahrersitz. Sie kurbelten alle Fenster herunter und sangen aus voller Kraft Lieder. »Mädel aus dem schwarzen Wald, die sind nicht leicht zu haben«, »Es klappert die Mühle am rauschenden Bach« und was ihnen sonst noch so zum Schwarzwald einfiel.

In Hinterzarten bog Miggi Richtung Gibach ab. Erst jetzt wurde Hans Schocher misstrauisch.

»Fährst du uns etwa zum Nonnenfeldhof?«, fragte er seinen Sohn.

»Nein, wir fahren nicht zum Nonnenfeldhof«, antwortete Miggi wahrheitsgemäß. Innerlich musste er schmunzeln. Er freute sich schon auf die Gesichter der anderen. Schließlich wussten nur er und seine Mutter, wohin es wirklich ging. Ein gewisses Risiko barg die Idee schon, aber irgendwann musste man die Familie doch wieder zusammenbringen.

Als der Nonnenfeldhof in der Ferne auftauchte, wurde Hans Schocher richtig ärgerlich.

»Wo sollten wir denn sonst hinfahren? So war es nicht abgemacht.«

»Wir fahren zum Hof da oben. Dort gibt es eine nette Pension. Beruhige dich«, erklärte Miggi seinem Vater.

Tatsächlich fuhr er am Abzweig zum Nonnenfeldhof vorbei, aber Hans wurde dennoch das Gefühl nicht mehr los, dass hier ein Spiel lief, von dem er keine Kenntnis hatte.

»Was soll das?«, fragte er unentwegt, während Miggi grinste und über den Rückspiegel seiner Mutter einen Blick zuwarf.

»Oh, wie schön«, brach es aus Inge heraus, als sie vor dem Schindelmaierhof anhielten. »Das wird sicher eine schöne Woche, Kinder, Hans, meint ihr nicht?«

Irmi hörte das Hupen eines Autos. Das waren bestimmt die Steiners aus Freiburg. Sie beeilte sich, zur Tür zu kommen, um ihre Gäste zu begrüßen. Ein Auto fuhr vor, das aussah wie das von Miggi. Nein, es war Miggi, der ihr vom Steuer zuwinkte. Als sich die Türen öffneten und die Passagiere ausstiegen, traute sie ihren Augen nicht.

»Papa«, sagte sie tonlos, »Mama.«

Sie war so erstarrt, dass sie es nicht schaffte, sich vom Türrahmen wegzubewegen. Sollte sie sich ärgern oder freuen? Sie spürte, dass Tränen in ihr hochstiegen.

Hinter ihr tauchte Klara auf. Ihre Tochter war ihr hinterhergelaufen.

»Wer sind die Leute bei Miggi, Mama?«, fragte die Kleine.

»Das«, Irmi holte tief Luft und nahm Klara auf den Arm, »sind deine Oma und dein Opa aus Freiburg.«

»Hallo Irmi.«

Ihre Mutter stand etwa zwei Meter vor ihr, traute sich aber nicht näherzukommen. Hannelore und Johann jedoch kamen auf Irmi zugestürzt und begrüßten ihre große Schwester stürmisch. Hans Schocher war sich nicht sicher, ob er am Auto stehenbleiben oder sich wegbewegen, ob er sich ärgern oder freuen sollte. Noch schaffte er es nicht, über seinen Schatten zu springen. Schließlich gab Miggi seinem Vater einen Schubs, und Hans schloss zu Inge auf.

»Wir wollen hier Urlaub machen«, sagte Inge, »wenn wir dürfen.«

Einen kleinen Moment zögerte Irmi. Sie sah in die erwartungsvollen Gesichter ihrer Mutter und ihrer Geschwister. Sie sah ihren Vater an, der gar nicht verärgert wirkte. Plötzlich überkam sie eine Woge des Glücks, und Tränen liefen über ihr Gesicht. Sie trat zur Seite und streckte den Arm aus.

»Herzlich willkommen auf dem Schindelmaierhof.«

ANMERKUNG

»Jedes dritte Kind wird unehelich geboren«, titelten die Zeitungen 2016. Demnach wies die Statistik für das Jahr 2015 einen Anteil von 34,97 Prozent der nichtehelich geborenen Kinder an allen Lebendgeborenen aus.[1] Zum Vergleich: Nach dem Zweiten Weltkrieg, 1946, lag die Quote bei gut 16 Prozent, bis Anfang der 1950er Jahre pendelte sich die Zahl auf rund 10 Prozent ein.[2] 1970, als das Nichtehelichengesetz auf den Weg gebracht war, betrug dieser Anteil 7,23 Prozent.[3]

Dass Eltern nicht verheiratet sind oder eine Mutter alleinerziehend ist, ist für Kinder der heutigen Zeit ganz normal und sicherlich kein Anlass für Hänseleien oder schräge Blicke. Wie anders dies noch in den 1950er und 60er Jahren war, zeigt vielleicht die Tatsache, dass trotz zahlreicher Bemühungen, darunter ein Aufruf in der *Badischen Bauern Zeitung*, noch im Jahr 2017 keine betroffene Frau bereit war, mit mir über dieses Thema zu reden. Wiederum andere konnten zwar aus ihrem direkten Umfeld Geschichten erzählen (»Meine Oma hat ihre zwei Kinder ja unehelich zur Welt gebracht«, »Erst als Erwachsener erfuhr ich, dass die Tante eigentlich die Cousine ist«, »Ich habe ja selbst einen Halbbruder, den ich gar nicht kenne« und dergleichen), sie wollten aber keinen Kontakt vermitteln. Und auch Personen, die ich nach möglichen solchen »Geschichten« in ihrer Umgebung fragte, zogen es vor, diskret zu schweigen. So blieb der Eindruck: Die Scham über diese vermeintliche Schande sitzt tief.

Zu dieser Scham beigetragen haben sicher die gesellschaftliche Rezeption der nicht verheirateten Mutter und die für sie nachteilhafte Gesetzgebung. Das konservative Familienbild, das die Ehe als Lebensbund und alleinigen Ort der Fortpflanzung sah, stand über allem und war Leitlinie für die Gesetze der jungen Bundesrepublik. »Kuppelei« wurde strafrechtlich verfolgt, außereheliche Intimitäten waren in den Augen der Gerichte ein »Vergehen«.[4]

Die uneheliche Mutter war in jeder Hinsicht alleingelassen: Das Sorgerecht für ihr eigenes Kind hatte das Jugendamt; der Mutter wurde ein Amtsvormund zur Seite gestellt. Essenzielle Entscheidungen, die ihr Kind betrafen, durfte sie nicht alleine fällen. Und auch finanzielle Ansprüche an den Vater konnte nicht sie selbst, sondern nur das Jugendamt geltend machen – wenn überhaupt. Mit der »Mehrverkehrseinrede« schaffte es der Vater häufig nicht nur, sich vor Unterhaltszahlungen zu drücken, sondern auch noch die Ehre der Frau zu diskreditieren.

Das Nichtehelichengesetz von 1969 brachte erste Verbesserungen: Die Mutter bekam nun das Sorgerecht, doch das Jugendamt blieb als Amtspfleger weiterhin präsent. Das Kind war fortan auch rechtlich mit seinem Erzeuger verwandt, der Unterhaltsanspruch wurde verbessert. Außerdem erhielt es erstmals einen Erbersatzanspruch, war von der Erbengemeinschaft der ehelich geborenen Geschwister jedoch nach wie vor ausgeschlossen.

Endgültig beseitigt wurden die Ungerechtigkeiten in Bezug auf Unterhalt und Erbrecht, aber auch auf das Umgangsrecht des Vaters sowie die automatische Amtspflegschaft erst 1998.[5] Seitdem wird rechtlich zwischen nichtehelichen und ehelichen Kindern kein Unterschied mehr gemacht.

Gerade mal 20 Jahre ist das her. Ich widme dieses Buch all jenen damals unverheirateten Müttern, die sich ihre Würde nicht haben nehmen lassen. Und meiner Tochter Carlotta, die 2001 »nichtehelich« geboren wurde. Und keinen hat's gestört.

[1] z. B. FAZ: http://www.faz.net/aktuell/gesellschaft/menschen/destatis-jedes-dritte-kind-wird-unehelich-geboren-14582248.html (21.2.2018).

[2] Buske, Sibylle: Fräulein Mutter und ihr Bastard. Göttingen 2004, S. 196.

[3] https://de.statista.com/statistik/daten/studie/1324/umfrage/uneheliche-kinder-anteil-an-allen-geburten/ (21.2.2018).

[4] Buske 2004, S. 211 f.

[5] Ebd., S. 363.

DANKE

Ich danke dem Badischen Landwirtschafts-Verlag, namentlich Barbara Sester, René Bossert und Monika Schmitt, bei denen ich mit der Romanidee auf offene Ohren stieß und die mich engagiert unterstützt haben. Gleiches gilt für Thomas Hafen vom Schwarzwälder Freilichtmuseum Vogtsbauernhof.
Mein Dank geht an meinen Kollegen Mathias Ahuis für sein so behutsames wie gründliches Lektorat. Danke, Conny Kappler, Dani und Alex Orth sowie Rainer Mueller als Lesern der ersten Stunde für eure Rückmeldungen und ermutigenden Worte.
Eva Lochocki las das Manuskript kritisch aus Hebammensicht durch. Bernhard Dorer warf ein Auge auf die landwirtschaftlichen Aspekte und stand für fachliche Gespräche zur Verfügung. Agnes Sester erzählte ausführlich aus ihrem bäuerlichen Frauenleben in den 1950er- und 1960er-Jahren. Margarete Brauweiler berichtete anschaulich, wie es sich anfühlte, 1944 aus einem gutsituierten Haushalt mit Angestellten auf einen Einsiedlerhof im Schwarzwald als Magd katapultiert zu werden. Roland Lehmann von der Volksbank in Lörrach klärte banktechnische Details aus jener Zeit für mich. Und Christa Besenfelder berichtete mir bereits 2012

lebhaft von ihrer Mutter, der Kauffrau Goldi Alice aus Furtwangen, die der Goldliese ihr Profil gab (und der Rest ist frei erfunden). Ihnen allen gebührt mein herzlichster Dank.
Ganz besonders bedanken möchte ich mich bei meiner langjährigen Freundin Marion Lassen, nicht nur für ihre klugen Kommentare während der Entstehung der »Kalten Herzen«, sondern weil es ihre so wahre wie unglaubliche Schilderung einer unehelichen Schwangerschaft vor 70 Jahren war, die den Anstoß zu diesem Buch gab.

Freiburg, im April 2018 Julia Heinecke

Auch im Badischen Landwirtschafts-Verlag erschienen:

Kalte Weide

Ein Hirtenbub im Schwarzwald

Südbaden Anfang der 1940er-Jahre: Weil die Lebensmittelversorgung in Freiburg immer schwieriger wird, entschließen sich Miggis Eltern, ihren ältesten Sohn als Hirtenbuben in den Schwarzwald zu geben. Während Miggi auf dem ersten Hof schlecht behandelt wird, fühlt er sich bei seiner zweiten Hütestelle fast wie zuhause. Doch der Krieg hält auch im Alltag der Bauern Einzug, und die Lage auf dem Hof eskaliert, als 1945 die Franzosen im Schwarzwald einmarschieren …

Mit einem Vorwort von Thomas Hafen.

Kalte Weide
Ein Hirtenbub im Schwarzwald

Badischer Landwirtschafts-Verlag GmbH,
4. Auflage 2018,
272 Seiten, Hardcover gebunden,
ISBN 978-3-9818089-0-2, 13,90 Euro.

Im Buchhandel oder direkt:
Tel. 07 61/2 71 33-400 (Monika Schmitt),
Fax 07 61/2 71 33-401,
E-Mail: schmitt@blv-freiburg.de

Wälderleben

Geschichte und Geschichten der Landwirtschaft im Hochschwarzwald. Ein Heimatbuch von Bernhard Dorer. Der Autor ist Schwarzwaldbauer und Heimatforscher und 1943 in Furtwangen geboren. Keine Generation, so seine Überzeugung, musste mit so vielen Veränderungen klar kommen wie seine. Gerade die Anekdoten und Bräuche aus dem Leben der »Wälder« machen den Alltag und das menschliche Miteinander anschaulich und lebendig. Bernhard Dorer schöpft aus Archiven, Literatur und familieneigenen Dokumenten und Fotografien. So verbinden sich Geschichte und Geschichten zu einem ganz besonderen Heimatbuch. Es zeichnet ein vielschichtiges Bild einer vergangenen Welt der stattlichen Hofgüter, der erfinderisch machenden Not und der Abhängigkeiten von Natur, Kirche und Politik. Dabei ist vieles auf die allgemeine Entwicklung der Landwirtschaft im Schwarzwald übertragbar. Eine gleichermaßen spannende Lektüre für Zeitzeugen und Nachkommen.

Wälderleben

**Badischer Landwirtschafts-Verlag GmbH,
4. Auflage 2017, 190 Seiten,
110 teils farbige Abbildungen,
ISBN 978-3-9801818-91, 16,80 Euro.**

*Im Buchhandel oder direkt:
Tel. 0761/27133-400 (Monika Schmitt),
Fax 0761/27133-401,
E-Mail: schmitt@blv-freiburg.de*